世界是等待我成熟的果园

包利民◎著

时代文艺出版社

图书在版编目（CIP）数据

世界是等待我成熟的果园 / 包利民著．—长春：时代文艺出版社，2018.11

ISBN 978-7-5387-5922-8

Ⅰ．①世… Ⅱ．①包… Ⅲ．①散文集－中国－当代 Ⅳ．①I267

中国版本图书馆CIP数据核字（2018）第129083号

出 品 人　陈　琛
产品总监　郭力家
选题策划　凌　翔
　　　　　方　伟
责任编辑　田　野
助理编辑　吕　天
装帧设计　孙　利
排版制作　隋淑凤

世界是等待我成熟的果园

包利民 著

出版发行 / 时代文艺出版社
地址 / 长春市泰来街1825号　时代文艺出版社　邮编 / 130011
总编办 / 0431-86012927　发行部 / 0431-86012957　北京开发部 / 010-63108163
官方微博 / weibo.com / tlapress　天猫旗舰店 / sdwycbsgf.tmall.com
印刷 / 三河市万龙印装有限公司
开本 / 640mm × 910mm　1 / 16　字数 / 242千字　印张 / 19.5
版次 / 2018年11月第1版　印次 / 2018年11月第1次印刷　定价 / 38.00元

图书如有印装错误　请寄回印厂调换

目　　录

辑一　心有斑斓景自春

辑二　捡拾一地暖

辑三　瓶子里的花园

辑四　一路花香

序　生命是平凡的叠影

包利民

去年夏天，我曾仔细观察一只从河里爬上来的虫子，看它僵卧在岸上，怎样慢慢地蜕变成一只蜻蜓。我看到了挣扎，也看到了美丽，看到了沉重，也看到了轻盈，仿佛凝望生活中一颗心的起伏。

想起曾经认识的一个小女孩儿，她从小失去双臂，用双脚代替双手，灵活地做着生活中的琐事。她一点儿也不忧愁，觉得自己每天都很幸福。唯一让她觉得遗憾的就是不能拥抱一下爱她的人和她爱着的人。不过她一直有着希望，她梦想着有一天能长出一对翅膀，能代替双臂去拥抱可爱的生活。

后来她和我说，起初的时候，她也很悲伤绝望，觉得身体残缺了，生活也就不完整了。可是为了家里人的希望，为了不让爱她的人伤心，她虽然心里难过，却依然坚持练习用双脚做事。有一天，一个叔叔找到她，一下将她抱起，并含着眼泪对她说着感谢。原来那个人一度对生活丧失了信心，觉得成功无望，每日消沉。直到有一天，他看到这个小女孩儿艰难地在门外用脚练习写字，内心一下子就被触动了，他对女孩儿说：“你是我见过的最美的一朵花！”

有时候就是这样，我们觉得失败，觉得失落，觉得生活失去色彩，其实是我们一直没有低下头来去看一看那些被忽略的美好。有时候一朵小小的花，就会给我们长久的感动。

今年春天来得早，三月下旬冰雪就已经开始融化，每年的这个时候，甚至四月份，还会不时地下场大雪。于是，我在山坡上再度与冰凌花不期而遇。犹记得当年第一次看见冰凌花时的感动。那时心境极为黯淡，可是看到向阳的山坡上，那些冰与雪水的混合中，静静地开着的金色小花，刹那间，冰雪都充满了温情。我心里的坚冰也瞬间消融，化作暖流。

平凡的我们常常想着做一些不平凡的事。可是成功者寥寥，于是便有了失落，有了失望。其实，平凡的我们能把平凡的事做成功了，也是一种精彩。

有的人一辈子默默无闻，却生活得幸福恬淡，就像那些低下头来随处可见的小小花朵，虽然不鲜艳，甚至也不芬芳，却有着一种怡然，有着一种穿透人心的感染力。平凡，是一种永恒的超然。

我曾认识一位老人，他是退休后才来到这座城市的，每天混迹于公园里，和人下棋打牌，很是满足和充实。后来我才知道，他退休前竟是一个市级领导，他就想过一种平常老人的退休生活，所以才来到这个谁都不认识他的城市，像许多老人一样，在公园里优哉游哉。他说，曾经是那么渴望辉煌，出人头地，可是，真的达到了那一步，却又是那样羡慕平凡的生活。他觉得在平凡的生活中，才能找到真正的自己。

所以，平凡就如那些不显眼的花，它就开放在那里，不为点亮某一双眼睛，只为丰盈自己的一生。俗世的点点滴滴，都如阳光下的露珠，只要用心去感受，都有着让人难忘的种种。每个人在芸芸众生中都如一粒沙，然而不是每一粒沙都有机会与蚌相遇。所以，做好一粒沙，也是一种成功。

这本书里多是平凡人的故事，就像那些大地上不为人注目的小小花朵，只要你将心静下来，将目光放低，就能看到那些美丽。

辑一／心有斑斓景自春

快乐是从生命深处散发出的清香，无论顺境逆境，那份欣喜如挡不住的阳光，倾洒无涯。所有的挫折磨难，如雨打心湖，皆成天籁；所有的伤害，都如风过断竹，奏响佳音。

微笑如染

少年时总是陶醉于一句公益广告词：“今天你微笑了吗？”那时的我或许并没有想到太多，只是为这简单几个字的意蕴而神往。那时只是固执地认为，微笑是最为自然的，就像从心底绽放出的美丽花朵。然而随着成长，我们看惯了太多招牌式的微笑，就如面具般，只是将展露笑容僵化成一个职业习惯，再想到少年时的那句话便感触颇多。

然而无论如何，我还是相信更多的微笑是发自内心，且能感染许多人的。上大学时，我们的一位辅导员老师，三十多岁的男人，很冷的一张脸，我们这些学生看了就觉得紧张。有一次，开学乘火车返校，车上便偶遇了这位辅导员，那时他依然是毫无表情的脸，整个旅途沉闷至极。我从心里更加不愿见他，仿佛一块寒冰将我的心绪冻结。不久后，我在寝室里吸烟，被系里领导发现，那时我们学校对吸烟的学生处罚极重。我心里忐忑，没见到那位辅导员时，还想象着那张脸更应冰封到极点。可是没有想到，他竟是对我微笑，没有一句责罚，并对我讲起了他上大学时的类似经历。我心里极暖，那微笑就如阳光般，将我心中的恐惧、担忧一扫而光。

多年以后，我依然会想起他的微笑，我知道了一个常绷着脸的人，偶尔露出的笑意是多么温暖、多么让人感动。我也曾有过一段当教师的经历，也曾遇见过让我气愤欲狂的学生。那样的时候，我一想起当年那位辅导员的微笑，便会心平气和。那一年我在一个偏远的小县城教初中，班上一个极能打架的男生，在又打伤了别的班的一个学生后，被我叫到办公室。当时我心里很恼火也很无奈，可以想象我的脸也一定是气得扭曲变形。可我一直忍耐，所以一时沉默，那男生也略带惊惧地看着我。良久，我心绪渐平，看着男生的表情，一下想到了当年的自己，便释然而笑。我看见那男生的神情也如冰释，我拍了拍他的肩膀，并没说什么，便让他回去了。

又是近十年，我到了更遥远的一座城市。在与人的交往之中，我总是会注意到那些在众人面前露出会心微笑的人。他们并没有那些大笑或者眉飞色舞的高谈阔论，他们只是静静地微笑倾听。当然，并不是说大笑高谈的人不好，可我真的只是为那种微笑而感动。那些人，最终都成为我最好的朋友，和他们，我没有更多的言语交流，更多的时候，只是相视间一个微笑，心情便会相互洇染，暖意盎然。

有那么一个晚上，我在网上登录大学时的校友录，突然就发现那位辅导员也在，他和我亲切地交谈，当年的男人也已年过半百。说起往事，我真诚地告诉他，是他当时不经意的微笑，影响了我以后许多年。是的，当年他也许真的只是不经意的一笑，或许他早已不记得，但却给我留下了这么深的印象。

我打开邮箱，有一封陌生人的邮件，细看竟是当年我教过的那个爱打架的男生，如今的他已是一个有着自己公司的老板。他说："当年老师长久沉默后露出的微笑，一下子击中了我心里最柔软的角落。我是带着那种温暖一路走来的……"

看罢，我对着电脑微笑。是的，微笑有一种神奇的力量，不仅美丽自己，更能感染他人，那一份温暖的传递永不断绝。所以，每天每天，我都会真心地问自己：今天，你微笑了吗?

不识南风的家

2000年的时候，大学毕业两年的我终于放弃了家乡那份半死不活的工作，揣着梦想，奔向了繁华的大都市。是的，除了梦想，我的行囊别无他物。

我整日奔波于钢筋水泥的城市之中，饱受白眼冷遇，频繁地更换着工作，努力地向着梦想靠近，有许多次走到了绝望的边缘，可一想到最初的壮志豪情，便咬咬牙挺了过来。

那时我租住在城市边缘的一所房子里，那是一座古旧的平房，在众多的平房之中，它毫不起眼地立在那里。就是这样的一个房子，还被一堵横墙从中隔开，成了南北两间屋子，南北各开一扇门，毫不相干。我租的是北边的屋子，因为它便宜些。入住后才明白，这个背阴的屋子有着其独特之处，夏天闷热难当，因为没有穿堂而过的凉风，到了冬天却奇寒无比，因为没有透窗而入的暖暖的阳光。虽然它恶劣至此，我却有几分喜欢它，因为只有躲进这个所谓的家，才没有世事的艰险纷扰，它成了我心灵的憩息之地，别的都不重要。

那一次，我经历了出来后最大的挫折和打击，甚至心底赖以温暖自己的梦想也被打碎了。绝望之中，我打电话给大学时的一个女生，当初我们是最要好的朋友。我向她倾吐了所有的心绪，决定要返回家乡的小城。第二天，她竟然奇迹般出现在我的门前，带着八月里阳光的味道。

那一整天，她都坐在床上听我讲这几年的经历，脸上带着微笑，眼神中满是感动和深深的理解。日已夕暮，淡淡的斜阳透过窗户映在她的脸上，我心底便莫名地有了感动。我问："你看我住的这个小屋怎么样？"她一笑说："嗯，你这才是真正的不识南风的家呢！"她没有劝慰我，也没有给我任何鼓励，从始至终，她一直都是在听我诉说。然后，她便连夜踏上了回去的列车。

第二天黄昏，我正在收拾行装，忽然接到了她的电话。在电话里她轻轻地说："在你那个不识南风的家里，知道最能感动我的是什么吗？不是你的经历，不是你的脆弱，而是那一抹红红的晚霞！"那一瞬间，正有斜阳印在窗棂上，我忽然就听见了自己心跳的声音。她说："也许只有你的这个家，才能看见那么美的夕阳了！"

放下电话，我静静地坐在满室的晚照之中，有一种说不出的适然与淡泊。在这样静美的时刻，还哪会有尘世的纷扰入侵我一颗红红的心？以前从没注意过，这个没有人愿意住的房子里竟会有着这么美丽的斜阳，一如别人的房子里有着暖暖的阳光。

那个黄昏我一直坐在窗前，直到夕阳落尽，夜幕长垂。是的，我的房子虽然不识南风，虽然没有一窗正午的阳光，却有着最美的斜阳晚照。就像我的生活中虽然没有温暖、没有成功，却也一定有着不为人知的最美的东西。

当夕阳再度临窗，我已鼓起了铮铮的勇气，在美丽的斜阳之中，我没有了任何退缩的理由。

零度绽放

似乎太多的花都是开放在温暖的春夏，特别是那些野外的花，经霜耐寒迎风而开的，除了寥寥的几种，人们也不会想到更多。一如生活中，在最艰难的境遇里能绽放出最美的笑容的，都是那些坚强的人。

而在这个极北极远的山区城市，一年中有七个月的寒冷天气，肃杀的冰封雪盖，似乎已将一切美好冻结。我曾问过一个远方的朋友，在零度的天气里，会有什么花开放。她想了想，告诉我是雪花！的确，在我们这里，有时九月末就开始飘雪，那时夜里的气温在零度左右。在她的印象中，那样的环境里，只能有雪花盛开，虽美丽，却寒冷。一种没有温度的绽放，只能点染眼睛，却无法温暖心绪。

在小兴安岭，每年的深秋寒冷初临的时候，入目的便是缤纷的五花山。远远望去，山披彩衣，红枫青松，黄杨白桦，还有各种成熟的野果，就如在山上开了大朵大朵的花，而且愈冷颜色愈是清艳。这是比雪花更早开的五花山，直到第一场雪到来，山岭才渐渐素淡起来。

作为一年中最冷季节的开始，这种绽放是极动人心魄的。我们面临生活中即将到来的种种艰辛坎坷，却常常彷徨犹疑，就算有信心度过，也是心绪沉重。而我的一个朋友，却是不同。她早就预见了自己未来生活的苦难，也知一切终不可避免，却是依然微笑如初，仿佛要到来的并不是自己的生活。如今我已经明白，她只是在宣泄着一种心绪，一种希望。所以迎寒而开，虽终会被霜雪掩盖，可是那份美好的希望却直透严寒。

当冬天快要过去的时候，又一个零度的季节来临。与最初的零度迥异，最初只是漫长寒冷的开始，此刻却是温暖的开始。虽然同样的寒冷，可是内蕴却生动无比。这个时候，依然有花开放。

在向阳的山坡山谷，残雪残冰和初融的水混合在一起，构成了一种零度的困囿。就在这冰雪和水中，神奇的冰凌花开始笑傲。那簇簇金色的小小花朵，如一小团火焰，点燃了漫山的冰雪。它是一年中开得最早的野花，在这片山岭中，所有的温暖与美丽都从它开始。

是的，看着冰雪中绽放的冰凌花，没有人会不动容。那些柔弱的灿烂，总能唤醒在漫长寒冬里被冰封了的心情。想起祖父，他生前极开朗乐观，每天都笑容满面，说话幽默诙谐，常常能用自己的心情感染别人。而别人却不知道，祖父当年曾经历了怎样的流离丧乱和无可计数的苦难波折。可是再苦的生活却没能夺去他脸上的笑容，就如那些冰凌花般，在冰封雪盖中漾出暖暖的深情。

在零度绽放，是对未来苦难的一种乐观态度，也是对美好生活的一种展望。生活本来就是如此，生活就在那里，自冷自暖，可是只要心存希望，那么，所有的风霜都不能冻结一张温暖的笑脸。就像那些绽放在零度天气中的花，开始或结束，都是最美。

远去如花

曾经有很长的一段日子，我一直慨叹自己生命中的那些幸福过快乐过的都已逝去无踪，汹涌奔向眼前心底的，似乎都是不被预料的挫折和坎坷，就仿佛人生一下子进入漫漫寒冬，春暖花开只是遥不可及的梦里风景。

想起春暖花开，便想起了那一年在一个偏远的山村小学当代课教师时，班上一个叫李叶叶的女生。那是很贫穷落后的一个地方，甚至连电都不通。每一家都是破败的石头房，斑驳腐朽的木板围墙和院门。正是夏天，我去李叶叶家家访，一进院子，立刻被花的世界包围。满院的花，在风中轻吐着缕缕芬芳。我愣在那里，之前也曾走访过许多学生的家，几乎每一家院里都是零乱至极，不是堆着木头就是石头。眼前这一片炫目的灿烂，让我有一种很不真实的感觉。

李叶叶的母亲告诉我，那些花都是李叶叶栽种的，而且她每天都去井边提水浇灌，都已经三年了。十三岁的李叶叶对我说：“我不喜欢院子里那么脏那么乱，虽然我们每家都很穷，可是种些花也不用花钱，就是多去提几趟水，那又能累到哪儿去？老师你看，这一院子的花，出来进去的，看着心里也舒坦！”

第一次，在这个贫困的山村，我看到了一种美好的希望。之前，看着每一家的萧条，看着每一张脸上的麻木，我心里就有着无由的沉重，似乎只有在那些学生的脸上，才能看到一种生机，却也是担心以后，他们会像父辈一样在这贫穷的风霜里沧桑了笑容。

还有一年，客居在沈阳。那时刚刚大学毕业不久，在这个城市里艰难地为梦想而奔波劳碌。我住在城市边缘的一个破旧的二楼里，每天要穿越大半个城市去上班，基本两头不见太阳。就这样一天抄袭一天，直至在世事的风霜里让心中的梦想蒙尘。

有一个周日，我起得晚，推开窗是很好的阳光，六月的空气带来城市外的清新。蓦然间，我闻到了一种淡淡的清香，便四下张望：对面的平房里，一个女人正往窗台上摆花盆，花盆里绽放着几朵淡黄色小小的花朵。那一刻，向来对花卉不感兴趣的我，忽然便仔细地看着那盆花。植株极矮，花朵也小，一种很浅淡的香，似乎随时都会消失于空气之中，似乎只有在心平气和的时候才能嗅到。我根本不认识那盆花，在那个上午，却被它长久地吸引了目光。

终于，午后我去向那女人请教，那是一位坐着轮椅的残疾人，我知道，她在附近的一所郊区中学当老师，很坚强也很乐观的一个人。她告诉了我花的名字，可是我现在竟然记不起，只记得是一个极普通的名字。这花生命力极顽强，长久不浇水也不会枯萎，冬天的时候也冻不死，天暖了自然长出新的枝叶，然后开花。她说：“我很喜欢这盆花，它都陪伴我好多年了，也许，我是需要它的那种顽强来鼓舞自己吧！”

是啊，这样的花和她的确很像。花只要有阳光、空气，甚至极少的水就能存活下来，并绽放美丽，而这个残疾女人亦是如此，只要心中有希望，不管境遇怎样的艰难，都会对生活露出最真诚的笑容。

在一个很深的夜里，我想起了那些远去如花的幸福和欢乐，也想起了与花相关的几个人，心里便轻松了许多，生活也许并非如我想象那般艰辛，或许只是我的心里已经太久没有拭去那些梦想上的尘埃。而且，在那个夜里，很巧地，我竟收到了李叶叶在大学里发来的邮件，她说："老师，还记得我当年种的那些花吗？今年它们又开放了，现在是我妹妹在照看它们！我的家乡已经变样了，再不是当年那么贫穷了，而且，每家的院子里都有花在开放……"

是的，那些花谢了，明年依然会开，它们永远不会丧失开花的心。而我生命中那些逝去的美好，也定会如那些遥远的花般，次第绽放，依依重来！

最后的微笑

我记事起家里就已经有了那只青瓷花碗了，听父亲说，他小时候这只碗就已经存在了，已不知传了多少代。这只碗很大，常用它来盛汤盛菜，碗外侧是四朵梅花的图案，碗底则是一个胖娃娃抱着一条红鲤鱼。我曾对爷爷说：“这可能是个古董，没准能值很多钱呢！”爷爷笑着说：“我小时候这种碗遍地都是，值什么钱？”

爷爷一生操劳，什么活都干过，什么苦都吃过，奶奶去世得早，那时老姑和老叔都年龄尚小，是爷爷用他的肩膀把这个家的屋顶慢慢撑起。爷爷对这只青瓷花碗特别钟爱，家里的碗盘换了一茬又一茬，只有这只碗依然出现在餐桌上。爷爷极喜欢吃这只碗里盛的菜，仿佛那菜到了这碗里便有了特别的味道。现在想来，爷爷对这只碗的钟情，应是源自一种怀念。这只碗经历了几世几代，爷爷那些故去的亲人都曾用过它，所以爷爷才不肯将它换掉。

后来，这只碗终于不再完整，边沿上由于磕碰有了许多豁口，就像爷爷嘴里的牙一般残缺不全。这只碗虽然也走到了暮年，可还是默默地盛着那些家常菜，就像爷爷虽然垂垂老矣，却仍然劳碌着，没有休息的时候。终于，在那个春天的上午，爷爷走完了他的人生之路，安详地闭上了眼睛。在生命的最后时刻，爷爷的脸上带着微笑。

爷爷去世后，那只青瓷碗我们还在用着，看着它，我会想起爷爷在时的点点滴滴，心中便会有一种亲切的温暖。有一天，姐姐刷过碗，把它放进碗橱的时候，它忽然就出现了一道裂纹，裂纹呈弧形。我们看着这只碗，它已经不能再用了，大家心里都很痛惜。堂妹忽然说："你们看，这裂纹多像微笑时翘起的嘴！"我们仔细一看，果然如此，我的心忽然一震，想到了爷爷临终前的微笑。

这只碗用了许多年，盛装过这世间的苦辣酸甜诸般滋味，最后用一个微笑结束了平凡的一生。就像爷爷，亦是尝尽生活的诸般滋味，留给我们的也是极安详的一个微笑！

面对这只青瓷花碗，我忽然明白，只要在这个世界上用心地生活过、努力过、贡献过，那么再平凡的一生也是无愧无悔的。所以，这只青瓷碗才会用这样美的一个姿态结束了它的一生，所以，爷爷才能在告别这个世界的时刻，露出那样纯净舒心的微笑！

不能望，不能忘

一

那一年大洪水，一段江堤崩溃，在黑沉沉的夜里，大水席卷了沿岸好几个村庄，离大坝最近的那个村子，连房顶都看不见了。虽然之前早已进行了疏散，可仍有不少人留在村里，于是在凌晨两点钟，我们临时组织的救援队，驾着几条机动船开始了救援行动。

由于救下不少人，经过几次往返，到达离江堤最近的村子时，天已经放亮。这里水最深，所以和我们一起过来的还有一艘大船及潜水员。我们忽然听见小孩儿的哭声，向前看，一个小孩儿在远处茫茫的水面上。我们到近前发现是一个六七岁的男孩儿，双手被绑在露出水面的一截木杆上，正哭喊着。男孩儿被救上船，他却指着水下喊爸爸妈妈。潜水员忙潜下水去，过了一会儿，上来告诉我们，下面是一户人家的院子，一对夫妇正在木杆的底下，靠着墙角，两人都在支撑着木杆。此时他们已经没有了生命体征，可那份最后的力量还在。

可以想象，洪水突来，他们逃脱无望，便把自己的孩子固定在木杆上，然后将木杆竖在院墙的拐角，两人紧紧地支撑着不让木杆在洪水中倒下。最后的时刻，他们用自己的生命将孩子托举出水面。

那样的情景我不忍心看，会逼出我满眼的泪，而我又无法忘却，每每想到，心里便溢满软软的疼。

二

我住在城市边缘的时候，前面有几座废弃的土房，由于过于偏远，轰轰烈烈的开发并没有蔓延到这里，其中的一个房子里，住着一家三口。不知他们是何时从何处而来，只是每日都能目睹他们的艰辛。夫妇二人在那些空房子里养猪，就是大家所说的垃圾猪，男人每天都去城外的大垃圾场捡能喂猪的东西，回来倒进一口大锅里，烧着捡来的垃圾熬猪食。那个时候，一股很难闻的气味便弥漫开来。我心里也时常反感，且不说垃圾猪是不让养的，就是这种味道，也让我深受其害。

那家的女孩儿才八九岁，在郊区的一所小学读书。由于离得太近，我在院子里就能听见他们一家的喜怒哀乐。这天傍晚，女孩儿放学回来，对父母说：“快过中秋节和教师节了，别的同学都给老师送礼了！”男人说：“端午节的时候咱们没送，老师不是也对你挺好的吗？”女人也说：“咱们家哪有钱送礼啊！只要你学习好，老师就会喜欢你！”良久没听见女孩儿的声音，倒是那些猪又到了喂食的时间，齐齐地叫起来。过了一阵，男人女人安抚了那些猪，太阳也落山了，男人忽然说：“丫头，总不送也不好，老师对你那么好，别人都送，咱们更应该送！我决定过几天卖一头猪，给老师送完，咱们也能过个节。孩子好几年没吃过月饼了！”然后有女孩儿咯咯的笑声传来。

中秋节的前一天，我正在房里写东西，忽听一阵女人的哭声，忙出去看，见女人正蹲在地上大哭，男人一脸铁青地站在那儿。他们面前是死了一地的猪。我也惊呆了，对于原本困难的生活，这一场灾难无异于天塌地陷。好一会儿，传来男人的声音：“别哭了！孩子快回来吃午饭了！唉，又要对不起老师了，咱们丫头好几年没吃过月饼了！”

女孩儿回来后也哭了。她对父母说：“没事，不用送礼了，我学习最好，老师肯定还会喜欢我。等我以后挣钱了，给你们买最贵的月饼吃！”男人埋头抽烟，女人抹眼泪。

黄昏的时候，女孩儿大声喊着“爸爸妈妈”回来了。我已被这一家子的生活所吸引，便又出门看。只见女孩儿提着一个纸盒，对爸爸妈妈说：“你们看！老师说我学习好，奖励了一盒月饼！来，给你们吃！”她拿出一块月饼，掰成三小块，在父母嘴里各塞了一块，自己也吃了一小块。吃着月饼，男人忽然上前，将女人和孩子拥进了怀里。

在这个万家欢乐的中秋节前夕，他们一家却拥抱在一起，淌了满脸的泪。

三

曾有一幕，深深地镌进我的心底。

那时我正在一个山村当代课老师，与世隔绝的地方，一种想象不到的贫穷落后。这里的孩子虽然有着山里人的淳朴，也有着那种难驯的野性。他们常常会为一些小事纠缠扭打，头破血流。相比之下，班上的邱鹏算是一个比较文静的男孩子。他很沉默，学习也挺好，只是家里更穷，自从父亲在山上采石头出了意外故去后，只剩下多病的母亲带着他和妹妹。

那次我从城里回来，给学生们带了一些他们闻所未闻的小食品，每个人手里都分到了一块。大家立刻吃起来，连女生们也是三口两口吃完，全是震惊的神情。我发现，邱鹏一口也没吃，自始至终只是闻了几下，便塞进口袋里。

放学后，孩子们如脱缰的野马般一哄而散。我像以往一样走出学校，想到后面的山上看落日。刚出校门，便听见那边一片吵闹声。过去一看，只见班里的几个男生正围着打邱鹏。可他一点儿也不屈服，一改平时的形象，状若疯狂。他右手紧攥着那点儿小食品，手上也被抓破了好几处，鼻子淌着血。我明白了，定是那些男生眼馋他留下的食品，动手抢夺。

见我过来，他们四散而逃。邱鹏道了声谢，便向家里走去，我悄悄跟在后面，怕那些淘气的孩子再回来。到了家门口，邱鹏停下脚步，仔细地把脸和手上的血擦净，又整了整衣服才进去。隔着墙，我看见他们兄妹两个正和母亲推让那块变了形的小食品，最后，母亲吃了一口，眼里全是泪花闪烁。

那一刻，这个八岁的男孩儿给了我一种久违的震撼和感动。我想起城里的那些孩子，公主帝王般的生活和骄纵，一种朴素的温暖直入心灵。也许这些山里的孩子很野，也许他们不知道奥特曼、肯德基，可他们的心却未蒙尘，如山间那弯最纯净的泉水。

习惯了是一件可怕的事

记得一部很老的电影中有这样一句台词："先是痛恨这种生活，然后适应这种生活，最后离不开这种生活。"我也曾沿着这一轨迹走了许久，最终那些原本憎恶的种种变得入目不经心。起初我以为这是一种成长、一种成熟，毕竟人生在世不如意事十之八九，不去学会适应，注定会疲惫会碰壁。

邻家老大爷刚退休的时候，悠然自得地过着安详的生活，每天花鸟鱼虫琴棋书画，真是让终日奔忙的我们羡慕得不行。可一年之后，老大爷却告别了这种恬淡的日子，随着儿子去了南方，帮儿子打理生意。今年春节再见到他，他脸上洋溢着一种满足与活力。他对我说："刚退休时日子清闲，过了一年，自己就害怕了，要是年年这样过，真不敢想象，而且那时我很恐怖地发现，似乎已经习惯了那样的日子，所以赶紧跟儿子走了！"

那个时候的我还在一家工厂倒班，每日里昏天黑地，生活没有节奏也没有规律。没人会喜欢这样的生活，可我一过就是近十年。当别人问起时，我会很随意地说：“没事，习惯了！”那个晚上，有个朋友问我是什么班，我说是零点班。她说：“多睡会儿，后夜难熬呢！”我依然回答：“没事，习惯了！”如此回答后我豁然一惊：习惯了是多么可怕的一件事！适应了，习惯了，心便自愿地沉沦其中，不管那种生活是你痛恨抑或喜欢的，日复一日，生命的激情便烟消云散，一如一汪死水，终会干涸了所有的活力。

可是，想来却是真有些离不开这种生活，就像习惯了笼子的鸟，留恋仅能果腹的一日三餐，却惧怕广阔天空中那些未知的际遇。这一刻，恐惧将自由打败，依赖把激情扼杀。真到了离不开的地步，是无法自拔的悲哀。

在一个很深的夜里，下班，上网，遇见一个女孩儿。她在写文章，对我说，她要离开现在的工作单位，甚至是要离开那个城市了。她不想在这样一成不变的处境和心境中过得更久，她要去寻找自己的快乐和幸福了。

面对着窗外黑沉沉的夜，我的心底终于涌起了一种久违的勇气。我了解她这个人，她不会让自己去习惯、去离不开某种生活。是的，有时候，保持厌倦感是一件幸运的事。

故事中说，西绪弗斯被罚下界，每天向山顶周而复始地推石头，推上、滚落，似乎是一个永无止境的过程。他起初也是习惯了这种苦差，可越是这样，就陷得越深，直到有一天，他想到自己不能沉沦于这种苦难的生活中，于是心里有了希望。这样一来他就打破了魔咒，挣脱了命运的安排。

现实中有着太多的人，推着自己命运的石头当成一辈子的习惯，麻木地走过一生。

我知道我终会离开，虽然未知的世界有着太多的艰险。可我会带着一颗欣喜的心出发，那些充满变数的生活，是一种挑战，也是一种精彩！

月光之树

中秋的晚上，月亮已经从山顶爬过来，我与一友人乘兴走在冷清的河边。我们忽然就来了兴致，想爬到山上去看月亮，看这个城市的万家灯火。

一条窄窄的上山石阶，两个满心希望的人，一串空空的足音。两边都是高高的松树，凉凉的风从林里吹来，只有月光从密密匝匝的树枝间散落，使周围越发显得幽暗。渐渐地，满腔的兴奋被一种莫名的恐惧所取代，那些听来的山精树怪猛兽毒蛇的故事不自觉地涌上心头。两人对视一眼，似乎都失去了再向上的勇气，便觉得此处已近山顶，也可聊为一望。可是止步间却发现，那些高大的林木封锁着视线，向上，是支离破碎的天空，向下，林木无数，不见城市的踪影。

友人提议爬树，说爬到树上可一览无余。我已记不清上一次爬树是什么时候的事了，想来当有二十余年，便有些跃跃欲试。挑了两棵便于攀爬的松树，在这黑黑的夜里，在这山林中，两个已近中年的人，努力地向上爬。待爬到一多半时，枝杈便粗大起来，我们选了一根粗壮的，小心地坐上去，手紧紧地握着别的枝，背靠在主干上。放松了一下心情，我们举头去望，隔着几根疏朗的枝，月亮的脸似乎近得伸手可掬，向山下看，目光掠过随山坡渐矮的群树之顶，万家灯火终于扑面而来。

那样的时刻，空山寂寂，似乎听得见树籽坠落的声音。那些恐惧早已随风飞尽，我与友人一时都是无语，身下的枝丫轻轻起伏，心情闲淡，颇有古诗中“白首卧松云”之感，仿佛远离了俗世纷扰，只有青山明月为伴。这一刻，层云荡胸，一如不食人间烟火，而远远的红尘，如一片繁华虚幻的梦。忽而又觉自己就是那只拣尽寒枝的孤鸿，一时不知身处何时何境。转头去看友人，他亦沉默，眼中有月华闪烁，一片纯净的亮。

不知过了多久，渐浓的凉意侵袭，我与友人终于神回，小心地下了树，脚踏上土地的瞬间，尘世的一切又重回心中，抬头去看坐过的那根枝，月光下朦胧轻摇，如那些曾经远去的美好。周围复又昏暗，我们疾步下山，城市巨大的明亮气息汹涌而来，又跌入无尽的熙来攘往之中。回望身后的山，明月高悬，如一幅不真实的剪影。

那夜的梦里，我仿佛仍身在松云之上，随风起伏，月色盈怀。而那样的经历，回想起来真如梦境一般。很庆幸我们有此突发奇想，否则极可能以后的半生之中，也不会有这样的经历。无论在山树之上远眺，还是在城市之中回望，相互的不真实，身栖两境，相望皆似梦幻。

喜欢那种让心极静极淡的时刻，也流连那种如梦如幻的体会，在这样一个纷繁的世界里，能找到那样的憩息之地，哪怕只是片刻，也是一种依托。就如在劳碌中让短暂的清闲缓冲疲惫，让心于悠远中如月光般飞向四方，无远不至，回来时，我依然是我，却又找回了另一个自己。如此，生命当如月无尘，如风无痕，闲劳皆美。

一 身 轻

生活轻轻松松，生命轻轻松松，也许是许多人所追求和向往的。然而世事纷杂，太多的人为无形的枷锁与负荷所羁绊，步履艰难。要真正做到一身轻，真是难于上青天。

无债一身轻。这是许多人都曾体会过的，四处举债，一朝还清，真如移去身上巨石，那是一种要飞起来的感觉。可是这种轻松不会太长久，因为生活还要继续，还会有数不尽的烦心琐事在等着你，你会很快地再度沉重。

无欲一身轻。这是一种出尘的超然，无欲即无求，便无烦恼，生命自然轻松。可是这般境界有几人能够达到？在当今世界上，物欲横流，各种大大小小的诱惑充斥着生活的空间，追名逐利之中，生命又谈何轻松？可见无欲之心对于现在的人们，只是虚无的空中楼阁。

无官一身轻。这是许多官员离任后常常发出的慨叹，且不说是不是真的想罢官，那份轻松感却是实实在在的。为官一任，要造福一方，肩上的担子自然很重，事无巨细皆关其心，一朝离任，而且是无过无愧的离任，自会满心舒畅，轻快无比。所以他们能悠闲地安度晚年，养花种草，陶情适性。可是毕竟还是平民居多，这种轻松，只属于一小部分人。

无病一身轻。病来如山倒，其负重可想而知。而且在当今社会，治病的花销绝对不比一座大山轻多少。所以能发出无病一身轻之叹，多半出于此种原因。可是人食五谷杂粮，加之各种精神压力，要想无病绝无可能。想得开的人，一切皆可放下，能没病没灾地活着，就是最好的了。可是这由不得人自己选择，这个口号，只是人们的一种美好心愿罢了。

忽然明白，上述那些所谓的轻松，并不是生命的本来状态。要想体会到轻松的感觉，必须要先负重，没有这种前后的对比，则轻从何来？也不会有意义。其实生命本就是一个不断负起和放下的过程，其意义也正在于此。所以从根本上讲，物质上的轻松与沉重虽离得最近，却并不是最重要的。只要你行得正走得直，人生无愧无悔，生命自然就一身轻了。真正的轻松，只关乎心灵。

乱 红 飞 过

东风一过，百花凋零。

东风恶，吹散百花成乱红，许多人心里都是如此无奈地喟叹，更有人借此自伤身世。是啊，花谢花飞，本是世间最为凄凉凄美之事，如若以景映心，则更衬怅惘。可是我认识的两个人，他们面对残花，却有着全然不同的心境，让人于迷茫迷惘之中，窥见了另一扇美好之门。

首先是一位老者，他一生阅历甚丰，各种况味一一尝遍，晚年的平和如秋水深静，默默亦脉脉。与之相遇正是春之将暮，在一大片丁香与杜鹃林中，踩着一地粉红的花瓣，东风过处，枝上残红零落如雨，美则美矣，却是让人无由神伤。老者眯起眼睛，神情坦然，仿佛那些飘落着的花瓣，经眼不经心。当时以为，他可能历经世事渡尽劫波，这些许的闲愁散恨，已不能入侵那一颗经过风浴过雨的心。

后来在一次作协举办的活动中，竟与之再度相逢，方知此老乃本地名宿，对其大名也是久仰之。后来的几次接触，相谈甚欢，明白他那一颗心并没有在风尘中沧桑结茧，依然保持着天真童趣，对任何事物都有着一种本真的好奇与追求。回忆起初次相遇时的落花，他微笑，告诉我，其实没有什么好遗憾的，本来就是美丽的花，用最美的身姿结束美丽的过程，如此便足以慰人心怀了，可惜世人不解花意，偏要给它们加进去那么多的缠绵恨怨，花若有心，也该变得痴怨无边了。说起以落红自伤身世，他更是淡然，言道每个人都会经历种种，或美丽愉悦，或痛苦遗憾，终究也只是人生中短暂的一瞬，来日犹长，苦也好乐也罢，只不过是一个背景而已。就像面对乱红飞舞的时候，心中盛装着的仍是面对花开时的欣喜，则无憾无伤。

从此我心中多了一份感动与感悟，眼前的乱红飞过，不再是忧伤的轨迹。而遇见那个二十多岁的女孩儿时，她脸上有着和我相似的神情，正在一株花瓣飞扬的樱桃树下留影，笑靥如花。熟悉后也曾探讨起对落花的看法，她说她太有体会了，刚刚大学毕业一年，青春正在陨落，而那些曾经璀璨的梦，在现实的东风中也零落成泥。我问，那你面对花飞满天的情景还能笑由心生？她说，你没发现吗？花虽落了，明年还会美丽地开，而我的那些梦失落了，也一样会重新生长出更多更好的梦来，如此，又有什么可悲伤遗憾的呢？还有啊，再过不久，花落处就会结出果实了，那是花朵最美的一种延续啊！

无由地感动和震动，此时的落红片片，在我心里愈加丰盈。是的，不管怎样地飘转零落，它们，都曾经最美地绽放过，就如那些年少时的梦，即使碎成千片万片，都曾是我们最美的理想。只要心中的希望不泯灭，所有的日子都会梦想丛生，所有的花都会次第开放。

乱红飞过，有着最甜美的果实，就算没有，它们也曾是最灿烂的一朵花。如此，置身花雨之中，心却完好如初，馨香洇染，氤氲最多彩的季节，希望生生不息。

生活就在此处

在一个常去的论坛上，有一个热帖引起了我的注意，题目是“生活到底在哪里”。楼主套用了一句别人的话，写出了自己的观点，那就是：生活在别处。没想到这个标题竟引发了网友们的热烈讨论，大家纷纷跟帖赞同楼主的观点，并举例说明。精彩的生活都发生在别人身上，而自己的生活，用一句流行的话讲，那算不上生活，只是生存。

忽然想到身边的一个女同事，她常抱怨说：“这过的是什么生活啊！”听她的牢骚，整日除了上下班，就是带孩子做饭，时间一点一滴地在琐碎的忙碌中度过。夜深时躺在床上，回想年少时的梦想，才发现于不知不觉中已偏离了心中的道路。她常会看着别人满脸羡慕地说：“看啊，别人过得多轻松快乐！”

的确，我们的工作与正常人不同。我们要倒班，每隔四天就要经历两次零点的上下班，那种感觉生不如死。有人开玩笑说，我们过的日子就是吃阳间饭干阴间活，而且每日里的作息时间全不一样，毫无规律可言。这是一种无奈一种挣扎，这，难道也算是生活吗？要是放在从前，我也定会失落万分、满腹抱怨，可我现在却不会，因为我对于生活，已然有了全新的理解。

在我少年时，就常听邻家大娘感叹生活的艰辛，为了生活，或者说为了生存，她的确是受尽了苦。她同样羡慕周围那些活得顺风顺水有滋有味的人，坚信一切都是命中注定。就是这样辛苦了一辈子也没享几天福的女人，在弥留之际对子女们却露出了最释然的笑容，说："这一辈子，也值了！"那时我很不理解，这样的一生，有什么让她欣慰的呢？后来听母亲讲起邻家大娘一生的坎坷与艰难，才蓦然觉得，这样的一生也许才是真正的生活，真正的生活不可能一帆风顺，必须要融入百般滋味才能成其广阔与厚重。

从那以后，我就懂得，其实每个人的生活都是一条河流，他们有着各自的深浅，在流淌中互相交汇，构成世界的多姿多彩。生活源自每个人的内心，只要还活着，只要对日子没有丧失希望，那就是真正的生活，而生存，却只是为了活着，与心中美好的希望无关。每个人都有着不为人知的辛酸，我们无法看到，展现在眼前的往往都是最令人钦羡的一面，就像我们不会把伤口展现在众人面前。

有一天，那个女同事兴冲冲地对我们说："今天早晨，楼下的大婶还很羡慕地对我说，看你多好啊，年轻，有稳定的工作，有那么好的爱人和孩子，真是幸福！仔细想想，也的确是这样，原来我也有让别人羡慕的生活，原来我的生活也是幸福的！"那一刻，我们都于感动中感悟，每个人都有着各自的精彩，只是，我们离自己的生活太近，反而感受不到那份美丽。

再去看那个"生活到底在哪里的"帖子，有一则回复很让人难忘：

每个人都对现在的生活不满意，其实，如果可以重新活一回，大家都过上了现在所羡慕的那种生活，我敢肯定，大家还是会后悔厌倦。也许，人们没有经历过的生活，才会觉得是真正的生活，才永远是最好的。我们常常费尽心思去看别人的生活，以此来衡量自己与那种生活的距离，而我们对自己的生活，与自己生活的距离，却极少去衡量。只要把心投入进去，每个人的世界都是天堂！生活不在哪里，生活就在此处！不是生活选择我们，也不是我们去选择生活，生活就在此处，那是生命中最美丽的一种真实！

这个回帖的后面，没有人再跟帖，也许，大家已经开始了对生活最真实最深刻的思索。

美丽的从容

记得许多年前，在一个暖暖的夏日，倚在床上看一本书。书中都是一些百年的老照片，记录着流逝岁月中的点滴浪花，心也于其中载浮载沉。如今过去这么久，却有一幅照片依然深印在心。那是美国发生的一场暴乱，士兵们冷漠持枪，枪口对着人群。这时，一个女大学生却款款上前，将一支美丽的雏菊插入一个士兵的枪管中。那样的一个瞬间，冰冷的枪口与盛开的鲜花完美地结合，加上那女子微笑的脸，给人以一种震撼心灵的魅力。

几分钟后，那名女大学生便被枪杀。可是她留下的刹那温情，却让世人永远铭记。那是一份从容的心境，并不只是淡定，而是一种让心于沉沉的压制中绽放出静静的美丽。那不是一种挣扎，也不是一种梦幻，而是一种执着的坚守与坚信。所以，子弹夺去她年轻的生命，却夺不去她脸上始终不变的浅浅的笑。

我非常欣赏那些在大事件发生时仍能保持沉静的人，若是脸上有笑，则更让我动容。若是满面沧桑风尘如刻，那不是从容，只是麻木；若面无表情作壁上观，那不是从容，只是冷漠；若是事不关己全身而退，那也不是从容，只是一种懦弱。真正的从容，不仅是心静如水，而且有希望在其中，有信念在其中。如此，才是一种美丽。

在我的脑海中，还保留着另一张照片。那是一所着火的房子，房子前一家人在合影。那一家人的脸上，都流露着温暖的笑意，那熊熊燃烧的大火，成为最美丽的背景，把他们的笑脸映得鲜活无比。那是一个晚上，这个平房里的一家人刚要休息，却突然失火，由于是电线燃着，所以火势很大，短时间内根本无法扑灭，而消防队还要有一段时间才会到来。一家人跑到房外，只带着不多的贵重东西，看着身后燃烧的家，都有些惊恐和失落。这个时候，老爷爷却大声说："趁着房子还没全烧掉，我们赶快合个影吧，以后就没有老房子了！"于是便有了这张照片。

面对正在失去正在远离却无力阻止的东西，是这样一种从容的心态，把最美的瞬间留住。是啊，不管你懊丧、痛恨还是无奈，失去的永远不会回来。而那个老人的心里，却并没有让这些情绪更久地存留，因为他的心里是有着希望的，老房子没了，会有新房子建成。所以，我们也不能长久地让心于丧失中悲伤失落，更应让希望生生不息，如此，逝去的也会成为一种美好一种眷恋。这是长长岁月中最美的一种从容，可以让你在路上走得无悔而多姿。

所以，最美的从容应该是这样的，心中没有惊慌而深藏希望，心中没有麻木而铭记美好，心中没有冷漠而浸润温情，那是一种执着，是一种恬淡，是一种坚守，是一种人生中至高至美的大境界。

看冬天山上在风雪中不变的松，看腊月冰下缓缓的流水，看那些风随意西东，心总会被无由地触动，现在已经明了，那也是一种从容，不为外物桎梏，而心有所守，所以常常感染红尘劳碌中经常迷失自己的我们。希望有一天，我也会在身后燃烧曾经美好的烈火前，留下一抹最美的笑容。

风吹片云，心静如花

许许多多的日子，我东奔西走，忙忙碌碌，起初觉得这样的生活很充实，可是在那些无眠的夜里，便会体会到一种深入心灵的疲惫，回首时，为之奔劳的一切，仿佛瞬间失去了意义。我常常自问，内心究竟是梦想着一种什么样的生活，便想起多年前，独自一人坐在大学图书馆后的台阶上，夕阳将眼前的树涂抹得熠熠生辉，清风轻拂脚前的书。那样的情景几度入梦，似是遥远得不可碰触。

原来，只是想要一种安然的生活，那是一种心境上的恬淡，想拥有那样的一扇小窗，坐拥流年，岁月静美。如此简单的生活，却离我那样遥远，有那样的一扇窗，也有一窗明月，却是照耀着无尽的沧桑，一颗倦倦的心，无法与那一轮皎皎明月相辉映。

在初夏的一天，我回故乡扫墓，流连于故土的芬芳，便多停留了几日。住在叔叔家的老房子里，抬眼可见斑驳的院墙，仿佛剥尽岁月的风迹霜痕，看见童年的我，留恋惊喜着墙上的每一棵细草。一个午后，我一个人坐在窗台上，很远的远方，一剪山影淡淡，野甸无边无际。而南园中的杏树，粉色的花正开得一片深情。目光追逐着长风，看它将天上的一片片云吹得任意西东。那一瞬间，阳光洒落在身上，一种久违的感动，就像与记忆中的所有美好重逢。

回到喧嚣的城市，乡村的气息早遗落在漫漫的来路上，我再度为汹涌而来的日复一日所困囿，就像从梦里走回梦外，却是没有比梦更遥远的地方了。对面的平房院落里，那些开着的丁香已飘落大半。有一天从院前经过，院门敞开着，看着那些飘出院子的花朵，忽然想起，许久以前，那时还是不谙世事的学生，为了心里的梦想，去寻那些五瓣丁香，都说五瓣丁香能给人带来好运。于是冲动穿透时光的阴霾，便俯身去细看那些花朵，期望着一份久远的惊喜。

久寻不遇之际，一个声音从身后响起："你在找五瓣丁香吧，给你，我找到好多！"回头，不知何时，一个坐着轮椅的女孩儿从院里出来，拿着几朵丁香花，脸上洋溢着灿烂的笑。那一刻，我仿佛看到了少年时邻家女孩儿在花树下静静的笑容。

和这个残疾女孩儿熟悉以后，我知道在她近二十年的生命中，一直是生活在轮椅上。她也曾消沉绝望过，可是终是走了过来。每天每天，她就坐在院子里，就像这个春夏之交，看着天上风走云来，看院中花开花落，内心无比的宁静。一如她心里的希望，在这种美好的氛围中悄悄生根，缓缓盛开。她对我说："其实你们也没有必要为世事的奔忙而感到厌倦疲惫，我就很羡慕你们呀，如果我可以像你们一样自由奔走，会很开心。我觉得，就是和心情有关吧，只要心里安静了，再繁忙的生活也会充满意义，也不会感觉累。"

我心中有了一种无言的震动和感动。长久以来，真的是忽略了自己的心情、心境。如果让心如那些花般自在开谢，那么就算希望起起落落，也是一个美丽的过程。而朝风夕云，更是一种悠远的点缀。如此，就算不能做到去留无意宠辱不惊，也会让生活每一天都变换着无尽的情趣。所有的烦恼忧虑，亦会如天上片云，在风中逝去无痕。那么，再苦累再劳碌的生活，也只是心中花盛开的背景，也是让生命灿烂绽放的厚重土壤。

穿透冰雪的美丽与芬芳

三月份的小兴安岭，依然冰封雪盖，只在晴好的日子里，才会有着些许春天的气息。在不可觉察之中，那些冰和雪也在渐渐地消融着，春天，就这样无声无息不知不觉地渗透进这一片广袤的山林。

有一次和朋友在一起吃饭，大家就议论起这个季节在这片山岭间最神奇的一种花。那就是冰凌花，它是一年中最早开放的野花。未曾来这里生活的时候，就听说过冰凌花，只是一直迷迷糊糊，没有具体的形象。一个大姐说她年年都要在这个时候去看冰凌花，在她的眼中，那是最美的花。这个大姐总是那么安静，脸上带着浅浅的笑，那是一种发自内心的微笑，并非是让肌肉疲劳的虚假面具。于是，我心底对冰凌花涌起浓厚的兴趣，急切地想一睹其芳容。

在那个午后，我们一些人约好去山上，其中就有那个大姐，她轻车熟路地带着我们翻过山顶，来到向阳的山坡上。当时阳光暖暖，东风轻拂，冰雪散发的寒意似乎也消于无形。山坡上的雪有的地方已经化开，更有些地方已经融成小水洼，却在夜里重又凝成冰。终于，在一处，我们与几朵小小的花猝然相逢。那是一处小小的水洼，冰已化开一部分，尚有许多雪残留。就在那里，几朵金黄色的小花正静静地开放！传说中的冰凌花，绽放在冰与雪之间，比指甲大些的花朵，呈盏状，上面承载着春日的阳光，周围是无尽的冰雪，空气中流动着淡淡的香气。一时之间，我们全都凝望，无语。

忽然就明白了这个大姐为什么说它是最美丽的花。记得初与大姐相识的时候，是在七月的植物园中。当时许许多多的花开得正灿烂，而她却说，这些都不是最美的。也曾听别人说起过大姐的过去，艰难坎坷，似乎种种噩运全集于一身。只是从没人见过她的愁容，亦无人听她有过抱怨。我知道她的每一朵笑容都是真诚的，生活中所有黯淡的际遇，都从不曾让她的心上生起厚厚的茧。

面对冰雪中的那些小小的花，心中有着一种无言的感动甚至震动。我无法想象，在冰雪的覆盖和困囿中，它的根茎曾经历了怎样的挣扎，也不知道在寒冷的桎梏里，它又是怎样维持着火热的生长之心。总之，东风来了，它便于冰雪之中绽放开来，绽放出一种笑傲的姿态，绽放出一个温暖的春天。

我看向身旁的大姐，她也在含笑看着那些花。虽然她每年都无数次地凝望过，可那眼神中依旧深情依旧炽热。此时此刻，站在满山冰雪之中的大姐，真的就像那些冰凌花，不管经历了怎样的痛苦挣扎，不管经历了多少的白眼冷遇，依然用最美的微笑打破生活的梦魇。就如傲寒的冰凌花，所有的冰雪都已成为它美丽的背景。而大姐那些艰难的过往，也只是她生命的一种点缀。正是那些风霜侵蚀的逆境，才使得她于挣扎辗转中，破茧而出。正如她所说，对于生活，没什么可抱怨的，如果说有，就该抱怨我们对待生活的态度。

美丽的冰凌花，冰雪没能将其扼杀，却成就了它的神奇。人的生命亦是如此，如果在怨天尤人中日复一日，终会憔悴了所有的时光与希冀。而如果心中盛装上一份热爱，那么，所有的冷漠都是映衬温暖而存在，所有的苦涩也都是映衬芬芳而存在。美丽自己，芬芳他人，是一种人格的力量与魅力。

看啊，冰凌花正迎着阳光倚着东风笑傲冰雪，面对这样的花，心中的美好也正自冲破重重的阴霾，生活正在开始美丽地绽放。

心有斑斓景自春

常常会有这样的时候，分明是湖光山色或清风明月，心里却是一片萧瑟，不管怎样的美景，总会有将心触痛的地方。细细想来，那样的时刻，却都是人生最落寞伤怀之时，在黯淡的际遇之中，心灰则天暗，麻木的脸总是与冷漠的眼相遇。于是处处皆秋，仿佛沧桑奔涌，风霜扑面。

有一年自己亦是处于这样的心境之中，偌大的都市，在我眼中毫无生机，只是一片钢筋水泥筑成的冰冷森林。就在那个时候，偶然结识了一位老者，他是当地颇有名气的国画大师，擅画鸭，曾以一幅《百鸭图》获全国大奖。我曾欣赏过那幅名画，画中百鸭情态各异，极具情趣。与老者相熟之后，渐渐了解到他的经历。他年轻时就酷爱国画，且小有名气，可是恰逢“文革”，他也被牵连进了牛棚。与他一起被下放劳动改造的，都是一些艺术界人士。从身到心的疲累，使这些曾满怀激情的人日渐麻木，看不到前方的路，眼前的苦难成了最大的煎熬。

老者对我说：“那时我在接受批斗之余，就是去放生产队的鸭子，那是一大群鸭子，每天把它们赶到河边，我坐在那里，看着流水万念俱灰。有一天，无意之间，我注意到了那些鸭子，发现它们很是有趣，从情态到叫声，给我一种全新的感觉。我就像发现了一个崭新的世界，于是每天观察鸭子，看它们弯弯的眼睛，就像是永远都在微笑，便想到画它们。我拿着树枝，就在河边的土地上画，每天都画，一下子轻松了许多！”

平反之后，与他一起落难的那些艺术界人士，多已放弃了当年追求的东西，只有他，画艺却是在那些年中进步了许多。那些同伴都已显出老态，而他却容光焕发，仿佛那些遭遇只是一个短短的梦。我知道，自从走进鸭子的世界，他的心里便安静了，便有了希望，于是日子便生动起来。

一年之后，我去一个山村的小学当教师，虽然际遇依旧，可是心里却已暖暖。在那个天涯一般的地方，每一天傍晚，我都会在校园里点燃一堆木头，支起铁锅熬粥。四处的山岭寂然，长风流淌，在粥香弥漫中，有着一种充实的满足。虽然穷困偏远，却让我于极静之中，在心里生长起郁郁葱葱的希望。就如秋天的远山，树凋草残，可是明月高悬，一切在我眼里却是那样多姿多情。有朋友来看我，见我现状，很是唏嘘，我却淡然而笑，指给他看深秋的五花山，告诉他，那一片五彩斑斓，实是胜过春日。

是的，从我的亲身经历中，我已经深深懂得心绪对于心态的影响。心存美景，则生命中再无困境。无论怎样的坎坷遭遇，那样一颗充满生机的心，都会使艰难的境遇变得柔和如春。世界并不是由许多冰冷的墙筑就，只要心怀美好，就会发现那些墙上有着许多扇充满希望的门，也有着许多扇阳光倾洒的窗。

忽然想起，在那位老者的一幅画作上他题的两句诗：人无琐碎云方静，心有斑斓景自春。是啊，这真是道出了人生在世充满情怀的态度，这实在是一种至高至美的境界，其实也并不是难以企及，只要在你心里种上一颗希望的种子即可。

心中永远不磨灭希望的色彩，那么，即使身处严寒，也会温暖如春。如此，不管何时何地，你都会真心地感叹：这世界，多好！

吾厚吾德

一个德字，从古至今论者纷纭，可在字海的浩瀚处，在时间的长河里，在历史的天空中，它依然永恒闪亮，一如明月盈缺，却是清辉不改。《易经》云：君子以厚德载物。可见德乃是一种胸怀，一种境界，一种与生俱来却又终身为之坚守的做人底线。

曾在一个老者的书房里看到“吾厚吾德”这四个字，醒目地悬于壁上，带着雄浑苍茫的笔意，猝然击中我心底最纯净的角落。我知老者一生际遇，此四字实是他真实的写照。我亦是常常自问：若命运注定我福薄，辛苦勤奋终成画饼；若命运注定我漂泊无依，奔忙劳碌为生而活；若命运注定我屡失机遇，惨淡经营通达无望，我该何以自处？

不必问询于他人，在我们的阅历中，以上种种屡见不鲜，失落黯然者有之，愤慨抱怨者有之，走向极端者有之。想到自己的回答，也是惭愧且茫然，人生在世，不如意事十之八九，也曾怨天尤人，也曾叹世事不公，却是于事无补，失了希望也失了心境。

于是更加由衷地钦佩那位老者，他一生所历，难以卒读，仿佛所有失意集于一身，无时无遇无福，多劳多难多病，可观其人，不卑不怨，风骨凛然。德之一字，品行也，内品外行，他都做到了。心有操守，方能行于端正，浩然正气发于胸腹，方能具有巨大的人格魅力。在老者家中，前来拜访者众多，不管身在红尘中沾染了怎样的心性，于那方斗室中，在那四个大字的辉映下，都会一时宠辱皆忘，这就是德的感昭。

后来读明代陈继儒的《小窗幽记》，其中有一条："天薄我福，吾厚吾德以迎之；天劳我形，吾逸吾心以补之；天厄我遇，吾亨吾道以通之。"忽然发现，这正是那老者一生的真实概括。抑或老者学贯古今，一直以此条训诫修正人生之道。所以，他终生都在提高他的道德行为，以此来对抗命运的风雨浮沉。

如此，再回想自己曾经自问的种种，更是汗颜。是的，没有什么可抱怨的，如果说有，就该抱怨自己对待命运的态度。命运并非不可战胜，坚守内心的闪光点，不违背良知，就算依然坎坷，也是无愧无悔，也是一种成功。顺于顺里取，逆从逆中求，德的积累，就是日月流年中点点滴滴的坚持，是风雨沧桑里时时刻刻的执着。

就如松横陡岩，风霜雨雪不改其姿；就如日月经天，云飞雾扰不减其辉。唯吾厚吾德，才能从容漫步，才能坚守生命的本真，立足于人生的大境界。

香　　雪

回到故乡，遇见以前的语文老师，当年那个美丽的中年女人，却已经是憔悴苍老。只是在她不变的笑容里，依然有着曾经那种直入人心的温暖。她居然还记得我，说我当时的作文写得好。那个初夏的午后，我和她静静地坐在阳光下，说着从前的种种，她的白发闪着细密的光。

我的这位老师当年是一个很有才华的女子，却是命运多舛，一生都于风中漂泊，辗转无依。据说她年轻时，几度逃婚，从遥远的关外一直跑到黑龙江，终于遇见自己喜欢的人，相爱成家。可是好景不长，在孩子出生的那一天，丈夫在赶回的途中遭遇车祸，从此只剩下她们孤儿寡母。日子艰难无比，可是更黑暗的际遇却还没有来临，三年后，一场大病夺去了儿子幼小的生命。那以后许许多多的日子，如旧的晨昏晴雨，却成了她心底永远的疼痛。

从此她再无婚姻。她在黑龙江的一个个城市间游走，也曾回到老家，却已物是人非。后来她当了教师，在我所在的中学里，一直到退休。她从没领养过孤儿，只是自己生活，她用心爱着她所教的每一个学生。我曾去过她的家里，最让我震惊的是有那么多的书，那两年，我常常去她家里借书看，有时还和她探讨一些书中的内容。我初中毕业后，去另一所学校读高中，见到她的时候就少了，也偶尔会去她家里找书看。大学后，联系得更少，毕业后一直在外地，每次回来都是匆匆，于是那张容颜在记忆中渐行渐远。

有时回想起来，很震惊的发现，老师的脸上竟是一直有着笑容的，仿佛没有磨难临心，仿佛没有沧桑侵染，那清亮的目光直穿透重重的岁月，在我的记忆里闪亮。

老师问我："你在那个极北的城市里，可有发现什么难忘的事物？"

我心一动，说："老师，记得您当年给我们上课时，讲过梅花，还告诉我们，香雪指的就是梅花。可是老师，我在那个城市里，真的发现了香的雪，是雪，而不是花！"

回来之前，五月，一场大雪降临在这座春天已经迟到的城市。那个时候，野地里的丁香刚刚开放。雪落下，将那些粉的花朵变白，白的变肥。此时的雪极黏，就粘在那簇簇的灿烂之上，而且枝上也是一层，行走在其间，就如童话般的世界。在清凉的空气中，流动着氤氲的香味。我伸手抓起一团花上的雪，那雪竟然也是芳香的。我看见有许多人在收集着花上之雪，说是可以泡茶，更增意味。

老师听我讲完，眯起眼睛，嘴里念叨着"香雪"，似是在想象着那样的花上之雪。看着老师的白发，我想起另一句：白发的芬芳。那也是一种香雪吧，是岁月的香雪。雪因花而香，世事因心绪而多情。如果一个人心里盛装着美好的希望，那么就算经历再多的苦难，她的心也会将苦难点染得芬芳四溢，而不是被冰雪冻结。就如我的老师般，她教给我“香雪”这个词，却用她的一生给这个词做了最生动的注解。

冰雪下的花，将芬芳直透人心，将冰雪也染香。苦难下的笑脸，苦难下充满希望的心灵，也会将苦难升华成一种美丽，那种美穿透岁月的阴霾，成就生命中最美的彩虹。香雪的下面，是一颗芬芳而坚强的心。

怀念一棵冬天的树

身处小兴安岭的苍茫林海中，万木葱茏，那经年的绿色曾一度洇染我褪色的梦想。可是，在记忆深处，在心底最幽静的角落，却站着一棵与眼前的林海格格不入的树，它在最艰难的日子里，支撑着我梦想的天空。

那个冬天，我住在小镇的边缘，一栋很古老的二层楼，墙皮多处剥落，露出斑驳的红砖来。我的居室在二楼北面的一个房间，窗外是一大片废弃的运动场，依稀可见当年的篮球场地，更远处是铁路，临着一片小小的湖。就在窗前，很突兀地长着一棵树，一棵有很多枝丫的杨树，遮住了半扇窗，推开窗子，一伸手就能碰触到那细细的枝。那时我每天往返于学校和住所之间，在镇上的中学当代课老师。来到这个小镇，躲得过世人的白眼冷遇却躲不过失败的阴影。闲暇时拥被坐在床上，那树便走进了眼睛。树干和枝杈都白白的，仿佛为了迎合冬天的主色，零星的几片叶子在北风中摇摇欲坠。那树枝直刺苍天，像一截干枯的手臂，张着五指想要抚摸遥远的阳光。一种静谧而凄冷的氛围直透进室内，使墙角的炉火失去了温度。

有一个早晨，我张开眼睛，听到一阵“咕咕”的叫声。我急切地寻找声音的来源，窗外的树上落着两只麻雀，土黑色的羽毛裹着肥胖的身躯，像穿着厚厚的袄。它们蹲在枝上，缩头缩脑地交谈着。在我的印象中，麻雀应该是“叽叽喳喳”地叫着的，可是现在的叫声有些像鸽子，又比鸽子清亮一些。一早晨它们就蹲在那里，除了转动几下头颅，身子动也不动，仿佛成了树的一部分。太阳升起来，阳光淡淡地印过来，麻雀的衣服立刻变换了颜色，影子穿过玻璃斜斜地投在墙上，仿佛两朵开在枝上的花。它们被阳光抚摸得兴奋起来，声音也大了许多，变成了我印象中的“叽叽喳喳”，叫到欢时，还扑扇几下翅膀。于是树枝也跟着上下起伏，它们便露出极惬意的神情。每早的六点钟，有列火车准时通过，车未到，笛声先远远地传过来。刹那间，两只麻雀倏地噤了声，然后同时飞走，留下“突”的一声。脚下的枝杈不停地颤抖着，说明它们曾在此停留过，窗子也簌簌地响。

那树每天都在变换着颜色，过了冬至之后则更为明显。那白色缓缓变得柔和起来，像有水从树干里慢慢地洇出来，仿佛苍白的脸上慢慢地有了血色，长长的严冬挡不住树的生机。那年冬天雪少，下了几次都是极薄的一层，被风吹散了。一场真正的雪终于来了，在夜里，在人们熟睡的时刻。早晨，外面已是银装素裹了，树枝上落满了雪，毛茸茸的，像穿了一件洁白的毛衣。也许只有这棵树知道，在寂静的夜里，雪花曾怎样美丽地飞舞。阳光淡淡地映着雪光，两只麻雀迟到了，它们甫一落上树枝，惊得那些雪落下来，在晨风中流光飞霰，晶莹无比。我走到窗前，那麻雀歪着头，瞪着圆溜溜的小眼睛审视了我好一会儿，才双双飞走。枝上留下它们模糊的一片爪痕，我忽然就想到自己他年远离此地，所有的痕迹也终会被湮没，没人知道自己曾经来过。

冬天将尽的时候，树干上已能看出一片淡淡的青色，它的生命又要迎来灿烂的季节了。这个漫漫的长冬，在风狂雪骤中，它从来不曾熄灭心中的火焰啊！我的心也没有了初来时的彷徨失落，我生命冬天的足音也渐行渐远，我知道，当枝头一片青青的时候，我心中的希望也会生长得一片郁郁葱葱。

那棵树已远在千里万里之外，现在依然是冬天，窗外西伯利亚的寒流正经过，那树依然在驻守着它的希望吧！就像我几年来四处漂泊历尽悲欢，依然用梦想温暖生命的冷遇。那棵树一直不曾离弃，它就生长在我心底，冬天时，撑起一片灰暗的天空，盛夏里，给我一份生命的清凉。

最纯净的仰望

初见林寒时，他正坐在小矮凳上，费力地给人擦皮鞋。在他的身边，还有几个人等着让他擦皮鞋。看他的样子，身高也就一米一，我以为是个儿童，可当他抬起头来，分明一张很沧桑的脸。原来，他是个侏儒。

和他熟悉了以后，才知道我们是同龄人，他家里条件也不好，父母都是普通工人，为了不给父母增加负担，他便来到街上给人擦皮鞋。一开始人们都嘲笑他，看珍奇动物般围观他，却没有一个人让他擦鞋。后来，他急了，便对大家说，前三天免费。这时才有人坐下来让他擦鞋，是的，别人坐在那儿也比他高，他在擦鞋的过程中，不时地仰起头来对顾客笑，那笑容很温暖。渐渐地，他的生意好起来，常有人慕名而来。

说起这段往事，林寒的脸上依然挂着笑，让人心里也觉得暖暖的。他说："我高中毕业后便不上学了，我对每个人都是一种仰望的态度，至少在身高上，别人便会让我仰望。”

有一次，他擦鞋所在地的一所幼儿园为了庆祝六一，由老师带着孩子们去附近公园练习舞蹈。经过他身边时，那些孩子都停住脚步围着他看。在那些身高和他差不多的孩子中间，他忽然感到非常尴尬，不知该怎样去面对那些如花的小脸。

就在这时，带队的年轻姑娘走过来，有孩子问她：“老师，这个叔叔的个子怎么这样矮呢？”

那姑娘看了她一眼，他竟不敢去看那清澈的目光，等着姑娘口中说出“侏儒”两个字。

而那姑娘却说：“孩子们，还记得老师给你们讲的白雪公主的故事吗？里面不是有七个善良勇敢的小矮人吗？这位叔叔和他们一样，他很善良地帮助别人，大家要对他友好，学习他尊敬他！”

那一刻，他的心像被什么温柔地击中，有一种想流泪的冲动。这时那些孩子纷纷过来和他握手，然后喊着“叔叔再见”走远了。他听见有孩子说：“原来童话中可爱的小矮人真的有呢！”

从那以后，林寒更是坦然地面对所有的困难。那个善良的幼儿园老师也常来他这里，他在心里感激她喜欢她。我以为会有一段美丽的爱情故事，可是却不像我想的那样，他们只是互相尊重的好朋友，他说：“有这些就足够了，更值得我仰视的，不是她的身高，而是她的人格。我相信以后一定会有一个女孩儿走进我的生活，她也一定有着同样美丽的心灵！”

还有一次，一个顾客擦过皮鞋后将一个包忘在林寒那里，那时正是冬天，他一直等着那人回来拿，直到天快黑了，那人才赶回来。当时那人俯下身紧紧地握着他的双手，说了一句让林寒心潮起伏的话：“你永远值得我仰视！”

只这一句话，林寒感慨万千，一直以来他都仰视着别人，原来自己也有值得别人仰视的地方。他忽然明白，一颗美丽的心对于一个人来说，是多么的重要!

常常光顾他这里的那些客人，时间长了，心理也都起了变化，由原来的怜悯变成了尊重！是的，这对林寒来说，是一种比金钱更可贵的收获!

如今，林寒仍在风霜雨雪的街头擦着皮鞋，固守着心灵的那份美好，用一张最真诚的笑脸仰望着每一个人。我想，在这熙来攘往追名逐利的世界上，那才是一种最纯净的仰望，因为那只关乎心灵。也正因为如此，才使得人们从他那矮小的身躯之中，看到了一种高不可攀的美丽境界!

铭进生命的冷

一

来到小兴安岭之前，我一直生活在平原，冬天零下三十度，我会觉得最冷也不过如此。可是当零下四十度的寒潮滚滚而来，我的震惊无以复加。

总以为那样的天气，人们都是躲进暖暖的房子里，看外面大雪飞扬，喝一杯热茶，享受难得的清静，躲进温暖里欣赏寒冷，也是一种幸福，就像超越了痛苦后欣赏痛苦一般。而身处其中时，却是一种煎熬。

我曾在寒冷深处无依无着。那是一个凌晨，天还没有亮，我却匆匆走在风雪里。火车因大雪积满铁路而停在离城市五公里远处，回来的我只好选择步行。许多乘客都留在车上，等天亮了再走，我却忽然想体会一下那种黑暗与寒冷的感受，虽然，那时的心一直在黑暗与寒冷中浮沉。

荒郊野外，眼前只有茫茫雪地，一片暗暗的白。每一脚踩下去，都是没膝的雪，北风挟着雪花扑打在脸上的裸露处，是一种麻木的痛。虽然把自己裹得很严实，只露出一双眼睛，可是，眼睛也被风吹得生生地疼。黑暗笼罩，四望可见处渺无人烟，天地间仿佛只有我在艰难地迈步。就在我快要坚持不下去的时候，前方忽然出现了一点儿亮光，虽然只是很微弱、仿佛在雪夜中随时会熄灭的样子，可是依然给我心里注入了温暖的力量。

终于到了近前，一个小小的木屋，一扇小小的窗，一窗暖暖的光明，再远处隐约可见山影，在黑暗与雪光之中是如此厚重。进屋，屋内一个白发的老人，见我的样子立刻去外面装了盆雪回来，然后，摘下我的帽子，脱了手套和鞋子，用雪搓我的耳朵和手脚。许久之后，才让我坐在铁炉旁。我的耳朵便开始钻心地疼，手脚并没有什么异样。窗外，无边无际的夜与寒，身边和心里，此刻，却是无边无际的亮和暖。

虽然，过后我的耳朵红肿了很久，虽然，有人说用雪揉搓冻处不科学，虽然，那份冷总难忘却，可是，却让我觉得温暖的可贵，那扇窗的暖，那炉火的暖，那搓在手脚上的雪的暖，还有，那张笑脸的暖，却是更深地镌进了心里。

二

十多年的学生生涯中，那么多的老师来来去去，能一直记在心里的却是寥寥。热情的能够记得，冷漠的也能够记得。

中学时，班主任姓李，教我们数学。李老师就是一个极冷的人，“冷”不只是说他的严厉，更是说他从心里透出的那股寒意。当然，他也有笑的时候，却从不是对我，也不是对大多数同学，而是对那几个学习特别出色的同学。那时他对我尤为冰冷，若说他有寒意十分，我独占一半。其实并没有太复杂的原因，只是因为我沉默，学习也一般，可能，也同样的冷脸。

我也曾通过努力去改变那张脸的温度，虽然依旧沉默不与人交往，却是更专注于学习。可是，就算我进了前几名，依然不能融化李老师的寒冷。即使我在全国数学邀请赛中夺得第一名，也还是不能换来他的刹那解冻。但是我却仿佛有过一个错觉，那次我去参加数学竞赛，出发之前，回头时竟似远远地看见李老师冲我笑了一下。那一瞬间我的内心就如坚冰初解，心里便温暖满溢，及至归来，想再一寻他的笑颜，只是依旧的冷漠。

于是，我知道那是自己的错觉，李老师从未对我笑过。把曾经的那一点儿温暖那一丝喜悦从心底删去，依然如故的时光，自己一个人走。后来我终于上了大学，远离李老师，便也不再把他记起。有一次假期，高中同学聚会，大家提起当年的班主任，说他得了病，现在已经不教学了，我一直默然无语。那几个当年的尖子生对我说，李老师那时总和他们提起我，提起我时一脸的笑容，说我一定可以学习很好，只是从没说起，为什么对我没有笑容。

我心里再度想起曾经的瞬间错觉，虽然早已不再纠结，却忽然很想弄清楚。那个暑假，我终于在曾经的学校附近遇见了李老师，他坐在轮椅上，那一刻，午后的阳光静静洒落，我的心里却泛起了莫名的悲伤。我轻轻地叫了他几声，他似听不见般，脸上也没有表情，推轮椅的师母说，李老师得了脑出血，不能动，话也说不出来。我看他面部僵硬，只是不再是当年的冷漠，而是显露出疾病的侵蚀。我站在那里，与李老师无言相对，感慨万千。

要离开时，我蹲在李老师面前，双手放在他的膝上，看着那张曾冰冷无比的脸。他似乎也在看着我，眼中似是朦胧，似是清晰，然后，我看到他的嘴努力地动了几下，脸上的肌肉颤动，硬是挤出了一个不似笑容的笑容。我的心里轰然一声，便碎了所有的昨日。

转过身，我的眼泪掉下来。

三

梦想与现实的落差，常常会让人猝不及防，然后消沉失落，或许短暂，或许长久。短暂过后，也许依然奋起，也许一直随波逐流。

大学毕业后的那几年，我经历了心境的巨大变迁。我一直觉得翅膀足够强大，却是处处樊笼，看得见天高地阔，却飞不出桎梏。当为生活的拼搏变成为生存的挣扎，就觉得处处冷遇，哪个方向都是冷漠的高墙。

当时，我在一个遥远而陌生的城市，每日奔波于尘埃里，梦想早化作流风流云。在城市的最边缘，低矮破旧的平房，漏风漏雨的栖身之地，一如当时的境遇。我少与人言，看每一个人，都是满脸的风尘或者满脸的欲望。工作更是失落又失落，一再更换，却总是如故的际遇。闲暇时，我会站在大街上，看人来人往，熙来攘往中，仿佛什么都没有想，又仿佛万事萦怀。

就在那个八月的午后，那个发广告传单的女孩儿走进我的视野。大街上这样的女孩儿很多，可是我只注意到了她，或许是她脸上的笑容吸引了我。她的笑和别人不一样，就像能进入别人的心底。那一整个下午，我就在那里看着她，不管别人对她如何冷漠甚至讨厌她，她都微笑以对，即使没人时，她也会不时地浅笑，就像有着无尽的愉悦。后来终于问她，她却说，笑是我自己的事，和别人的脸色有什么关系，自己高兴就好。

我忽然想起自己住的地方附近，有个十三四岁的男孩儿，智力有缺陷，每天都是嘻嘻笑个不停。我当时还感叹，只有傻子才能真正开心而无忧，他们看不到自己的艰难与可悲，现在想来，并不是因为傻，而是他们因为智力原因，并没有为世事的风尘所污染，心里依然纯净，所以，才会笑得那么开心。

后来，同屋住进一个残疾的男人，他的年龄和我相仿，缺了一条腿。与之相比，我觉得自己真是幸运。可他却丝毫没有颓丧，每天拄着双拐去工作，脸上全是希望的光芒。熟悉之后，听他讲经历，仿佛说着别人的故事。然后他大笑，说：“我觉得很好，至少我比你们省了一只鞋子！”

这三个人，都是在那个城市里，在我最艰难的时候遇见的，有时我很庆幸会在最冷的日子里与他们相逢。若是春风得意，他们也只是偶尔划过我眼中的一抹痕迹。可是，在那样的时候，却是我心里最暖的感动。越寒冷的际遇，越容易感知到温暖。

我已经懂得，生活中的白眼冷遇，也只不过是点缀，只要心里的希望繁盛，即使再坎坷的经历，也不会感觉到生命的苍凉。

生活在苦难里发酵

建筑工地上，吃力地推着独轮车艰难地往返；火热的夏天，蹬着三轮车穿行于小区里，扛着沉重的煤气罐不停地爬楼；天寒地冻里，在路边跳着脚取暖，守着一地的冰淇淋叫卖；或者风尘仆仆地走家串户去推销洗发水，白眼冷遇从未间断……

那是二十年前的我。那一段经历，回想起来，苦是有些苦，难却谈不上。不过在我生命里，那短短两年的经历，还是弥足珍贵的，仿佛蕴敛于岁月长河中的一枚石子，幽幽地散发着无尽的眷恋。

每个人的人生都不可能一帆风顺，也有许多人自认为磨难重重，其实和别人一对比，就会觉得自己的经历其实是幸运的，即使是真正的不幸，当走过之后，也会有一种超然的淡然。所以说，幸福点缀了生活，苦难却丰盈了生活。

我客居了一年多的那个城市，在我租住的小房前面，有一块小小的开阔场地，中间是一个大花坛，盛夏的时候芬芳四溢。每天的午后，一个四十多岁的大婶会带着三个小孩儿准时来到花坛边。那三个孩子都很特别，都是十岁左右的年龄，我观察了多日发现，有一个男孩儿是失明的，另一个男孩儿似乎是聋哑人，剩下的那个小女孩儿能说能笑眼睛明亮，可是听别人说，却是智力发育缓慢。

我心里想着，这样三个孩子，那个大婶可是够苦的了。平常人家，如果一个孩子有残疾，都是会让父母操碎了心的，三个，和天塌下来无异。可是，后来一打听，那大婶却远比我想象的艰难。那三个孩子都是大婶从福利院里领养的。她年轻的时候，家庭幸福，生了个男孩儿，长到五岁时却丢了。找了好长时间，也没能找到，她就精神失常了一阵子。这期间，她丈夫和她离了婚，弃她而去。她好了之后便一个人静静地生活，也不再尝试去寻找儿子，然后，就陆续领养了三个残疾孩子，心思全系在他们身上。

所以，每天看着她带着三个孩子在花坛边，或者讲着花蝴蝶，或者飞快地笔画着手语，然后，他们就不停地笑，我的心里便会慢慢濡湿。生活绽放在这里，苦难成为一片肥沃的土壤，唯其厚重，成其风韵，那是一种不知不觉的改变，不仅安抚着自己的灵魂，还温暖着别人的心境。

我曾经认识一个女孩儿，起初生活很幸福，学习也好，高三的时候父母却突然离婚，她跟着母亲，便一下子断了大学的路。母亲多病，且精神也因受刺激变得有些不好，她只好用自己的双肩扛起这个家。每天起大早去批发蔬菜，然后去市场上占地方，不管春夏天秋冬，风里雨里，她忙忙碌碌，有时看到有学生走过，她眼里便会恍惚一下。曾经的生活已远如隔世，奔向眼前心底的，都是曾经不被预料的种种。

后来，她结婚了，只是婚姻没有维持一年，便匆匆离散。接下来几年里，她又经历了两次失败的婚姻。有一年遇见她，她依然忙碌着。说起以往的经历，我以为她会痛苦，可是她的脸上云淡风轻，她说，我这些都不算什么，和别人比起来，我够幸运的了。前些年在市场上卖菜的时候，她旁边也是一个年龄差不多的女孩儿，两人聊得很投机。她们有着类似的经历，所以一见如故。可是，没过多久，那个女孩儿偶然在医院检查出患了绝症，过了不到两个月就去世了。

她和我说："那女孩儿检查出绝症后，很绝望，对我说，以前觉得生活很苦，可是现在，多希望这样的生活能一直过下去。"

生活也许就是这样，我们自认为的苦难经历，在有些人眼中却是不可再得的幸福。生活中的苦难累积着，只要心里的希望一直在，便终会发酵成生命的馨香。根植于苦难的种种，都终会绽放成为旅途中的一处风景，温暖着一双眼，感动着一颗心。

那是一种美好，是的，是美好，虽然背景是那样黯淡，也唯其如此，才能映衬出那一份明亮。一如曾经客居的那个城市的角落里，那个花坛边，那个大婶和三个孩子在花前幸福的笑脸。

辑二／捡拾一地暖

长长的来路上，我们曾错过了多少身畔的美好，回望却不能重新走过。梦想在前，美好在侧，走得再急也不要忽略脚下的点滴感动。如此，一路走，一路拾，拾回的是温暖，留下的是希望。

那些静默的时刻

一

陪同一位领导去走访视察。对这个领导不怎么了解，所以全程都是默然跟随，冷眼旁观。

我们到了一所聋哑学校，由于领导的到来，师生们都被集中到大礼堂里，在校长用手语讲了一番开场白之后，下面响起热烈的掌声。而这时，领导却举手示意大家安静，于是底下的孩子们全停止了鼓掌。只见领导飞快地比画着各种手势，让我们这些随从很是震惊，竟没人知道领导居然会这么流利地使用手语。一时间全场寂然，虽然我看不懂他在讲些什么，可是从台下孩子们的眼神里，从老师们炯炯的目光中，我读到了一种感动心灵的情绪。

领导讲完没人鼓掌，全场保持着一种浸润心灵的宁静。那一刻我再看领导，就有了不同的感触。离开之后，我悄悄地询问一个老师，领导究竟讲了些什么，老师告诉我："领导说，孩子们，我知道你们生活在一个没有声音的世界，那么今天，就让我走进你们的世界。别奇怪我会手语，因为我的父母都是聋哑人，我曾那样深入过你们所处的世界，那里虽然安静沉默，可是却有我最真诚的爱！我的父母作为聋哑人，为了抚养我培养我，付出了更多的艰辛，他们是最伟大的人。我相信，你们将来也会成长为最伟大的人。感谢孩子们，让我再一次重回这个温暖的世界，让我重新感受父母的爱。再让我在你们的世界里停留一会儿，我们谁也别弄出声音！"

回想那短短的静默的几分钟，我的内心仍然充满震撼和感动，那样无声无息的时候，我接近了一颗颗真诚而火热的心。

二

一个朋友的母亲去世，大家都去帮忙，安慰的话说了一大堆。朋友虽然神情平静，可是却掩盖不住眼中的那抹伤心与痛苦。我和他是多年的挚交，所以感同身受，心里也是沉重无比，只在人群外望着。

料理完后事，人们都散去，我却没走。从饭店出来，我和他来到公园里的河边，坐在草地上，望着远山近水，谁也没有说话，就那样默默地坐着，我仿佛能感受到他心中所有的悲痛与哀思。直到夕阳西下，我们才往回走，分开的时候，他冲我笑了笑，带着一种释然的感觉。

后来他多次提起那个下午，我们无言地坐在草地上的时刻。他说："那么多人都来真心地劝慰我，可是失去亲人的痛苦，不是言语所能抚平的。那个下午，你一直陪我坐着，没有说一句话，我心里就轻快多了，谢谢！”

是的，有的时候，沉默的相伴胜过千言万语，那是一种无声的抚慰、无言的交流。而那静默的时光里，会流淌着一种穿透人心的温暖力量。

三

我听过这样一个故事。

一个煤矿里发生了坑底塌方。当时井下正有一个采煤组在工作，一时间，他们陷入了绝境之中。二十几个人躲在一个暂时安全的角落里等待救援。可是时间过去了很久，仍未有转机，这说明救援难度很大。这时，他们的负责人，一个四十多岁的汉子站出来，说：“我们不能这样等下去了，应该积极地去找找有没有别的安全出路。为了减少伤亡，只能去一个人查看！”

他说的方法对，也合理，可就是没人自告奋勇地站出来执行这个任务。虽然大家此刻离死亡是那样近，可是谁都不想更接近死亡。场面一度僵持下来，负责人在昏暗的矿灯光中逐一看过每个人的脸，他们都躲闪着他的目光。他的目光最终停留在一个二十岁左右年轻人的脸上，年轻人也只是平静地看着他。他心里犹疑了一下，暗叹一声，决定自己去，虽然他知道离了自己这个主心骨，他们的处境也许会更艰难危险。

他正要行动时那个年轻人却站了出来，坚定地望着他，他也看着年轻人，那还是一个刚刚长大的孩子啊！别人都在看着他们两个，他从年轻人的眼中看出了坚持，便轻轻地点了点头。年轻人悄悄走出了角落，而大家依旧没有言语，一片沉默之中只有年轻人的脚步声渐行渐远。

后来，他们在负责人的带领下获救了。而那个探路的年轻人如花的生命却永远地停留在黑黑的井底。获得重生的人们在年轻人的坟前，无不痛哭，而鬓染秋霜的负责人更是泪落如雨，他只喊了一声“儿子”便昏了过去。

那是他的儿子，在那样一个沉默的时刻，他们于目光中交流了太多。那是一个被所有人铭记的时刻，也是一种能穿透所有人灵魂的静默。

三米目光

如果目光可以用长度来计算的话，那么，在我的生命中，曾经有那样几道目光让我的内心变柔软，虽然，那些目光真的很短很短，短到只有两三米的长度，却一直在我心里延伸了许多的岁月，从不曾折断，像清清的河流，洗去所有的尘埃。

一

客居在沈阳的时候，我正是二十多岁的大好年华，却遭遇了人生中的寒冷。那时我租住在城市边缘一所古老的房子里，房东是一对老两口，为人和善。老大爷身体很健康，每天都去附近的公园里和一些老伙伴下棋聊天。而老大娘却很少出去，只在院子里晒太阳。她眼神不好，据说年轻时就近视得厉害，现在虽然戴着厚厚的眼镜，却依然看不清，看书时几乎把镜片紧贴在书上。

那个秋天格外凉。有一段时间我失去了工作，虽然已经不是第一次，但也终于消磨掉了我的耐心。我便不去寻找新的工作，整天出去游荡，有时喝得大醉归来。几次之后，老大娘便找我谈心了，可是那许多安慰的话却很难让我心情好转。于是老大娘便开始限制我出去，起初她就坐在院子的大门口，见我安静了几日，才离开她把守的通道。

那一天她不在门口坐着，我便想着溜出去散散心。老大娘正坐在檐下看书，我便悄悄地走过，向着大门走去，没走出几步，她便叫住了我。无奈之下，我便只好回来，看着她的白发在阳光下闪着细密的光，我竟无法对她撒谎说出去找工作。她什么也没有再说，只是扔给我几本书，让我就在她附近看。于是那些天我就不停地看书，偶尔和老大娘交流几句书中的问题。老大爷则是每天回来做饭，然后继续出去。

当终于看烦了书，我便试着再次偷偷溜走。可是每走出一段距离，老大娘都能发觉。经过几次尝试，我发现，每当我离开老大娘约三米的距离，只要是朝着院门的方向动，她必然会开口叫我。我知道，超过三米，她就几乎看不到人影了。我终于被感动，便开始用心去看她给我介绍的那些书，内心在阳光白发的陪伴下，渐渐地走向平和。

近二十年的光阴流逝，我依然记得老大娘镜片后的目光，如今她早已辞世，可是那目光一直在我心里流淌，让那个秋日的温暖化作永远的春日艳阳，于是我再没有苍凉的心境。

二

由老大娘我想起了祖母。她同样是眼睛不好，到了晚年更严重，而且她耳朵也背得厉害，来了人得在她耳边喊上一会儿，她才能分辨出是谁。那个时候，祖母就是在耳聋眼盲中度过的。

每当过年时，家里的人都回到老家团聚。我们这些孙子辈的孩子便都围在祖母的身边，奇怪的是，在那样的时刻，她总能轻易地认出我们每一个，即使我们不吱声，她还是能冲着我们每一个叫出小名。而当我们离得稍远一些，她就一片茫然，分不清哪个是哪个。

后来，许多年过去，当我们也到了为人父母的时候，就明白了祖母当年的心境。虽然她眼前朦胧，虽然她耳畔寂寂，可是，她的心里却装着我们每一个，所以在她身边时，那一种从心里涌起的感觉，使得她能认出我们。她心里有一双眼睛，虽然只能“看”到两三米的范围，却已足够，那无形目光漫流成的海，将淹没我们的一生，温暖而感动。

三

那一年依然是在一个遥远而陌生的城市，和一个伙伴租住在一个破落的小二楼里。

我们那小小的房间在北面，一天也很难有阳光照进来。我和他都是外地人，在这个火热的都市中一天天地消磨着自己的热情与梦想。每天的清晨分手，夜幕长垂再见，一日复一日。我常坐在床上看书，他则守在窗前向外望。窗外是一座高高的墙，在三米开外横亘着，将我们的目光折断。我不知道，他总是那样看着那堵墙，能看出些什么来。

国庆节长假，我们都没有回家或出去游玩，就守在简陋的房间里。那些天里，我依然是看书，他依然向窗外凝望。终于，我忍不住问他，那样的墙，有什么吸引着他的所在？他只是让我仔细看，我伏在窗台上，那墙上墙皮脱落，一如斑驳的岁月。墙下只有几丛秋草寂寞地绿着，它们也是终年难见阳光。墙头上，偶尔有鸟雀短暂地停留，更多的时候，只有长风悄悄地走过。这样落寞的景象，只会在眼中心底写下更深的落寞。

他却欣喜地说，你看，那一块脱皮的地方，是不是很像非洲的形状？还有那一块儿，多像一个人在仰头看天，还有那里，有没有微雨燕双飞的意境？我渐渐地进入他的想象中，目光在三米外的大墙上，看到了许多不曾注意到的美好。那个午后，阳光依然在我们的另一面照耀着，而我们，却在这三米的距离内，看到了万万千千，想到了千千万万。

时光流逝，回想那堵高墙，也许什么都不存在，是他的三米目光在上面勾勒了太多的美好，从而也在我心底洒下阳光，让我在三米的桎梏中，看到了遥远而美丽的生活。

捡拾一地暖

那个时候我还小，家还在农村，我家是村西的第二户，第一户是几年前从唐山搬过来的一家。那户人家很穷，虽然当时每一家都不富裕，可他家里，更是一贫如洗，只有一个人的口粮地，产的粮食甚至不够一家人填饱肚子。

秋天的时候，家家户户从田地里用马车往回运粮食，他家就更显落寞。每当有马车从门前的土路上经过，他家的两个孩子都会眼巴巴地望着。车过后，他们便冲到路上，去捡那些从车上掉下来的玉米棒、谷穗什么的。整个秋天，他们捡的粮食数目也是极为可观，甚至够他们一家维持大半年的。这让我们很是眼红，于是也想着在车经过时去路上捡，却被大人们严厉制止。我想不明白，为什么他们可以捡，我们却不行。

有一次，帮叔叔家收地，拉了一车的玉米棒回村里。我和叔叔坐在马车上，身下是金黄的玉米棒子。从村西刚一进村，路过那户人家门前时，叔叔故意用脚把一些玉米棒子蹬下车去。我问：“你这是干吗？”叔叔不让我回头看，说：“他家的情况大家都知道，又不好直接给他们，只好这样做。你没发现吗？咱村里的人家，田地在村西的，往回拉粮食时，都会在他家门前故意掉落一些！”

多年以后，我在一个城市当邮递员，常去十公里外很偏僻的一个军营去送信件。由于熟悉，所以每周要去的时候，我都会搭乘他们在城里往回拉煤的汽车。在军营附近，有几户人家，很破败的草房。有一年冬天，我坐着他们的军车去军营，车上拉的依然是煤。经过那几户人家时，开车的小战士，不知怎么便将车开得极为不稳，其实道路倒是很平整的。小战士告诉我，这样做只为了从车上颠下一些煤去，给那几户人家。而且，他们每一辆车的司机都会这么做，倒不是为别的，只是大家觉得，这几户草房，看起来极像他们的家乡，想给他们一种温暖的感觉。

我觉得，那几户人家一定也知道经过的每一辆军车都是故意这样做，因为坐在车上，我会看到他们望向军车那温暖的眼神和灿烂的笑脸。那样的时刻，我的心里也暖暖的，仿佛整个冬天都变得不那么寒冷。

有个朋友曾给我讲过她的一段经历。那时候她上班到很晚，下班时正好赶上末班车，冬天的时候，天早已黑透了。她坐车一直到终点，终点在一条街的尽头，而她家，就在正对着街的一条深巷子里。她说：“我都是最后一个下车的。而那车也不开走，依然亮着前灯，正好照进通向我家的深巷子，我便一点儿也不害怕了，踩着那一地明亮的光走向家门！直到我进了家门，公交车才掉头开走。”她也知道，那个好心的司机一直这样默默地关照着她。虽然那个时候，她的一切都很不如意，可是却从没丧失过希望，就是因为寒冷黑暗的路上，那一束暖暖的光。

有一年回故乡的县城，遇见了从前邻家的两个孩子中的一个。他在县城里开了一家电脑公司，闲谈间提及故乡的小村子，他对我说："那时候我家很穷，是那么多的好心人家帮了我们，要不，我和弟弟不可能总在我家门前捡到那些粮食……"

是的，在长长的来路上，我们总会捡拾到许许多多的温暖，让我们有勇气有力量度过那么多艰难黯淡的境遇。其实，是有许多许多的人，在默默地关心着我们，是他们在我们眼前的路上撒落了那么多的温暖。所以，我们也应该继续把这份温暖撒落给别人，就像不经意间撒落下的种子，会在别人的心里开出最美的花朵!

琴键上的十二根手指

她刚刚懂事的时候，便问妈妈：“为什么你们都是十根手指，而我却有十二根呢？”

她一出生两手便是畸形，每只手上多长了一根手指，而且这多出来的手指长得很正常，如果手术切除的话，手掌前方就会空出一块来。于是父母决定不做手术修复，顺其自然。所幸她的每根手指都很灵活，仿佛就该有十二根手指般。

面对女儿的提问，妈妈想了想说：“你比别人多长了两根手指，那是天上的神仙喜爱你的缘故，因为多了两根手指，将来你就能做许多别人做不到的事！”她听了妈妈的话，立刻高兴得跳起来，在心里不停地感谢着天上的神仙。

可是上学以后，一切仿佛都变了。女生们谁也不愿意和她在一起，像看怪物一般看她，男生们则大声地围着她起哄，喊她为妖怪。她孤独寂寞，常常无助地哭泣。特别是有一次老师让她朗读一篇作文，当她读到：“那是一个伸手不见五指的夜晚……”有个同学在下面说：“应该是伸手不见六指的夜晚！”同学们哄堂大笑，她委屈得眼泪快要掉下来，看着自己的双手，她真想把那两根指头折断。她开始怀疑妈妈的话，如果天上的神仙真的喜欢她，就不会让别人这样嘲笑她了。

那一堂课讲的是想象作文，老师让她继续把那篇作文读完，说：“明天咱们要观看一部科幻影片，以提高你们的想象力！”第二天的作文课，老师果然给大家播放了一部科幻片，影片中有一个美丽的外星人，她有着超强的能力和善良的心，一次次地拯救了地球。而那个外星人，每只手上都长着六根手指。

看完影片，老师说：“同学们，一个人长成什么样子并不重要，重要的是有一颗善良美丽的心。苏晓丹同学虽然长着十二根手指，可她那么善良那么美丽，也许就是电影中的外星人降临到咱们这个世界上呢！大家应该喜欢她爱她，不应嘲笑她！”那一刻，同学们都安静下来，把目光投在她的身上。下课后，大家纷纷找她玩，而在此前，在做游戏时谁也不愿意拉着她的手。那一瞬间，她流泪了，而这次却是幸福的泪。

一个偶然的机会，她喜欢上了音乐，为此妈妈给她买了一架电子琴，她很快就能弹得行云流水般顺畅。后来，她开始学习钢琴，而她的优势也显现出来。由于每只手多了一根手指，每个音域内的按键她都能轻松触到，这样一来，那些复杂的需要很高技巧的曲子，她便能顺顺利利地弹奏下来，而且极流畅，仿佛那些曲子就是专门为她准备的。

读初一的时候，她便在全省的少儿钢琴大赛中获第一名，看着她十二根手指在琴键上灵活地跳跃，在场的人都被深深震撼了。同年，她在全国钢琴大赛少儿组的决赛中再次夺魁，一曲终了，她高高举起双手，让幸福的心湮没在如潮的掌声中。她对记者说：“妈妈曾对我说过，天上的神仙特别喜欢我，才给了我十二根手指，我要用这十二根手指弹奏出最美的音乐，送给那些喜欢我的人！”

命运给了你缺陷的同时，也会给你的人生带来不同的际遇，只要你心中充满爱和希望，只要你坚强，那些困扰着你的种种，终会变成人生路上最美的花朵，芬芳洇染无际。

有多少时光可以送给你

一个朋友给我讲他上初中时的事。

有一次，班主任过生日，同学们都各自准备了精美的礼物。只有他陷入深深的苦恼之中，刚刚从农村搬进城里，家境艰难，别说拿少许的钱买一件小小的礼物，就算想自己动手制作一件礼物都不可能。老师一直对他很好，从不因他是从农村转来的而歧视他，反而一直鼓励着他，让他不要自卑。可是，亲爱的老师过生日，连一个小小的礼物都送不成，看着同学们互相称赞着彼此准备好的礼物，又让他如何不自卑难受?

老师过生日那天是周日，他硬着头皮来到老师家，四十岁的班主任热情地欢迎了他，窘迫之下，他甚至连一句“生日快乐”都没有说出口，虽然老师很高兴，可他不敢去看她的眼睛。知道同学们要来家里，他便同老师一起忙碌准备，打扫房间，准备饮料水果。当同学们陆续到来之后，屋里一下子热闹起来，看着堆了一桌子的各种礼物，他悄悄地走进厨房，把菜都择洗干净。

吃饭的时候，同学们和老师说说笑笑，吃蛋糕时大家唱生日快乐歌，他嗫嚅着哼不出口。老师拉他坐在身边，一直给他夹菜，悄声地让他多吃些。

一阵喧闹过后，已经是下午了，大家陆续告别。他又躲进厨房，刷洗那些盘碗。待一切收拾干净，走出来时，客厅里只有老师在微笑地看着他。

老师拉他坐在身边，说："知道老师今天收到最好的礼物是什么吗？"

他看了看那一堆精美的礼物，老师看着他的眼睛说："最好的礼物就是你送给老师的！"

他一愣，老师接着说："虽然你没有像别人一样送我日记本、音乐盒，可是你把一天的时间送给了我，你早早地来，晚晚地走，陪了老师一整天，还有什么比这份礼物更好的呢？而且，人的一生中能有多少个日子？你却把宝贵的一天给了老师，老师真的很感动，等你长大后，就会知道，一天的时间多么珍贵，你可能不会再把一天的时间给别人了！"

他哭了，哭得痛快而温暖。

他对我说："我今年四十岁，可是从十五岁那一年开始，老师和父母的生日时，我都会花一天的时间去陪他们，不管我是上学还是上班，不管我是忙碌还是空闲，从没有错过。他们都慢慢地老了，我只怕给他们的时间不多了！"

我忽然心下凄然，一生之中，我们到底能给自己所爱的人多少完整的时光？就算每年的一天生日，算起来也只有短短的几十天，而就算是生日，我们也常常用各种理由错过。有多少时光可以送给你，我的父母，我的老师，我的亲人，我所有爱着的人！那么，就从现在开始，让我努力把最好的礼物年年送上。

城市里的伤

一

那一年，他是带着兴奋与期待踏入红尘滚滚的都市，仿佛一步迈进梦想中的天堂。虽然是在建筑工地上干着最苦最累的活，可他心里很是敞亮，觉得那些匆匆行人脸上的幸福，也有着他的一份付出，毕竟，许多楼房都曾留下过他的汗水。

可在一个夏日的晚上，这个他所热爱着的城市给了他平生第一道伤。他独自一人沿着干净的街道散步，一天的疲累仿佛都飘散在晚风中。这时，在街尽头的拐角处传来呼救的声音。他跑过去，见两个男人正逼向一个女人，女人手里还拿着手机，似乎正要打电话求救。不过显然是来不及了，他没多想就冲上去，仗着身强体壮，又或许两个男人怕招来警察，他们飞快地跑了。

女人向他道了谢，他很憨厚地笑着，心里很是喜悦，能帮上别人的忙，就像身上所挨拳脚之处也不疼了。这时，一辆车开到近前，车上冲下一年轻男子，二话不说就给了他一耳光。他一下蒙了。女人说：“是他救的我！”男子疑惑地看了看他一身破旧的干活衣服，从口袋里掏出一百元钱甩在他身上，拉起女人上车疾驰而去。

那一瞬间，他觉得脸上火辣辣地疼，直疼到心里。他没有去捡那一百元钱，木然地回到工地，竟是一夜未曾睡着，好多天都提不起精神。后来他又想，那就是一场误会，也没必要放在心上。不过那以后，他出去散步的时候就少了。

二

工地后面不远处是一所高中，休息时，他站在未竣工楼房的顶上，能看见校园里那些活泼的身影，或者教室里学生上课的情景。他很羡慕，家里穷，他不得不从镇上初中退学，帮父母种地、养家、供两个弟弟上学。种了几年的地，听说城里钱好赚，他才跑了出来。他想，如果当初不退学，当年也许会考进城里的高中，和眼前的学生一样。他心里有些发酸，可一想到弟弟们将来也会来城里念书，心里便又充满了希望和动力。

傍晚的时候，他常拿着一本书坐在工地的沙堆上看，他一直喜欢看书。有一天，一个女孩儿忽然跑了来，和他攀谈起来，虽然有些意外，质朴的他还是用热情的笑脸去迎接。女孩儿告诉他，她是后面那所学校的高三学生，快高考了，不想太紧张，出来放松一下心情，并对他说：“你喜欢看书，以后我给你带来，我的书多。”

就这样一来二去的熟悉了。他常给女孩儿讲农村的事，女孩儿都是很感兴趣地听。工友们都远远地看着他们，满脸的羡慕，他却没有想得太多，只是喜欢那种有人倾听的感觉。有一天黄昏，他正和女孩儿聊天，几个男生怒气冲冲地过来，恐吓他不要和那女孩儿交往，女孩儿大声地呵斥那几个男生：“我就喜欢他怎么了？你们管得着吗？”几个男生便要上来揍他，这时一群工友围过来，男生们才落荒而逃。

女孩儿对他说：“对不起，给你带来麻烦了！”他一笑：“没事，你要好好学习，再过几个月就高考了！”女孩儿却认真地说：“刚才我说的可都是真的！”他一愣，却没有再说什么。以后的日子，那几个男生又来过几次，可都是失败而回。后来，女孩儿来的次数越来越少了，也再没有男生来找他麻烦。他想，可能是学习越来越忙了吧！不过他心里的确是有着一种想念，有时想起女孩儿说过的话，也有着一种甜蜜一种期待。

快六月的时候，女孩儿来了，却说了一大堆感谢的话，最后期期艾艾地说：“对不起啊！当初我来找你，其实是利用了你。学校里总有男生纠缠我，让我无法安心学习，可是认识你以后，就没有了那些事。你别生气啊，快高考了，我再不会来了。这是我所有的小说，都给你！”

他默默接过那一摞书，看着女孩儿远去的背影，忽然便想到当初挨的一记耳光，虽然那一摞书和那一张百元钞票截然不同，可是落在心间，都有着一种极相似的痛。

三

终于要回家了，因为两个弟弟都中考过了，而且都考进了城里的高中。他给弟弟们买了好多上学要用的东西后，便去火车站买票回家。

排队买票的时候，他四处看了看，这个时候乘车的乡下人较少，像他这样的民工更少。他很幸运地买到了一张车票，他极高兴，这是很难得的事。从购票口挤出来，他忽然看见地上有一张票，捡起一看，居然也是一张他所购买的那趟车次的。想起买票的艰难，想起丢票人的着急，他举着票大声喊："谁的车票丢了？"

立时围过来一大群人，有一个西装革履的人问是到哪儿的票和日期，他如实回答。那人立刻说："是我的！我都急坏了，正要去谈生意，谢谢你小兄弟！"那人便接过票挤出人群。他心里舒了口气，很是激动。可是，突然，又一个满脸凶相的城里男人冲过来，问："你捡的什么车次、座号、日期的票？"他一愣，便说了，并说已经还给失主。那人大怒："那是我的票！你怎么就给了别人！捡了票你应该送到民警值班室或问事窗口，你这么一喊，能没人来冒领吗？你说怎么办吧，我正有急事要赶车！"他惊呆了，好半天，才说："对不起，是我没办好这事！"说着，他掏出自己买的那张票递给男人，"这是同一趟车的，当我赔偿你的！"男人冷冷地哼了一声，接过票扬长而去。

他郁闷地站在那里，不知是该恨还是该悔。忽然，那边传来一阵女人的哭声，挤过去一看，一个中年妇女大哭，看穿着是乡下人，她边哭边说："好不容易挣了钱买了票，票却丢了，我回不去家了，家里的几个孩子还在等我！哪位好心人捡到了，可怜我就还给我的吧，我那票是……"他一听，脑袋当时嗡的一声，他知道，这个才是真正的失主。他没有再去听那个女人讲述自己的悲惨遭遇，木然地挤出人群。

四

一路站到家，他仿佛早麻木得没有了累的感觉。面对两个弟弟兴奋的笑脸，面对父母眼中的心疼，他抛下了所有的不快。两个弟弟有出息，他打心里高兴。就要去城里上学了，弟弟们向他打听城里的事，他一瞬间想起了很多。

最后，他对弟弟们说："你们就要去城里上学了，以后还会在城里上大学，毕业后也会在城里工作，你们最后会成为城里人。城市里什么都好，大部分人也是好的。我希望你们以后成为最好的城里人！不要忘了咱们乡下人的本性！"

面对两个弟弟有些茫然的神情，他说："你们收拾东西，明天开始，和我去城里干一个月的活，你们就会明白城市的一切，包括怎样成一个最好的城里人！"

你现在是不是手很疼

记得第一次干农活，是十六岁那年，由于受不了村里同龄人的嘲笑，我便和他们一起去给别人家割谷子，一天十块钱。由于之前一直上学，很少正式干过田里的活，所以勇气挺大，可心里还是很没底。

一上场，面对无边无际的谷田，我往手心里唾口唾沫，紧握镰刀就冲了上去，紧赶慢赶，咬牙坚持，终于在没有被落后多远的情况下，结束了一天的劳动。当时我极为兴奋，几乎是跑回家，向家里人炫耀自己的战绩。家人大多为我高兴，只有母亲抓起我的手说："现在是不是手很疼？第一次使镰刀，肯定要磨手的！"那个时候，我手掌上全是水泡，钻心地疼。

我是在多年后的一个午后，躺在床上看一本书时，想起这件往事。书中的一篇文章中，一个母亲说了类似的一句话。一个拳击手，历经艰难终于赢得冠军时，别人都纷纷打电话表示祝贺，只有他母亲在电话里心疼地问："孩子，你现在是不是手很疼？"

也许，只有最疼爱你的人，才不会去注意你的荣誉、地位和成就，而是先想到你疼不疼、累不累。他们不会锦上添花，却总是用最真实的关爱，温暖你虚幻繁荣背后那颗孤寂的心。

我想起一个女孩儿，她从小就练舞蹈，练得极为辛苦，经常受伤，可从不放弃热爱的舞蹈。她长得漂亮，个子高，身材超好，从小到大，参加过无数次舞蹈大赛，也获奖无数。那时好多优秀男人追求她，条件一个比一个好，最后，女孩儿却选择了一个很平凡的男人，这让大家很是不解。

女孩儿后来对我们说，那个时候，她每次参加完比赛或演出，追求者们或送鲜花，或请宴庆功，只有那个男人，每次都会拿着准备好的涂抹药剂给她，知道她身上暗伤多，每次跳舞后都疼。所以女孩儿认为，那个不只看到光环下惊艳的她，而是看到惊艳背后她的疼痛的人，才是值得她去珍惜的。

那些真正关心你的人，他们的目光能穿透你的重重光环，穿透你的重重伪装，直落到你最柔软处，最疼痛处。

那一年，我高考前生病，有一门没考，分数也勉强够了一所大专，不甘心，便回学校复读。在补习班里，我起初还满怀斗志，可是时间一长，受那些同学的影响，便开始懈怠起来，还学会了吸烟。有一天课间操的时间，学生们全去大操场做操，我却叼着一根烟优哉游哉地站在教学楼下的大厅里看热闹，忽然听到楼梯处有脚步声传来，转头一看，是校长正走下来。

我吓了一跳。我们学校对学生吸烟管得极严，处理得也极重。情急之下，我把还剩一半的香烟，一咬牙攥进右手心里。校长走到我身边问我怎么不去出操，我说肚子疼。校长仔细看了我一眼，说："我认得你，你是学校里作文写得最好的学生，听说你因为生病没考好，在补习班要好好学啊，你会考个好学校的！”

我皱着眉连连点头。这时，间操结束，学生们都涌进来。校长一把拉起我的右手，让我和他去办公室一下。我手疼得钻心，心里也很忐忑。一进门，校长说：“手很疼吧？快把手张开！”右手心里，那半根烟已经被揉搓得碎了，掌心好几个泡，沾满了烟灰。校长叹了口气，给我清洗，然后找出纱布给我包扎上。那一刻，我心里的痛甚于手上的痛。

最后校长和我说：“我下楼的时候就看见你抽烟了，也看见你把烟攥在了手里。我没有制止你，是想看你到底能忍多久。孩子，我知道你原来的成绩很好，也知道你现在那种失落的心情，这是人之常情。可是，你连烟头烫手的疼痛都忍住了，还有什么挺不过来的呢？不要因为一次的失败就丧失斗志啊！”我的眼中忽然噙满了泪水。

正因为校长的那句“手很疼吧”，我开始改变。我知道，我生命中的两次被问及手疼，一次让我懂得母亲的关爱，一次让我懂得校长的苦心。那都是直入心灵的暖，有着不被岁月侵蚀的力量。

在这世间，能有一个问你疼不疼的人，你就是最幸福的。

心灵有耳

一天傍晚，我去公园散步。人工湖的护栏旁站着一个中年妇女和一个十三四岁的男孩儿，看样子是母子，我经过时他们的对话使我放慢了脚步。

母亲说："你好！"

男孩儿面对母亲，略停顿了一下，说："洗澡！"

母亲又说："你好！"

男孩儿想了一会儿，说："起早！"

母亲还说："你好！"

男孩儿低头想着，忽然拍手说："你好！"

母亲笑了，男孩儿也笑了。见我在一旁云里雾里的样子，男孩儿的母亲对我说："这是我儿子，刚刚上初中。两个月前的一场车祸使他的耳朵再也听不见声音了。为了让他能像其他人一样上学听课，我每天都带他来这里练习根据口型判断发音！”

我说：“那多难啊！”

她一笑说：“只要努力！”

于是她又对男孩儿说：“努力！”男孩儿认真地看着母亲的口型，说了几个发音近似的词后，他终于猜对了。渐渐地，母亲由两三个字的词增加到四五个字的短句，男孩儿判断时的表情明显吃力许多，可他依旧一遍遍地努力着。

我被这个场面震撼了，被这位母亲的良苦用心和男孩儿的执着深深打动。既然听不见，就要睁大眼睛正视不幸，正视命运的风雨。

这时母亲说出了最后一句，有七个字那么长，男孩儿没有反应。母亲又重复了一遍，男孩儿只说了几个字便继续不下去了。母亲不厌其烦地反复说着那句话，天色渐晚，我说：“回去吧！今天他说不出这句了，天快黑了！”母亲没动，依然一遍遍地说着，男孩儿显得有些着急。

我转身往回走，心想他一定判断不出这句了。可是没走几步，我听见男孩儿的声音在背后响亮地传来：

“你必须学会坚强！”

世界沉寂了并不可怕，可怕的是心灵的沉寂，只要你不放弃希望，就没有什么能难得倒你，关键是要像男孩儿说的那样，你必须学会坚强！

不让你看见

一

她在夜里头痛得死去活来，细数着长夜的每一秒煎熬，常常是痛得麻木了，昏然睡去，却又于梦中疼醒。就这样辗转到天明，霞光映亮了窗户，痛也如水般退去。她会立刻悄悄起身，仔细地洗漱，小心地掩盖着脸上的疲倦。然后出来，看见妈妈，她会露出最美的笑脸，高高兴兴地吃过早饭，去上班。一直以来，她从不让妈妈知晓她的病痛，妈妈早年守寡，拉扯她不容易，她不会再让妈妈为她担心忧虑。

每次她上班走出家门后，妈妈脸上的微笑便会隐去，眼中有着一种深深的疼爱和忧虑。然后妈妈便也出门，去打听那些治头痛的偏方。是的，妈妈早就知道女儿夜里的痛苦，也知道女儿一直隐瞒着不让自己知道，还要做出精神焕发神采飞扬的样子，就是不想让自己担心。而妈妈也是将那份担忧与心疼尽掩，不让女儿看见。

不让你看见，是希望你心安，希望你快乐些幸福些。

二

他提出分手的时候，她竟是一时没反应过来，她没有想到，竟会是他提出来分手。她随他来这个城市，放弃了那么好的发展前景，只要愿意，她现在都可以离开这里展翅高飞。可是，她觉得那一切都没有幸福重要，她觉得身边有他，就是最大的幸福，其余的，皆可舍弃。可是，她这样全心地为他，他却提出了分手。面对那份冷漠的决绝，她听见了自己心碎的声音。终于，带着一颗不再燃烧的心，她离开了这个城市。

而她没有看见，在转身的刹那，他眼中滚落的泪。他在自己的博客中写着：让她用短短的痛换取更长更多的幸福，我愿意放开手，让她飞。他每天都在博客里写下细碎的心语，仿佛写尽一生的爱与暖。他有时会想，现在的她，伤痛应该早就淡去了，活得如鱼得水。他知道，那才是她梦想中的生活。

带着对她不绝的思念，想着她现在的幸福，他的心就会平静许多。那种想念似乎也是一种无人可知的温暖力量，几年过去，他在这个城市艰难打拼，也拥有了曾经梦想的生活。一切都在改变，只是每天博客上的那些爱不变。

有一天，他忽然发现博客里有一则留言：我没有找到梦想中的幸福生活，我和离去时没什么两样，依然四处打工，没能出人头地，你还会让我回家吗？他们时隔四年，终于再度相聚。他有时会怪自己，当初为什么要赶她离开，让她受了那么多的苦。可他永远不会看见，在别的城市里，她只是日复一日地应付着工作，没有一点儿进取的心思，最幸福的时刻，就是在寂静的夜里，看他博客上的每一篇文字，看他的生活走向一帆风顺。她知道，自己当年若不离开，他心有羁绊，压力日增，不会更好地去拼搏。

不让你看见，是让你将心上重担卸落，是让你了无牵挂，自由地飞。

三

她是一个聋哑人，可她从不自弃，很艰难地读完了大学，可是找工作成了更大的难题。虽然她完全自信有能力胜任工作，虽然她要求很低，可是，却总是被一次次从门中逐出。奔波太多的时日，她自己都有些放弃了，毕竟，一个聋哑人哪里也不会要，而且，那些健康的人找工作都是无比的困难。

也许上天真的垂怜她的悲苦，那一天，竟然真的有一家小公司录用了她！她被这突如其来的幸福撞击得有些眩晕，她兴奋地参加了工作，同事们都对她热情有加，这让她心里暖暖，融化了在白眼冷遇中凝结的坚冰。她决心要努力工作，回报这份知遇之恩。

工作半个月以来，她于无意间发现，似乎每天下班后，只有她一个人离开。可又没人告诉她有加班什么的，而且每当她问起，同事们都有些躲躲闪闪。她心里渐渐明白，自己终是没能融入这个团体之中。同事们下班后是加班也好，是娱乐也好，都在排斥着她。这让她的心里很是难受，可是转念一想，自己也不能要求得太多，工作已然来之不易，于是，虽然有些悲伤，可她并没有表现出，依然卖力地工作。

有一天下班后，她回到家，忽然发现一份晚上要学习的资料忘了带回，便又急匆匆返回公司。夜已降临，公司的大会议室里灯火通明。她便涌起了一种去看看的冲动，她想看看同事们每天背着她，到底在做些什么。她走到会议室门口，并没有听见有音乐和歌声，似乎是静悄悄的，偶尔有人说一两句话。她慢慢地把门打开一条缝，就看到了令她终生难忘的一幕！几乎所有的同事都在，正在经理的带领下，和前面一个陌生人学习着手语！那一瞬间，她忽然想起，这一段时间以来，同事们和她交流越来越熟练，也越来越方便。

她悄悄地走出公司大门，看着灯光明亮的窗子，泪水汹涌而出，可那却是幸福的泪、滚烫的泪!

不让你看见，是不想动摇你脆弱的自尊，是为了给你一份不期然的幸福与喜悦。

你会使筷子吗

在一次聚会的酒桌上，大家谈兴颇浓，且有几个都是第一次见面，所以气氛特别热烈。在座的有一位特殊的朋友，是一位残疾人，她没有右臂，而左手上也仅存拇指和食指了。吃菜的时候，她用两根手指捏着一只小匙，用的也很熟练。这个时候，有朋友就问她："你会使筷子吗？"

我们全停止了谈话，望向她。她一笑，说："当然会使了，只是没有你们用得自如，怕弄掉了菜让你们笑话！"说着，她接过别人递过来的一双筷子，用两根指头捏住，夹菜的时候，竟然也能开合，虽然不是很流畅的动作，但却震撼了我们的眼睛。于是我们纷纷蜷起三个指头，只用拇指和食指拿住筷子，却怎么也无法夹起菜来。最后我们全放弃了，都有这样一个想法：原来不会使筷子的是我们。

有人问那女孩儿，这么难，她是怎么学会使筷子的，女孩儿说：

“原来的时候，我也不会使筷子，可是有一次拜访了一对夫妻，我就开始练习了！”

那个时候，女孩儿正沉浸在身体上的巨大伤害之中，无论是谁突遇如此打击，也都会有一种绝望感。而那种从心灵上漫过的无力与消沉，更是让她恐惧迷茫，不知今后的路该怎么走下去。过了一段时间，她的情绪总算是稳定下来，可是眼中仍是灰色的世界。正是冬天，她心里的寒冷比之外面的冰封雪盖更让她战栗。

有一次，她参加市里残联举办的一次活动，这也是在父母的强烈要求下才去的，这一次活动，她看到了许多有着不同残疾的人。听着那些人讲述他们如何战胜艰难的事迹，她却没有一点儿触动和感动，她眼中全是别人的残疾之处，忽然觉得这个世界也全是残缺的，再看自己同样残缺的身体，她心里涌起强烈的厌恶感。

活动结束后，一对中年夫妇来到她面前，脸上带着温暖的笑容。看着这一对都没有双臂的夫妇，她心中那种厌恶感愈加强烈。那个女人对她说：“孩子，能不能麻烦你送我们回家呢？我们开门锁有些困难！”看着两人眼中的善意，女孩儿没有拒绝。一路无话，到了家门前，女人告诉她钥匙在羽绒服里层的口袋里，她拿出，打开了门，夫妇两人热情地邀请她进去坐会儿。

屋里很整洁，饭厅的桌子上竟摆着饭菜，还冒着热气，女人说：“这是我女儿来做好的，她知道我们什么时候回来！她总不放心我们自己做饭。来，坐下吃了饭再走！”

女孩儿却很冷淡地说：“我知道你们让我来，就是想开导开导我，其实也没什么好开导的，我虽然也是残疾人，可是我却从不看好残疾人，不相信什么经过努力和正常人一样的话。你们只要能做到一件事，我就听你们开导！”

夫妇二人并没有因为女孩儿的话而生气，只是微笑着问："你要我们做什么事呢？"

女孩儿说："对于正常人来讲最简单不过的一件事，那就是，你们会使筷子吗？"

对两个没有双臂的人，提出这样的问题，也近似刁难了。可夫妇二人闻言却是相视一笑，说："当然会使，而且不止一种方法！不知你要看哪一种呢？"

这回轮到女孩儿吃惊了，会使？还不止一种？她定了定神："你们平时吃饭怎么使就怎么使吧！"

夫妇两个坐在餐桌旁的椅子上，妇人用嘴叼起了筷子！这怎么能行？女孩儿不解，即使能将饭菜夹起，可怎么吃呀？可是紧接着，令女孩儿震惊的一幕出现了：女人用嘴里衔着的筷子灵活地夹起一口菜，转头送到男人嘴里。然后，女人放下筷子，男人吃下那口菜后，也叼起筷子同样喂了女人一口菜！

这一瞬间，女孩儿觉得心里有什么东西一下子就破碎了！女人笑着说："不怕你笑话，这些年我们都是这样吃饭的，也算给我们自己找点儿浪漫吧！"

男人也笑："其实，我们也能正常使筷子，只是有些不雅观，而且我们这样互相喂着吃，也算是一种幸福吧！"

女人起身，到洗手间，坐上水盆边的椅子，蹬掉鞋子，她并没有穿袜子，用脚打开水笼头，放了水，洗脚。洗过后，又用脚拿过毛巾擦干净，整个过程极为流利。女人重又回到餐桌旁坐下，将腿抬起，用脚趾拿起了筷子，熟练地夹菜。那脚趾极长，就像小孩儿的手指般。然后，她说："我们的脚比一般人的手都要灵活，写字、上网、用手机，都能做到。唉，就是不能给自己穿裤子！"

女孩儿从他们家里走出来时，却像从一个长长的梦里走出，外面虽然还在飘着雪，可是在她眼里，忽然就充满了生机。

她说："就是那次以后，我就真的重新找回了信心。虽然从头到尾那对夫妇都没有一句开导我的话，可是他们的所有行动都在震撼着我的心！"

你会使筷子吗？女孩儿的这一问，却是为她打开了一扇新世界的大门。而她的这一问，也让我们接触到了一种世间最美的感动与感悟。

滴滴润心

一

他和一个同事在街上闲逛，心情正不好。他贫困卑微，在公司里也属于底层不得志之人，偌大的城市无人可诉，苦乐自尝。只有身边的这个同事，真诚地与他交往，只是他敏感的自尊拒绝着同事的种种帮助，甚至拒绝着一根最普通的香烟。

此时一辆失控的车驶下街道，向二人冲过来，而他还在恍惚之中。同事猛地将他推开，然后他就看见同事被撞倒，双腿碾轧进车底。他满心的自责悲痛，在医院里，失去双腿的同事醒来，冲他微笑，轻轻地说了几句话，他立刻泪如泉涌。

同事说："我前几天刚买了双鞋，还没穿过，咱们的脚一样大，我用不到了，只好给你了！"

二

自从后妈进门，她便再没有笑过。虽然费尽心思也挑不出那个女人的半点儿不好来，可却从心里有着一种本能的反感。她宁可相信后妈是一种完美的伪装，终有撕开面具的一日。

十六岁的她时常爬到院子里那棵杨树上去，向着远方眺望。那个方向，有着母亲的坟茔，而这棵树，也是母亲曾经栽下的。起初爬树的时候，后妈都要制止，可是倔强的她丝毫不为所动，后来后妈便也不再干预。她在心里冷笑，这个女人终于不再坚持了吧！

这一天，她像以往一样爬上树，却无意间看见，房门的窗玻璃后，后妈正站在那儿，不错眼地看着她，一只手握在把手上，随时推门而出的样子。她的心里便有了一丝异样的情绪在涌动，回想三年来和后妈相处的种种，第一次动摇了自己的冷漠。就在这一刻，她手一松，从树上掉落，她觉得自己是故意这么做的。那一瞬间，她还不忘了向门口看了一眼，她看见后妈猛地推门而出，向树狂奔过来。

她笑了。这一刹那，她没有恐惧，虽然身体在坠落，她却知道，那也是幸福在降临。

三

他是一个老师，刚刚经历了失恋，心情坏到极点。这个时候，他被派去一个学校监考。他冷冷的目光掠过那一张张年少的脸，观察着孩子们的一举一动。忽然，他发现一个男生写一会儿，便悄悄地低头向课桌下看什么，而男生的左手正在桌下。他快步走过去，仿佛找到了一个宣泄口，决定要用最严厉的方式对作弊者进行惩罚。

男生乖乖地摊开左手，手里有一张照片，照片上是一对中年夫妇。男生小声说：“这是我爸妈，他们都在外地打工，他们说我考得好，再苦再累也值得了。我考试时经常紧张，可一看到爸妈的照片就好多了，所以就带进来了！”

他抚了抚男生的头，轻轻走回讲台。他想起了自己远方的父母，便觉得伤痛全消，憎恨皆泯。抬眼望去，那个男生在朦胧的泪光中已看不分明。

四

一对青年男女在街上散步，转过一个街角时，两人一言不合便吵了起来，且越吵越凶。正是傍晚，街边有许多人正在乘凉闲话。忽然，一个脏兮兮的七八岁的男孩儿跑过来，脖子上挂了一大串钥匙。他摘下一把钥匙，举到正在争吵的两人面前，眼里全是渴望。两人一时全愣了，问那男孩儿，男孩儿也咿呀着说不清楚，只是固执地举着钥匙。

此时一个看热闹的老人告诉他们，这个孩子是个弱智儿童。有一次邻家夫妇因丢了钥匙而大吵了一架，他便记住了，整天满大街地找钥匙，捡到一把就串进绳里挂在脖子上，遇见吵架的便递过去一把钥匙。

两人都沉默了，而那男孩儿依然举着钥匙。女人忽然接过钥匙，在男孩儿脸上亲了一下，然后笑着挽起男人的手臂，在男孩儿含笑的目光中向家走去。

瓶子里的爱

那一年，我在一个极偏远的小村当代课老师，那时的生活条件比较差，由于远离城市，人们的观念也很落后。因为贫穷，许多人家的孩子都早早下地干活了，就算想让孩子上学也供不起，虽然学费并不多。

在我的班上，有个叫谢小强的学生，十二岁，家里极穷，母亲长年卧病，早些年吃药看病的，欠了不少外债，使得本来就不富裕的家更是雪上加霜。可是他母亲的病却一点儿也没见好。虽然贫困至此，他们却极力让孩子上学，在这一点上，谢小强的父母比村里许多人都强。而谢小强也很努力，成绩虽不是最好的，但也属于上等。

那年春天，谢小强的妈妈病情加重，由于再无钱看病买药，小强的爸爸便开始四处收集民间的土方偏方，也不管有没有效果，弄到了就让小强妈妈服下去。他们只能把希望寄托在这些偏方上了，而小强妈妈的病还是继续恶化，这让小强和他爸爸都非常着急和恐慌。

有一天傍晚，我去村外的野甸子上散步，忽然看见小强拿着一柄四股叉在挖地。我感到奇怪，便过去问："小强，你在挖什么呢？"

他说："老师，我爸从前村找到一个偏方，说是有一个和我妈得一样病的人就是吃这偏方治好的。可是这个偏方要一百条黑蚯蚓做药引子，我挖蚯蚓呢！"

野甸上蚯蚓极多，可黑色的却是极少。那个傍晚，小强费了好大的劲也只挖到两条，他却兴奋地说："没事，我天天来挖，有一两个月怎么也凑够一百条了！"他充满希望的神情让我动容。

从那以后，小强果然一有时间就去甸子上挖蚯蚓，不管中午还是晚上，不管刮风还是下雨，只是，这种黑蚯蚓实在是太少了，有时一连好几天也找不到一条。可他一点儿也不沮丧，他相信总有一天，会挖够一百条蚯蚓的。

我曾去过一次谢小强的家。那天他妈妈的精神状态很好，斜倚在炕上和我说了许多话。我发现她说话很是和普通的农村妇女不一样，一问才知，她居然是高中毕业！难怪她那样积极地支持小强上学。后来，她指着窗台上一个大大的敞口玻璃瓶子，对我说："小强挖回来的蚯蚓都养在那里呢！"

我过去看，瓶子里装了大半下土，有一些蚯蚓在里面翻动。我真的怀疑这个偏方是否真能对她的病有疗效，她似乎看出了我的心思，说："我知道这些偏方都是没用的，他们找来了我就吃，给孩子一个希望呗！看他每天充满希望地往甸子上跑，总比在家看着我半死不活的样子好！"

转眼三个月过去了，小强仍没能凑够一百条黑蚯蚓，他对我说："我总觉得应该够了，可一查总是差上许多，我再加把劲，很快就够了，那时妈妈的病就能好了！"

想起小强妈妈的话，我没有告诉小强早就想告诉他的办法，那就是把蚯蚓弄断，慢慢地，一条就会变成两条。数量是不重要的，重要的是给他以希望。

可是，小强的妈妈终究没能等到他凑够一百条黑蚯蚓，在那个秋天，她还是走了。小强哭得天昏地暗，一边哭一边说："都怪我，都怪我！我要早挖够了一百条黑蚯蚓，我妈就不会死了！"

从那以后，小强变得沉默起来，每天都生活在深深的自责之中。有时我想劝劝他，可是又不知该说些什么。

第二年的春天，当草木都发芽的时候，小强有一天忽然让我去他家。在他家的后园中，他用四股叉挖了几下，竟有许多黑蚯蚓在泥土间钻来爬去，何止百条？

小强说："其实，去年我抓到的那些黑蚯蚓早就超过了一百条，我妈总是偷偷地拿出几条扔到后园里，所以我总是凑不够。这是我爸后来告诉我的，我妈说她的病是治不好的，让我每天出去挖蚯蚓，就是想让我心里有希望……"

他没有哭，我知道，这个孩子在母亲对他深深的爱中，已经变得坚强了。他给我看那个曾经装蚯蚓的瓶子，是的，就是这个瓶子，装满了儿子的希望，装满了母亲的挂念，那就是这世间最美丽的爱啊！有过这份爱，就算生死相隔，就算际遇再艰难，也足以温暖我们的一生啊！

幸福像叶子一样

叶子是我家乡小镇的女孩儿，和我年龄相仿。十二岁以前，她是一个极漂亮的女孩儿，而且聪明伶俐，能歌善舞。可是，她的美丽永远停留在了十二岁，就在那一年，她的脊椎患病，病治好后，上半身便停止了发育。

她高中毕业便结束了学生生涯，此时她的身高只有一米四，而两条腿却笔直修长，长度是上半身的两倍多。从她的腿看，如果不患病，她应该能长到一米七吧。后来，她家搬进了县城，她也通过考试，并克服了种种困难，成了邮局的一名邮递员。

起初的日子，叶子的际遇充满了艰辛。那份艰难主要是来自心灵上的，当她把信件和报刊送到别人手上，迎来的总是讥讽的目光。记得第一天上班时，她骑着草绿色的自行车去给辖区内的用户送信件。敲开第一家的门，一个中年妇女一见她立刻惊叫了一声。是的，她那不成比例的身躯在别人眼里就是一个怪物。那一天，她是噙着泪水完成工作任务的。

后来，叶子领了一套最大号的制服，上衣穿在身上几乎到了膝盖，只露出小腿。这样在别人的眼里，她除了个子矮，并看不出别的什么。她不是为自己的缺陷难过，让她真正无法忍受的，是那些白眼冷遇。

叶子就这样每日穿梭于这个小城的大街小巷，像一片随风飘转的叶子，不知终将落向何方。渐渐地，人们都已熟悉了她，她面对的不再是嘲笑的脸。有一天，她给一户人家送信，开门的是一个十几岁的小女孩儿，此时的叶子已不再穿大号制报，她已不需要掩饰。小女孩儿一见她就惊叫了一声，叶子的心往下一沉。那小女孩儿紧盯着她的双腿说："姐姐，你的腿好漂亮啊！"那一瞬间，快乐与感动像炸弹般在身体里扩散开来，在莹莹的泪光中，她轻声对小女孩儿说着谢谢。

那以后，叶子每天都快快乐乐地往返于街街巷巷，生活再没有了阴暗与沉闷。那一年，她被评为县城里最受欢迎的人，理由是她不仅给人们送去了希望的信件，还送去了真心的微笑与简单的快乐。站在颁奖台上，叶子的心里漾满了幸福，她觉得自己这一片极平凡的叶子，终于在生活中找到了落点。

再后来，叶子成了家，丈夫是一个极普通的工人，他们极恩爱，把流年中无数个平淡的日子过得有滋有味。

去年，我们搞了一次高中的同学聚会，当年小镇上的所有同学都参加了。那些同学，经过多年的拼搏，都有了各自的辉煌，只有叶子，那笑容还一如当年般纯净。那一天她仍穿着那身深绿色的制服，坐在衣着鲜明的同学中间，像极了一片平凡的绿叶。在她清澈的笑容之中，我们忽然觉得，在这里，唯有她才是最幸福的。我们每日奔波劳碌，争名夺利，早就没有了幸福的感觉，虽知得不偿失却已是欲罢不能。而叶子，虽然许多年来一直是风中雨里，却是与快乐与满足同行。她的幸福，平平凡凡，实实在在，却是如此打动着我们蒙尘的心。

就像叶子所说的，我就是一片普通的叶子，甚至是一片不完整的叶子，可是能一样地接受阳光，而且伴着幸福开放的花，也同样是一种幸福。这样的幸福，也很好。

如果重来，依然如此

一

一个女子，婚姻不幸，忍辱负重多年，终于走出了桎梏。而这个时候，她已经步入中年，最好的时光都已消散在曾经日复一日的不堪回首中。

有人问她：“如果一切重来，你还会选择那样的婚姻、那样的生活吗？”

她愣了一下，说：“如果真能重来，我还是会那样选择。”

这是一个让大家始料不及的答案。可以说是一种无悔吗？又是为了什么？难道她对误她半生的那个男人，依然有着无法割舍的情愫？

她却浅浅地笑，云淡风轻。她告诉大家，虽然相遇很美，虽然相爱时也很美，可都不是她选择重来的理由。她说：“我要让我的女儿也能再一次来到这个世界上，她是我真正的不舍，虽然没有给她更完整的幸福，可是，我不能没有她，而她，也不能没有我。”

二

以前的邻家，有一个疯疯癫癫的老大娘。她每日里都会伏在二楼的窗前，对着外面不停地念叨。我细听过几次，含糊的言语中，说着的都是她的孙子。

她疯了二十年了。二十年前的一个夏日午后，她带着五岁的孙子去城西的郊外。她见孙子站在那儿出神地向远方看，便趁着这工夫去了趟不远处的厕所，可回来后，孩子就不见了！孩子再也没有找到，从此她的一颗心便丢了。

孩子找到时已经长成了二十多岁的小伙子。虽然已音容迥异，可当他叫了一声“奶奶”后，老大娘的眼睛却一下子就清明了。虽然没有全好，但是却比以往强了太多，二十年前的事都能记起，只这二十年是一片空白。有时总恍惚着将现在与过去对接，分不清时光流逝。

我们都想，她明白过来后，一定极为后悔，当初不该带孩子去郊外。

可是，有时，她似乎一下子回到了当年，对着身边的孩子说：“走吧，你不是想去西边看你爸妈回不回来吗？奶奶带你去！”

三

她长大后，终于知道自己不是父母的亲生女儿。而此时，她也有了自己的事业，也有了自己的家庭和孩子。看着可爱的女儿，想着自己一直以为幸福着的童年和成长，才发现，自己其实一直是不幸着的。

费尽周折，终于找到了自己的亲生母亲，面对那个白发苍苍的老太太，她竟无法找回半点儿记忆，岁月太遥远，遥远的那时她还没有记忆。可是，心里那份亲近感，却是从未有过的。她们相拥，她们流泪。

老太太并没有告诉她，这些年来，为什么一直没有再要孩子。在老人的心里，她永远放不下这个当初送人的女儿，她每一天都惦记着女儿，她怕如果再要孩子，会淡了对女儿的想念。

邻居们看到老人这么好的女儿，都说，多好的闺女，要是再回到过去，她一定不会把女儿送人，哪怕再难也要养大。

老人却知道，如果再回到当初，她依然会把不满周岁的女儿送人。因为，她宁可女儿在无知的幸福中长大，也不愿意让她在另一种不幸中成长。

四

那一巴掌让他的心冷了二十年。

那时他才九岁，便被母亲狠狠地打了一耳光。他愤怒，他怨恨，那是他第一次挨打，而且，那以后，便经常挨打，他无力反抗，如果离家出走，被找回来后，就是更猛烈地打骂。

他便凛然，只好小心翼翼地，而心里却埋下了仇恨的种子。于是，他在人们眼中变成了一个好孩子，学习努力，而且很懂事。他的心里却像压着一块冰，甚至，从没叫过妈妈。

二十年后，在他的婚礼上，看着母亲已经白了的头发，想着这些年的种种，心里的坚冰便顷刻间融化，化作两行滚烫的泪。他喊了一声妈，母亲也是泪流满面。

母亲说，如果再回到那时候，我还是会打你。我宁可背上骂名，也不能纵容你学坏，反正，后妈又有几个名声好的？

痛而不言，笑而不语

阳光洒在光滑的路面上，清晨的空气里带着清新的味道，燕小鸥拖着长长的影子出现在街角，艰难地向前走着，一步，两步，腋下的双拐随着脚步发出轻微而短促的咯吱声。她的脸上已经出了一层细密的汗，在朝阳下闪着淡淡的光晕。

每迈出一步，燕小鸥都会皱一下眉头，仿佛腿上的每一个关节都在被针刺。不远处出现了一个熟悉的身影，她立刻舒展眉头，慢慢地走过去，那个身影正挥动着扫帚，清扫着路边的落叶。燕小鸥的笑容如阳光般灿烂，响亮地打着招呼："大爷您早！"扫地的大爷转过身来，脸上挂着慈祥的微笑，看了看燕小鸥微微颤抖的腿，便过来扶她在路边坐下。

两个人面对着初升的太阳，坐在那里谁也没有说话，大爷满是风霜的脸上，一抹微笑如春风拂过无数山冈，那几条沧桑的皱纹也生动起来。燕小鸥看得入了神，就像大爷看太阳看得入了神。当太阳转到一栋楼房的后面，斜斜地投过来一片影子，燕小鸥才拿起拐杖，大爷忙伸手搀她。站起来后，她说：“我休息好了，要回去了，别担心，我能走回去！”大爷用不变的微笑送她离开。

走在回去的路上，燕小鸥才发现，今天又比昨天多走出了十步。她在心里默默地数着自己的脚步，从阴影走到阳光下，慢慢地没入街道转角处。而扫地的大爷也才收回目光，继续低头去扫那些不停飘落的叶片。

这是在这条僻静的街上，每天清晨都会上演的一幕。

等燕小鸥到了楼门前，我才从那边的小广场上跑过来，一边背起她一边问：“今天怎么样？比昨天多走了多远？”她伏在我背上，手里提着拐杖，高兴地说：“多走了二十步！这条街快走出一小半了！”我说：“姑姑还在家里担心你呢！怕你摔倒！”她轻笑：“我妈就是事多，摔一下又能怎么了，谁学走路没经历过磕磕碰碰的？”

十六岁的表妹，年初的时候一场事故，导致她丧失了走路的能力，卧床三个月后，腿才渐渐恢复知觉，医生说，必须要自己锻炼走路。开始的时候，我背她下楼，她拄着双拐甚至一步都迈不出。可是即使如此，她也要坚持站在那里，几天之后，她终于迈出了第一步，虽然满脸淌汗，可是却高兴得大叫。她渐渐地能慢慢拄拐行走，我也放了心，她自己练自己的，我去那边的小广场和一群大孩子踢球。

可是有一天，燕小鸥摔倒了，她没有喊我，只是想自己挣扎着站起来。可是如此简单的一个动作，对她来说却难如登山，总是刚刚起身便又跌倒。这个时候，扫大街的大爷便出现了，将她扶起。她腿上的血甚至渗透了裤子，可她没有哭，而是笑着向大爷道谢，大爷只是慈爱地笑着。她试着往回走，大爷并没有帮助她，只是用微笑鼓励她。

那天回到家，姑姑一个劲地埋怨她，她看着妈妈帮她处理腿上摔破的地方，笑着说："真好，我终于能体会到小时候学走路的感觉了！"

那天以后，燕小鸥便总能在清晨的那个时间遇见扫地的大爷，就在前方不远处。每一次，燕小鸥都要走到大爷身边问候一声，然后再回头向家走。渐渐地，她发现，每天早晨，大爷扫地的位置都会向前移动一段，这样她几乎每天都要比前一天多走一些。她觉得这个方法真好，把目标分割成眼前的一小段一小段，便不会觉得那么无望。

时间一天天过去，秋天深了的时候，燕小鸥已经能拄着拐在那条长长的街上轻松地走一个来回，而那张微笑的脸也每天如约出现。燕小鸥开始丢了拐走，仿佛一个重复的过程，那个大爷就那么陪着她一段一段地向前延伸着路程。第一场雪落下来的时候，燕小鸥已经能够像正常人一样走路，她说她要开始练习跑步。然后她说起那个老人，说他的微笑有一种穿透人心的感染力，是他帮着自己走过那么多的艰难。

燕小鸥跑步的时候，我也跟着她一起慢跑，再到快跑，后来便是在那条街上跑上几个来回，每次经过那个大爷，我都同燕小鸥一起和他打招呼，他则用不变的微笑迎着我们通红的脸。那半个冬天，那张笑脸也温暖了我的心境。

后来，燕小鸥完全恢复，可是每天早晨跑步的习惯却保持了下来。第二年春天的时候，有一个早晨她回来后，对我说："街上扫地的换人了，那个大爷退休了，回老家去了！我还没来得及和他好好说说话，还没来得及多说几声谢谢呢！"

我说："你摔倒疼痛的时候，不和大爷说，等他走了才想起要说话。其实，就算你说了，他也只能听你说，你还不知道吗？他年轻的时候服错了药，烧坏了声带，再也不能发出声音了！听说他受了不少的苦，可是从没沮丧过！"

燕小鸥的眼里一下涌满了泪水。

不过我们都相信，大爷的微笑永远不会改变，不管在哪里，不管经历怎样的事，都会一样的灿烂着。就像我小小的表妹，经历了那么多的疼痛，却从不说，只是一步一步地向前走，迎着那张温暖的笑脸。

俯拾皆是

一

我在小兴安岭的山中见过这样一种野生果树，果实如指甲般大小，红艳艳的，一串串地挂在树上。第一次遇见它是在路边，我惊讶于它的美丽。树不高，伸手可及枝杈，我摘下一枚果子，在掌心中鲜亮剔透，还未入口，便已觉出了那份清甜。

把玩了一会儿，将果实放入口中，轻咬，立时皱起了眉头，那果汁极酸极涩，我忙不迭地吐了出来。真是没有想到，如此美丽的果子，却难吃至此，可见世间并无完美之事。而同行的山里人却从树靠近山坡的那一侧摘了一枚果子递给我，示意我再尝尝，我充满疑虑地把果子放入嘴里，咬破后，却是甘甜无比！我大为震惊，同一棵树，而两侧的果实却有着如此的天差地别。山里人的一句话让我沉思良久，他说，靠近路这侧的果子酸，就是为了不让人们采摘。待进入山林深处，又看见了这种树，而它的果实竟又全是甜的了。

凝望那一树灿烂，忽然就明白了两件事。一个人在美丽的同时，还要会保护自己不受伤害。而且，在甜美的外表后面，还要有美丽的内涵。

二

去年夏天，有一次我在河边闲坐，忽然看见水里有无数个虫子纷纷游过来，爬上岸后便伏在大坝的坡面上一动不动了。虫子有一枚硬币大小，黑色，六足，像盖虫一样。我惊讶地看着它们，大坝的坡上很快就伏满了这种虫子，而水里还有更多的虫子在向岸边游着。

这是怎么回事，难道是集体上岸而死？忽然，我发现脚边有一只虫子动了一下。仔细看，它的确在动，仿佛有什么东西在它体内挣扎。我忽然有一种恐惧感，就在这时，一个让我意想不到的情景出现了！虫子的背部忽然裂开了，一个小小的头从里面钻出来，而且还在拼命向外挣。这是什么东西？我向后退了一步，目不转睛地盯着它！过了一会儿，那个东西的大半截身子已从虫子体内钻了出来，然后用力一挣，它全出来了，身体湿漉漉的，而且是折叠在一起的。在阳光下，它很快晒干了身上的水，然后一舒展，折叠的身体伸展开来，四片薄薄的翅膀开始舞动，然后，它跌跌撞撞地飞起来。此刻，我终于知道，那是一只蜻蜓！再看刚才那只虫子，只剩下一具完好的空壳。

渐渐地，越来越多的蜻蜓飞起来，也有许多的蜻蜓没能及时地挣脱而死在地上。我试着帮一只蜻蜓脱离了虫壳，它伏在地上很久，只是微微地动着，终是无法飞起，最后死了。所以，我再不敢去帮它们，只能看着它们自己努力。

面对满天飞舞的蜻蜓，我的内心忽然就涌起一阵感动。原来在轻盈的飞翔背后，竟有着如此残酷的挣扎！而且，只有通过自己的力量去解脱，才能飞起来！

三

去一个老同学家小坐，发现他新买了一个书柜，我看着书柜中摆放着的书籍，那些书大都很陈旧，有的已经破损不堪，用透明胶粘贴着。我笑着对他说："你的这些书也太破旧了，怎么不买些新的，还留着它们做什么？这和书柜也太不般配了！"他正色说："你说的不对，一本书的价值只在于它的内容，而与新旧无关！"

那一刻我极为触动，忽然想到，人又何尝不是如此呢？一个人的价值并不在于长相和衣装，主要在于他的思想和内涵。那些为人所欣赏所敬重的，往往都是内在的东西！

站着睡觉的马

爷爷当年是赶着马车来闯关东的，那两匹马和爷爷的感情极深。我没有见过那两匹马，只是从爷爷的描述中知道了它们的样子。记事起看到的家里的两匹马已不知是最初那两匹马的多少代子孙了。

那是一匹白马和一匹红马，真真正正地为我家立下了汗马功劳。儿时我曾仔细地观察过它俩，大大的眼睛，长长的鬃毛，长得甚是威武。那时从没见过它们卧倒过，爷爷说马就是站着睡觉的，要是倒下了，就再也站不起来了。听这话时，我幼小的心中忽然涌起一种莫名的悲哀。现在想来，也不明白马到底是肩负着什么样的使命来到这个世界上的。

我常见爷爷骑着那匹红马出去，红马跑起来四蹄生风，大有天地任驰骋的气势。而白马则要安静得多，除了干活，就是站在那里一动不动。我曾问过爷爷为什么不骑白马。爷爷说："它倔，不喜欢人骑它！"正因为如此，白马干活要比红马多。可是我却喜欢白马，都说它性子烈，所以一开始我也不敢接近它。可渐渐地我敢走到它面前给它添草料了，它就那样抬头看着我，眼神深邃。后来我敢伸手去摸它的脸了，它也不恼，有时还会用舌头舔我的手。于是我胆子越来越大，敢摸它的肚子，拽它的尾巴。有一次我竟爬上了它的背，它一开始还不动，后来我学爷爷骑红马时那样吆喝了一声，它就猛地一颠，我便摔了下来。可是我依然喜欢它，说不清为什么。

白马有一个好处，除了骑它，让它干什么都可以，所以村里人常来借它去帮忙。而红马却恰恰相反，只喜欢别人骑着它四处奔跑，一套上车它就立刻蔫了，也不用力拉车。有一次村里的黄叔来借白马，说他家的牛病了，而他要去后山拉石头。爷爷犹豫了一下，还是让他把白马牵走了。可是一直到天快黑了，也没见黄叔把马送回来。爷爷急了，带着我去后山找，在村口遇见了黄叔牵着白马。黄叔对爷爷说："拉石头时装车，山上滚下一块石头砸在马背上了，我带它去镇上兽医那儿看了，说没什么大事！"爷爷接过缰绳说："没事就好！"我看见白马的背上破了一大块皮，很心疼，便用手摸了一下，白马的皮飞快地抽搐了一下，我忙把手缩回来。

那天夜里，一家人睡得正香，忽然被院子里很响的声音惊醒。我们来到院子里，没发现什么异常。我飞快地跑向马棚，只看见红马站在那儿。白马呢？我向地上看，白马已经侧躺在了地上。我忽然想起爷爷说过的话，便带着哭腔喊爷爷。爷爷跑过来，当他看见躺在地上的白马时，忽然脚步变得缓慢而沉重起来。爷爷蹲在白马旁，用手轻轻地抚摸着它，我看见爷爷眼泪掉了下来。我知道白马死了，于是大哭起来。一般人家的马死了都会剥皮卖肉，而爷爷却不让，坚持把白马埋在了我家的南园子里。好长的一段日子，爷爷总是站在南园里默默地抽烟。妈妈说，家里的每一匹马死后爷爷都要老上几岁。

那年秋天，红马生下了一个小驹。小马驹是白色的，酷似死去的白马。我们都很喜欢它，它很是活泼可爱，不像死去的白马那样沉静。我几乎总是和它在一起，当它长到半大时，我就开始骑着它满村子跑了。小白马很通人性，似乎能听懂人说的话，我不高兴时它就用头在我身上蹭来蹭去的，还伸舌头舔我的脸，那样的时刻我能感觉到它的呼吸，有一种青草的味道。第二年冬天时，小白马已长得和红马差不多一般高大了。没事时我常骑着它去村前的甸子上溜上一大圈。有一次刚下过雪，我骑着小白马在甸子上奔跑，跑着跑着，小白马来了兴致，速度忽然快了起来，我只觉得雪花扑打在脸上麻麻的疼。忽然它一转弯又猛地一减速，我便从马背上向前射了出去。由于雪厚，下面又有一层干草，我并没有摔坏，刚想爬起来，看见小白马没有收住脚依然向我冲过来。我慌了，秋天时它刚钉上马掌钉，要是踩在我身上后果不堪设想。我吓得闭上眼，只觉脸上凉风一闪，睁开眼，它已从我身上跃过去，站在那儿看着我。我爬起来抖去身上的雪，此时小白马矮下了身子让我上去。回去的时候它只是轻跑着，像怕再把我摔着一样。

那年夏天的一个傍晚，吃过饭后一家人正坐在院子里纳凉聊天。忽然看见红马在马棚里猛烈地拉抻着拴在木栏上的缰绳，像疯了一样。爷爷看了一会儿，叹了口气，过去给它解开缰绳，打开了马棚的木门，红马走出来，直奔南园而去。爷爷把园门打开，它进了园子，站在曾经埋葬白马的地方，用前蹄不停地刨着土。过了一会儿，它仰起头长鸣了一声，便又走回了马棚，静静地站在了那里。爷爷一声不响地回屋了，我看见他的烟袋锅又在黑暗中一明一灭闪起来。

那天夜里，小白马的嘶声惊醒了我。我来到院子里，看见爷爷正站在马棚那儿。过去一看，红马已躺在了地上。那以后，南园里便又埋进了一匹马，爷爷又苍老了许多 。

后来，爷爷去世了，无声无息地，也是在一个夜里。想起爷爷操劳了一生，从没有真正地休息过，好好享几天福。就像他亲手埋葬的那些马一样，休息的时候生命便也到了尽头。

再后来，我家搬进了城里，小白马也卖了。那一天我哭了很久，也看见了小白马的眼泪。如今已十年过去了，不知小白马还在不在，也不知有没有人含泪将它埋葬。一切都不得而知了，只是在寂静的夜里，记忆中的马蹄声会敲碎我一枕的旧梦。让我在醒来时的清晨里，心中充满了怀念与感伤。

聆听世间暖

这个世间的温暖是可以听得到的，若心静时，万声入耳皆如天籁，流淌成心底脉脉的温暖，濯风尘，涤旧绪，梦想和希望便焕发出一种新的生机，一如春来树绿，雨润花红。

给我这种想象和体会的，是一个旅途中邂逅的陌生人。那是在小兴安岭深山里，游人极少，我常常去那里，看长风吹过山谷间的树，松涛起伏。那一天我发现有两个人也站在山顶，男人的背影很高大，女人在他身边，不停地轻声讲着什么。走到近前，我发现男人是个盲人。经过交谈，我得知男人是钢琴调音师。他说："我的耳朵可不只能听到琴声，我还能听到许多你们听不到的。就像现在，你们可能只得到风声和松涛声，我却能听到山谷里溪水的流淌，还有那边林中的鸟叫！"

我闭上眼睛，让心沉静下来，果然，没有了眼前的五色干扰，耳畔便飞来许多美好。那个男人称这是耳朵里的风景，极少有人能体会到。

告别时，他说了一句很让人回味的话："我的耳朵不仅能听到风景，更能听到身边许多的美好和温暖！"

的确，我们耳中充盈着的，多是让人心烦的种种，仿佛被尘世喧嚣困囿，摆脱不尽。而那些让我们心生温暖的东西，却常常与自己的耳朵错失。其实，是我们的心不静，在浮躁的心境中，美好很难得其门而入。

想起读高中时，由于面临高考，学业繁重，老师天天催促，父母日日唠叨，这让我们本就不安的心，更增添了许多烦躁。有时候，课间我们会彼此诉说一下各自在家里的遭遇，觉得父母真是让人烦透了。终于有一天，一个一直沉默的男生终于忍不住对我们说："如果我是你们，要是我回到家里，别说父母唠叨，就算他们天天骂我天天打我，我都会觉得幸福！"

我们都无语。那个男生是个孤儿，从小在福利院长大，从不知亲情为何物，只有从书本上看来的，他很难理解那是一种怎样的情感。那时的我们，听了他的话，都觉得很惭愧。有时候，我们无法去接近一颗关爱我们的心，所以从他们的话语里，感受不到声音的温度，更难将那些话语化作心底的暖流。

那一年在电厂倒班，前夜班零点下班，我们大多住在倒班宿舍里，特别是冬天时，更不愿大半夜回家，不但冷，而且会打扰家人休息。但有一个同事，却不管冷暖雨雪，下了夜班都要回家去。起初我们都笑他，笑他离不开媳妇，可是后来他却道出了真正原因。原来，他的老母亲每次在他上前夜班时，都会等着他回去后再睡。他说："每次半夜到家，听到我妈走来开门的脚步声，我的心里就热乎乎的，我愿意回家，不管什么时候！"

我想，在他的耳中，母亲半夜的脚步声，就是他心里的期盼，就是他生命中永远的眷恋。而他的母亲，半夜听到儿子回来的脚步声，心里也一定是欣喜而温暖的吧！有时候，幸福离我们很近，近到只是亲人的脚步声，就能叩响幸福的门扉。

还有另一种聆听，更让人动容。

十多年前，我还在另一座陌生的城市，在梦想与现实之间苦苦挣扎着。那时认识一个朋友，我每当有什么不满或抱怨时，都去找她倾诉。在她面前，可以尽情地说，甚至毫无顾忌地骂自己当时所恨之人。因为，她是聋哑人，她只是静静地坐在我对面，脸上带着微笑，看着我的嘴唇飞快地开合。她也在挣扎，却总是面带微笑，她历尽艰难学会了认字写字，学会面对生活中的白眼冷遇。

有一天，我又去找她，没等我倾诉，她却拉着我跑到后面的街上。街对面有些远的地方，是一个工地，正要垂直爆破一栋旧楼。我们走近一个玻璃电话亭，在那里远远地观望。我不明白她何以忽然有了这种闲趣，便也静静地看着。随着一声巨响，地面仿佛颤抖起来，电话亭的玻璃窗更是被震得簌簌响。转头间看见她把两只手按在玻璃上，脸上带着满足的微笑。十几秒后，声响消失，她在玻璃上呵了一口气，飞快地写下一行字："我只想摸摸这个世界的声音！"

她用这样的方式，聆听着那一刻的轰鸣。我的心里忽然便有了一种无言的感动和震动，在她的世界里，声音是一种梦想，她却这样去"听"那些梦想。那个夜里，我收到她发来的一条短信："我梦想听到这个世界的声音，可是命运却注定我只能用手去触摸这声音。当那份震颤通过手掌传到我心里，我有一种想流泪的冲动。"

我回短信问她："在那样寂静的世界里，你就用这种方式感觉声音的存在？"

她答："是的。就算是你们认为的噪音，对于我来说也是最美的音乐。因为，我用的不是耳朵，而是心！”

有一种聆听，不是用耳朵，而是用心。我忽然便觉得，自己的那些烦恼，实在是微不足道，甚至很可笑。我一直没有用心去聆听过这个世界的声音，所以更感受不到生活中的温暖与感动。怨怼占据着焦虑的心，美好都被摒弃于生命之外。不但耳朵被堵住，心也被封闭。

所以，只有先打开心灵，才能唤醒耳朵，才能聆听到世界的所有温暖，才能让心里常驻感动，生活才能如花绽放。

以恨的名义

二伯脾气暴躁性格耿直，为此他没少得罪人，其中最大的仇家就是本村同是望族的霍家。霍家老三和二伯都是做生意的，同行是冤家，两人因此多有龃龉，终至反目成仇。

可是二伯虽然要强，但他的秉性不是做生意的料，终被霍老三用不正当手段挤垮，赔得倾家荡产，只好重新务农。在二伯起早贪黑从地里收获希望时，霍老三却顺风顺水地发财了，也不知做的什么生意，总之经常是衣锦还乡，还不时地到田地里对挥汗如雨的二伯冷嘲热讽一番。对此二伯恨得牙直痒，却又是无可奈何。二伯常说自己的前途就毁在此人手中，与之不共戴天，并恶毒诅咒。

那一年夏天，传回一个消息，霍老三夫妇因贩卖毒品被捕，获刑二十年。一闻此讯，二伯痛饮至大醉，卧床两日不起，醉梦中犹自念着老天有眼。由于被没收了全部财产，霍老三的一对子女不得不回到乡下，可霍氏家族中对这两个孩子冷漠至极，致使姐弟俩不得不相依为命艰难度日。为了生活，十五岁的姐姐辍学在家侍弄田地，八岁的弟弟上学。只是姐弟两个的口粮地少得可怜，无法维持生活，便想租些地种。而那时，二伯已是村里拥有田地最多的大户，他的粮食年年丰收。霍老三的女儿红着脸去求二伯时，人们都以为二伯有恨盈胸定会落井下石，没想到二伯却把自己最好的一块田给了她，并说等收成了再给钱。

二伯的这一举动让许多人颇为不解，按理说霍老三曾经那么狠地坑过他，他就是拒绝那女孩儿，也是无可厚非。思来想去，人们只能认为二伯心好，这一辈的恩怨与下一代无关，况且那两个孩子也确实够可怜的。可让人不解的事还在后面，由于一个年少的女孩儿种这些地很有困难，又无钱雇人，二伯就让我的堂哥去帮忙。而且，他还时常资助霍老三的那个儿子上学读书。

更让人大跌眼镜的事是在几年之后，霍老三的女儿成了二伯的儿媳妇。原来堂哥在帮着女孩儿种地收地的年年月月中，他们产生了深厚的感情。两人成亲之后，霍老三的儿子便被二伯接回到自己家里，供他上学。二伯时常对别人说："我不是心好，也不是看他们可怜。我是因为恨霍老三才这么做的。霍老三两口子丧了良心，被夺去了自由和财产，我却要夺走他们的孩子，让他俩彻底地一无所有！"

又是十几年过去，霍老三的儿子已经大学毕业，对二伯也是极好，感恩戴德，如对父亲般。而他姐姐，对这个公公更是孝顺无比。看来，二伯的报复计划大获成功。当霍老三夫妇刑满出狱，看到自己的儿女这般情景，不禁老泪纵横。而二伯面对这对白发憔悴的老人，他的眼中还何曾有恨的影子？也许，当初他呵护着那两个孩子长大时，心中的恨便早已消失了吧！

其实二伯是善良的，他以恨的名义，让仇人的子女快乐无忧地成长。他心中那深深的恨，实则是一种浓浓的爱。做人如此，让恨超越了自私的报复，就达到了一个高度、一种境界。可二伯不懂这些，他所做的一切，全凭良心使然，那是本色，也是庄稼人可贵的纯朴。

折痕是心里的暖印

前些日回老家，夜里睡不着，忽想起曾经收藏的一些旧时之物，便开始翻箱倒柜，找到一沓老照片，便逐一看去，有我成长中每个年龄段的留影，更有许多黑白的，画面已经泛黄，承载着更久远的岁月记忆。蓦地，一张照片引起我的注意，依然是一张黑白照片，有些变软，似被揉搓后又平展开来，照片中一个年轻女子浅笑盈盈。

我一下子站了起来。过往的时光如云雾漫过心间，往事复苏疯长成林。照片中是我的母亲，第一次看到这张照片时，我还只有五岁。由于生长在农村，照相是很难得的一件事，一年下来也难有一次机会。所以我和姐姐都特别希望能照相，每次吵闹，母亲都会说："我都没有照过相呢，你们已经照了一些了，等来了照相的，一定给你们照！"

一个下午，我和姐姐在仓房里玩，乱翻东西，忽然就从一本古老的书中发现了一张照片。经过仔细辨认，我们确定照片中年轻漂亮的女人就是母亲。于是很生气地去找母亲，质问她为什么骗我们。母亲接过照片看了看，笑着说："好几年前的了，我都忘了，好了好了，你们别生气了，妈把它撕了，就和你们一样了！"母亲把那张照片揉成团，姐姐忙抢过来，不知为什么，那一刻，我心里很难过。

隔着遥远的时空，我细抚着照片上的所有折痕，一如触摸那些永不再来的岁月。现在的母亲，早已白发苍苍，无复记忆里的年轻模样，更难想象照片中的青丝红颜。那每一道折痕都似刻在我心上，仿佛是我们亲手揉碎了母亲绝美的年华。

在一个小小的木盒里，我找到了一摞书信，翻看，竟然大多是我在外上大学时写给家里的。那几年的大学时光，想来并没有写太多的信给父母，没想到这些信依然保存着。我仔细看着每一封，仿佛依然是当初的想家心切，依然是年少时对父母的依依眷恋。只是，当年父母写给我的信，却已不记得失落于风尘何处，心中无由的痛。

我发现，我写的每一封信，信纸的折叠处都已欲断，有的被母亲用透明胶粘上。我一时神思飘荡，可以想象，那无数个我在外的日子里，母亲怎样一遍又一遍地看这些信！母亲又是怀着怎样的心情将那些信折来折去，使那折痕渐深渐裂，亦如我想家的心在尘世漂泊中悄然淡去。无边的愧疚包围着我，在这样一个无眠的夜里。

我坐在灯下良久，心里涌动的情绪却依然不能平息。我继续寻找，床下的一个纸壳箱里，全是日记本，有我从小学到高中时的全部日记，甚至我大学时的一些日记也在其中。我看着那些日记，就像穿行于成长的岁月之中，许多已被蒙尘的情感，在濡湿的心里重又清晰。看了一些之后，便止住，我的心无法承受太多记忆的负荷。我随意翻看其他，却见大学时许多本日记中都有折上的几页。细看折上的那些日记，都是我心情不好或者生病时的琐记。

我知道，母亲想念我时看信看日记，是心疼牵挂着我在外所有不如意的时刻。从没有哪些时候能如这一刻，让我如此真切地感受到母亲对自己的爱。是的，不在母亲身边的日子，我每一个失落的时刻，都是母亲心底的折痕，永难磨灭。而从此，母亲的爱也会成为生命中的折痕，那每一条痕迹里，都盛满着我的感动，我的心痛，我永远的眷恋。

在这个夏日漫长的夜里，就静静地坐在灯下，我轻轻抚过那些折痕，一如触摸母亲永远无私的爱与情怀。

辑三／瓶子里的花园

磨难挫折，总会困囿着我们向上的心，只是，有的人在困囿中枯萎，有的人在桎梏中盛开。如果盛开，就算封闭的瓶子也可以成为花园，如果心存希望，心就会成为飞翔的天空。

失去双腿的飞翔

那个孩子很喜欢鸟，他有一只心爱的鸟，身上是黄色的羽毛，翅膀是蓝色的，啼叫起来十分动听，这是他费了好大的劲才从山上捕来的。

他活泼好动，学习成绩却很好，业余时间，他就去野外寻找一些罕见的小鸟，再想尽办法捕回来。那些捕回来的鸟，在笼子里养些日子，一发现有不完美之处，他便会把它们放飞。而那只蓝翅膀的鸟，他一直舍不得放。他的鸟笼很大，那只鸟可以在里面上下飞腾，他常在笼子外看着鸟，有一种心满意足的感觉。

有一天，他在山上追逐一只美丽的鸟，只顾跟着鸟奔跑，忘记看脚下，结果摔进了山沟里，从此，他失去了两腿。那些日子，他悲痛欲绝，仿佛刹那间，生活对他关闭了所有的美好之门。他暴躁易怒，父母不知该如何安慰他开导他，只好保持沉默，以为时间可以医好他心上的伤痛。可这一切对于一个刚上初中的孩子，还是太残酷了些。

那天，他听见挂在院子里的鸟笼中传来一阵凄厉的鸟叫，摇着轮椅出去一看，家里的大黄猫扑破了鸟笼，小鸟躺在笼子里，已经奄奄一息了。到得近前，他发现，小鸟的两条腿都已经被黄猫咬断了。他忙叫爸爸来，让他帮着小鸟治伤。

过了些日子，他忽然又听见那只鸟的叫声，忙把轮椅摇到院子里。笼子里，那只鸟静静地卧在那里，见了他，也不再啼叫。鸟的两腿没有了，在父亲的照料下，它的伤已经好了，只是，永远也站不起来了。此刻，他深为懊悔，这么美丽的鸟，就毁在自己的手里了。

这时，父亲走了过来，打开鸟笼，用手捧出了那只鸟，问他："它还能飞吗？"他淡淡地说："没有双腿，它还怎么飞？"父亲说："可是它还有翅膀！"说着，把鸟用力向空中一抛，鸟飞快地扇动着蓝色的翅膀，摇摇晃晃地飞了起来。一开始还摇摇欲坠，过了一会儿，它便飞得平稳了，在院子上空盘旋了两圈，向着远处飞去。

父亲抱起他跑出院子，追逐着那只鸟，在父亲的怀里，他说："它飞不了多久的，等它累了，掉在地上，就再也飞不起来了！"父亲不语，只是抱着他追赶着鸟。由于没有双腿，那鸟飞得不是很快，所以他们很轻易地就能赶上它。跑到郊外，那只鸟似乎累了，又飞得摇摇晃晃了，他说："他要完了！"前面是一片林子，鸟飞了进去，父亲抱着他也进了林子。

鸟在林中跌跌撞撞地飞着，他有些幸灾乐祸地看着，就等着它轰然坠地的一刻。忽然，令人震惊的一幕出现了。那只鸟用嘴衔住了一根细细的树枝，咬得紧紧地，合拢翅膀，身体随着树枝起伏着。他惊呆了，过了一会儿，鸟恢复了体力，嘴一松，身子在下落的过程中翅膀再度挥舞，飞出了林子。他们仍然在后面跟着，震惊之余，他又涌起失望之情，如果找不到树，鸟的命运依然是跌落。果然，鸟飞到了一个周围没有树的山上，而它似乎又累了，慢慢地飞着，却找不到可以休息的树枝。在山顶，鸟终于跌落在悬崖边上，他的心一紧，说："爸爸，它完了！"鸟伏在那里一动不动，过了一会儿，他说："爸爸，把它带回去吧！"父亲抱着他向鸟走去，忽然，鸟用力扑腾着翅膀，翻滚着向前移动着，而前面，就是深渊！待他们走到近前，鸟已经滚落下悬崖，他的眼神立刻黯淡了，紧紧地抱着父亲。突然，父亲说："快看！"那只鸟从悬崖下面扶摇直上，融入远方的天空中。原来，它在跌落的过程中再度飞翔。

从那以后，他再也不消极绝望。因为他知道，没有双腿一样可以飞翔。累了的时候，咬紧牙关，是一种休息，也是一种坚持。而面临没有退路的悬崖，却正是飞翔的开始！

命运与一只鹅的对话

隔着小小的铁窗，一个囚犯正凝神向外望着，心里有一种焦灼的期盼，当时正是午后，阳光透过窗上的铁栏将小小的囚室照得一片温暖。就在他的等待中，远远地传来一声悠长的鹅鸣，他的神情一震，将脸紧紧贴在铁栏上，向外张望着。片刻之后，一只白鹅的身影从大墙那边蹒跚着走了过来。

自从被隔离单独关押之后，三十岁的他便陷入空前的孤寂之中。他的经历可谓坎坷艰难，没出生父亲便战死在德国，他与母亲相依为命，大学毕业后应征入伍。在卫国战争时期，因他作战勇敢一再被提升嘉奖，可是1945年却在东普鲁士战场被捕，罪名是“进行反苏宣传和阴谋建立反苏组织”，被判八年徒刑。那一年，他才二十七岁。

刚入狱的时候，他和许多犯人关押在一起，那时的他并没有觉得有多苦，因为闲暇的时候，他总是给狱友们讲故事。起初是讲自己看过的书上的事，后来书中的都讲完，而狱友们听得正上瘾，他便开始自己编故事，他很惊讶于自己编故事的能力，竟能让狱友们听得如醉如痴。后来，狱友们也开始讲，讲那些在牢中发生过的故事，他同样听得津津有味。

就这样，三年的时光过去了。他时常想，如果这八年能这样度过，也算是挺有趣的。可是，有一天，他却被单独关押了，而且也不让他参加劳动，除了放风的时间，他都蜷缩在小小的单人牢房里。一下子失去了狱友们的关照，他几乎要崩溃了。有一个中午，他正躺在床上发呆，忽然听见一声高亢的鹅叫，仿佛离得很近。他忙爬起来，奔到窗口，一只很大的白鹅正在窗下。他的心一动，很久没有看过这么亲切的动物了，还是在乡下时，家里养着一群鹅，这些年的战争和牢狱，使得他再也见不到鹅了。

那只鹅每天都在午后的时候来到窗外，在那里的阴凉处静静地卧着。可能它是监狱养的，要不怎么会来到这壁垒森严之地，他这样猜想。生活终于有了新的内容，他每天都要与那只鹅无言地对望一阵，直到鹅离去。后来，他开始对那鹅讲话，讲自己的感受，讲自己的愤怒与忧伤，讲自己的经历，再讲故事，那些编造的还有曾经经历的，都对这个大多数时候沉默的朋友倾诉。鹅只是无言地听着，等他讲完，再起身缓缓离去。他一直相信鹅是听懂了自己的故事的，否则怎么每天都会如约而来?

这样的时光持续了半年多，他已经离不开那只鹅了，很难想象，如果没有那只鹅的出现，自己现在该会是怎样的落寞与颓丧。可是，这样的一个朋友，也终有一天失去了。他知道，那只鹅也许已经被宰杀掉了，少了那响亮的叫声，不见了那优雅的身影，他的世界再度沉沦黑暗。只是这次他并没有太久地消沉，因为他明白，上帝曾派了一只鹅陪伴它，倾听了他太多的话，这就足够了。

八年刑期满了，苦难仍在继续。他被流放到哈萨克斯坦，在那里又过了三年的时间，直到1956年才被宣布无犯罪事实，恢复了名誉。他想起了自己在狱中的经历还有那些狱友们讲的事，便开始着手写小说。他的中篇小说《伊万·杰尼索维奇的一天》，就是描写了劳改营的生活，一经发表，立即在苏联引起轰动，而且自那以后，苏联作家写监狱生活的作品涌现出了一大批。可是，他的作品再次受到当局的审查，国内不再发表和出版他的作品，他的许多优秀的小说都是在国外出版的，引起了巨大的轰动。

1969年，他被苏联作家协会开除会籍。但瑞典皇家学院却于1970年授予他诺贝尔文学奖奖金，理由是“因为他在追求俄罗斯文学不可或缺的传统时所具有的道义力量”。当时，苏联官方认为这是“冷战”性质的政治挑衅。索尔仁尼琴没有前去领奖。

1974年，他被剥夺国籍并被驱逐出境，命运对他似乎真的是过于苛刻了。可是他的文学成就却是被剥夺不了的，在世界上，他的作品得到了太多人的认可和喜欢。直到1989年，他才再次被平反，1994年，叶利钦邀请他回俄罗斯，他的作品才得以正式在俄罗斯出版。

他的一生颠沛流离，可他再没有绝望消沉过，那只鹅就像一个洁白的天使，曾伴他度过最艰难的时光。他写的每一个字，仿佛都有那只白鹅在看着，他在心里没有间断过与那只鹅的对话，在那个身影之前，他生不起半点儿黑暗的念头。

这个叫索尔仁尼琴的人，曾说过一句名言：苦难有多深，人类的荣耀就有多高远。是的，这也是他一生的写照。

盛开在碗里的硬币

中午时经过一所小学门前，目光忽然被一个人所吸引。那是一个十一二岁的小女孩儿，坐在地上，面前放一只碗。那只碗很大，现在的人家，很少见到这样大的碗了。她的衣服上居然还带着补丁，她并不像别的乞讨的孩子那样，在面前竖一张纸板或者用粉笔在地上写着悲惨的经历，她只是默默地坐在那里，有着一种无法描述的神情。

当时正是中午放学时间，那些学生成群地拥出校门，有的走向来接的家长，更多的人拥进校旁的麻辣烫、过桥米线等店铺。那些学生和这个女孩儿年龄相仿，却有着迥然的神态，仿佛天地之隔。女孩儿的身边围拢了一些学生和家长，有的学生拿出零钱给女孩儿，有的在一旁观望嬉笑。

女孩儿很奇怪，如果面前的手递过来的是纸币，她就装进口袋里，如果是硬币，就摆放在碗里。而且摆得极美观，我饶有兴致地看着，她把一枚一元的摆在碗底中央，周围是一圈金黄的五角硬币，在外围则又是一元的，看看摆不住了，便放第二层，一枚压三枚，就像一朵正在慢慢开放的花朵。我看了好久，直到她的碗里摆满了硬币。然后她小心地捧着碗站起身，慢慢地离开。

我正要走，忽见女孩儿走进了旁边的卖麻辣烫的店子，好奇之下，便跟了过去。女孩儿刚一进店门，便听服务员说："你怎么还要到屋里来了？去外面！"女孩儿的脸一下子红了，小声说："我想买一碗麻辣烫，带走！"然后轻轻地从碗里拣出几枚硬币。等她提着麻辣烫出来，又拐向另一边的一家书店，只是在门口犹豫了半天，终于没有走进去。我依然跟着她，她又买了一双凉鞋，很大，看样子不是给自己的，还买了一包低档香烟。口袋里的纸币已经花尽，碗里的硬币也只剩下少半。

她慢慢地向前走，依然用一只手托着碗，就像在呵护着一朵开在掌中的花。她一边走一边喃喃自语："还要给爸爸买瓶酒，给弟弟买个玩具……"她回头看了一眼路过的书店，眼中一丝不舍，只是没有停下脚步。我快步超越她，回头看，那只碗里的硬币依然是一朵花的形状，在阳光下闪着灿烂的光。

我猜想，她或许有着一个极贫困的家，有着一个多病的母亲、一个劳累的父亲和一个小小的弟弟。本该是在鸟语书香的校园里读书的年龄，却要在大街上拿着一只碗讨钱，这是怎样的一个女孩儿，懂事、善良、自强等词语已不足以概括，就从她在碗中摆钱的行为来看，她便远远超越了这些。也许是因为她的心中有着美丽的花，她才能把那些硬币摆放成如此鲜艳的形状。是的，和那些同龄的孩子相比，她已低到尘埃之中，可是那些最美的花，往往都是开放在尘埃里。

这个夏日的午后，我的心被碗里那些闪光的硬币温柔地击中，将那些蒙在心上的尘埃荡起飘尽。我也曾艰难过，也曾在黯淡际遇中挣扎，或许那样的时刻，我的心里有执着有坚强，可是同这个女孩儿相比，却少了最重要的东西。我曾抱怨过，也曾嫉妒过，更是愤恨过，世界在我的眼中，一度如此冷漠丑陋。可这个孩子，她眼中的世界是如此美好，即使在如此的生活中，她还能让心上开出花来，而不是结出老茧，真的让人惭愧不已。

感谢这个穿着带补丁衣服的女孩儿，那些盛开在碗里的硬币，映亮我生命中那么多阴暗的角落，更像一汩清泉，悄悄浸润，涤尽那些经年尘埃。眼中的世界一下子美丽清新起来，看着女孩儿渐远的背影，我才发觉，生活竟是如此可爱！

完美的失败

在澳洲有一个极负盛名的生化实验室，专门为一些大公司研制新药，而且新药的成功率极高。有不少优秀的人才都到这个实验室实习，他们出来后都在各自的领域取得成绩。而为他们所津津乐道的，并不是实验室中的先进设备或操作方法，而是一种精神、一种态度。

有个年轻人来到这个实验室，想好好学习一下实验技能。他有许多独特的想法和创意，由于实验室里的每个人都可以独立做任何研究和实验，所以他很快投入到自己的研究中去。这里条件好，又没有人干涉他，所以他很快进入了状态。然而经过大半年的努力，他却失败了。正在他懊丧的时候，一个老教授看了他记录下来的每一个设想和实验步骤后，说："祝贺你，这是一次完美的失败。每个设想都合理，每个实验步骤都正确，那么没有成功就和你的设想、实验无关，在整个过程中你都没有错误，说明这是一次完美的失败！"

完美的失败！年轻人还是第一次听到完美和失败联系在一起，惊讶之余他感到震撼。他查阅了许多年来这个实验室的实验记录，发现大多数实验都是以失败告终的。虽然如此，却很少有人抱怨，因为只要是完美的失败，就没什么好抱怨的。在实验室中，完美的失败要比不完美的成功好得多。方向选准了，道路走对了，却没能抵达目标，就说明这个目标根本是虚无的或不可能实现的。这样反而积累了经验，从而能在下一次实验中调整目标，最终取得成功。在那一刻，年轻人忽然就明白了为什么这个实验室能结出这么多的硕果。

完美的失败，实则是一种提示，一种警醒。爱迪生当年发明电灯时，为了找到一种适合做灯丝的材料，实验了一千多次却都失败了，而他却笑言：“我发现了一千种不能成功的方法!”

由此可见，完美的失败，其实是另一种成功！

有梦常暖

行走在人生的长路上，总会有许多的梦想生生灭灭，一如身后的履痕，或浅或深，盛满着无悔的心绪。并不是所有的梦想都能开花结果，可是那些梦想毕竟曾葱茏过我们的心境，所以都是生命中最美的存在。

有一年去外地出差，想起那个城市有一个同学，便顺便去拜访她。她住在郊区的一所平房里，当时正是冬天，呼啸的北风从窗子的缝隙间灌进来，一室冰冷。听她讲述在这里的工作生活，都是那么艰辛，可她一直坚持下来，从没想过放弃。即使在这还要穿着棉衣的房子里，她的笑脸依然是那么灿烂。她的目光中闪着希冀："我要继续努力，我要在这个城市里拥有自己的房子，有着大大的玻璃窗，冬天的时候，就坐在窗下晒太阳！"

她和我讲起奶奶。当年，爷爷当兵去了东北，一走就无音讯。于是奶奶做出一个决定，拖家带口地去东北寻找爷爷。兵荒马乱的年代，奶奶带着大大小小四个孩子，踏上了漫长的路途。历尽千辛万苦，到了东北，可是却无处去寻找爷爷，便定居在一个小城里，抚养着几个孩子。后来四海平定，爷爷依然没有回来。那些年中，每隔上两年，奶奶都要回老家一次，她怕爷爷回去后找不到她们。直到后来有了电话，她才不来回奔波。

讲这些时，同学很是动情地说：“奶奶一直坚信爷爷还活着，说不定哪一天就出现在我们面前！我知道她这么多年，全是靠着这种念想才坚持下来的。她去世时已八十七岁了，临终前告诉我们，不用再等了，她去那边找爷爷了。奶奶对我的影响很大，我也是靠着心中的梦想才坚持下来的，不管能不能实现，有梦总是好的！”

是啊，有梦总是好的，无论那梦是不是一种虚幻，都能给人一种勇气和力量，就像在这样寒冷的冬天里，零下三十度的气温也没能冻结她脸上的笑容。梦想更像一床被子，被子本身并不发热，可是却能聚集我们身体散发出的所有的暖，从而使寒冷无法入侵。若是没有梦想，就算再麻木的身心也无法阻挡生命的苍凉。

我一个同学的姐姐，读高中时因为一场恋爱，心灵遭受重创，在不言不语几日之后，精神崩溃而失常。这很是让家人意外和伤心，本来大家都担心她会想不开而寻短见，却没想到是这样一个结果。那时我常去她家里玩，她就躲在自己的小屋里，嘴里叨叨咕咕地不知念着什么。去各大医院治疗，都没有什么效果，最后，一个专家说，要想恢复过来只能靠她自己，在她内心深处是有意地想封闭自己忘掉这个世界，建议家里人仔细想想她以前最在意的是什么，有意地去刺激她，或许会有奇迹发生。那时大家都认为她最在意的，可能就是那个早恋的男友了，都已刺激成这样，还刺激？后来有一天，家人在她房中发现了一张写着字的纸。

至今我仍记得那纸上写的几句话："我对这个世界失望透顶，我不说绝望，因为我放心不下爸爸，妈妈去世得早，是爸爸把我抚养长大，我不能死，我还要报答爸爸……"寥寥几句，可以想象她当初的那种挣扎，只是很可惜，她只差一点点就战胜了自己。有一天在她家里，我终于听清了她念的是什么，原来她每天反复说着的，竟是朱自清的那篇《背影》！于是那以后，父亲就常出现在她面前，以期奇迹出现。自她出事以后，父亲骤然就苍老了许多，专家的那番话，成了他生活中唯一的愿望和支撑。可是，女儿却不再认识父亲，任父亲在她面前深情地呼唤，她都充耳不闻。父亲却一直坚持着，这一坚持就是三年！

一个秋天的下午，同学的父亲在工地上干活时，被一截钢筋将脸戳破。他的受伤，立刻引起了全家人的慌乱，他安抚好三个围前围后担心万分的孩子后，便去了大女儿的房间。同学的姐姐仍在那里背诵《背影》，许是父亲脸上染血的纱布引起了她的注意，她停止了背诵，怔怔地看着父亲的脸。父亲像安慰另几个孩子一样安慰着她，虽然知道她根本听不进去。就在这时，父亲听见女儿喊了一声"爸"，他一下子呆在那里，直到女儿又喊了一声，才回过神来，泪水洇湿了纱布。他知道，一直苦盼着的奇迹终于到来了！

后来，同学的姐姐说，她就像从很长很长的一个梦里醒过来。父亲心疼地问："三年那么长的梦，你一定受了很多苦吧？"她却笑着说："没有，我在梦里经常听见爸爸和我说话，所以一点儿没害怕！"我很难想象，那样的三年，她到底是一种什么状态，或许，就是有关父亲的梦支撑着她醒来。而同学的父亲又何尝不是如此？他所依靠的梦想，就是女儿有一天会像以前一样叫他一声爸爸。这两个人的梦三年来一直衔接在一起，拼凑出一个人间的奇迹。

梦想有着一种神奇的力量，不仅可以焐热生活中的种种艰辛清贫，驱散所有的悲痛伤感，还能把我们的心引领向最丰盈美好的去处。那里或许不是梦想的所在，却是因为梦想才会抵达。有梦的人生永远不寂寞，有梦的人生寒冷永远无法侵蚀。梦想更如一件心灵的外衣，呵护着生命中每一点每一滴的暖，为我们带来一个明媚的春天。

我可以再唱一遍吗

高二时学校开设了英语口语和听力课，有专门的语音教室，设备比较齐全。对于常年用笔来学英语的我们，刚一接触口语和听力，其困难是可想而知的。

班上有个叫黄晓梅的女生，她是从农村中学考到一中的。在农村中学时，她学的外语是小语种日语。本来一中也有日语班，可她却毅然改学了英语，一切从零开始。她学习很是刻苦，每天埋头背单词学语法，却进步不大。听力对她来说更是艰难，而口语则难于上青天了。她从不敢朗读课文，她的发音明显带着家乡的口音，这常令我们哄堂大笑。久而久之，她变得沉默而抑郁。

有一次上口语和听力课，老师教了我们一首英文歌，名字叫《You Are My Sunshine》（《你是我的阳光》）。她让我们回去好好练习，再上课时要点名让同学们唱。黄晓梅回去后偷偷练了好久，虽然她知道老师不会点她的名，可她依然这样执着地努力着，有时我们很敬佩她的这种精神。

第二天上课时，老师第一个便点了黄晓梅，我们从没听她唱过歌，更别说英文歌了。教室里一片寂静，过了好久，她才开始唱起来。听着听着，我们终于忍不住笑了，不但发音不准，而且句句跑调。在我们的笑声中，黄晓梅的歌没有唱完。接下来老师又点了几个同学，唱得都不错，我们听得入了神。我看了看黄晓梅，她也在静静地听着，脸上的红晕还没有褪去。

快下课的时候，老师刚布置完当天的作业，黄晓梅忽然站了起来，说："老师，我可以再唱一遍吗？"我们全愣了，老师微笑着说："可以，我还要把伴奏带给放上！"音乐响起，黄晓梅的歌声也响起来，虽然发音还是不准确，可跑调的地方却少多了。这次，没有人笑。唱完后，大家都鼓起掌来，黄晓梅感激地笑着，脸红红的。

老师说："很好，练习英语口语，最重要的就是勇气，敢于在众人面前大声讲的勇气。黄晓梅同学就具备这种勇气，而且，在她第二遍唱这首歌时，发音和曲调都要比第一遍好很多。可见在刚才那几个同学唱歌时，她一直在仔细地听认真地学，在这样短的时间内能进步这样快，说明她是聪明的。我相信她的英语一定会学好的！"

许多年过去了，我们都清晰地记得那次口语和听力课，记得那个唱了两遍歌的女生。如今，师大英语系毕业的黄晓梅回到我们的母校当了一名英语老师，据说她给每一届学生上口语和听力课时，都要唱那首《You Are My Sunshine》。我想，这首歌她一定比当年唱得更美更动听了。

怎样摆脱自己的影子

有这样一个少年，因为家境贫寒，上学时常常被饥饿所包围，根本静不下心来学习，因而成绩一直上不来。有一天中午，住校生都去食堂吃饭，本地的学生也回家去了，他一个人走在校外一条僻静的街上，肚子饿得直叫。忽然，他看见一个十一二岁的小男孩儿拿着一个大大的面包，边走边吃。他狠狠地咽了一口口水，巨大的饥饿感像一只魔手紧紧地抓着他的心。

他四处看了看，迅速地冲到那男孩儿身边，夺下面包就跑。男孩儿大声地叫着，他惊恐地抬头，几个住在本地的学生正骑着车来上学，而其中，竟有自己班上的同学！他愣了片刻，飞快地消失在街道拐角处。回到学校后，他感觉所人的目光都汇集在背上，走到哪里都有人对他指指点点。他低着头不敢看人，每天如老鼠般东躲西藏。烦恼了一段日子，他想出了一个好办法，和一个名声比自己还坏的人在一起，大家就不会注意到自己了。于是，他结交了许多坏学生，甚至有校外的小地痞，他和他们混在一起，打架，也做坏事，只是程度要比那些人轻些，有他们在前面顶着，人们便不会把注意力放在他身上。果然，他看到听到的，都是对为首几个人的指责与打击，而他却安然无事。他自以为得逞，便越发放心地和他们交往。

这样过了半年多，他终于被学校开除了。他索性不回乡下的家，整日和那些人在街上游游荡荡，终于，在一次集体盗窃被擒后，他开始了铁窗生涯。在狱中，他认识了一个因帮助别人高考作弊而服刑的中年教师。当时他对生活已不抱什么希望，虽然只有两年的刑期，可是他不知道就算出去后，自己的路在何方。

中年教师了解了他的情况后，便经常找他谈心。有一天，教师讲了一个故事给他听。故事说，有一个人特别讨厌自己的影子，便一直走，想甩掉影子，可是影子一直跟着他。他烦恼至极，于是问一个路人该如何摆脱自己的影子，那人说："那还不容易，你站在树下，或者背阴处就可以了！"他依那人所言，果然看不到自己的影子了。他常在背阴处坐到夜幕降临，才开始在路上漫步，没有影子的生活真是太好了！

讲完故事，教师问他："你觉得那个人这么做怎么样？"

他说："很好的办法，也只有这个办法才能摆脱自己的影子！"

教师摇头叹道："错了！他根本没有摆脱掉自己的影子，他的影子一直都在，只是隐藏在更大的阴影之中而已！"

他想了想，点头说："果然是那样，他只在是欺骗自己啊！"

教师说："每个人都有类似的生命阴影想要摆脱，你又是怎样去摆脱自己的影子的呢？"

他闻言心中轰然一声，忽然就震撼无比。为了让别人忽视对他抢面包一事的评论，而结交一群更坏的人，这和故事中那人躲在树下又有何异？而他为了将影子隐藏得更深，便找越来越大的阴影，终于走进人生的黑夜，四顾茫然。

他抬起头来，问：“老师，那又该怎么去做呢？”

教师一笑说：“只要在身边多亮起几盏灯，你的影子就会由淡趋无了。而那些灯应该由你自己去选择、去点亮！”

他恍然大悟，回首前尘，仿佛从迷雾中走出。两年后，他重新站在阳光下，看着身后的影子，由衷地笑了，他的内心里已没有阴影。因为，他为自己点亮了无数盏温暖的灯。

最珍贵的礼物

我曾经认识一个老教师，她已经退休，去拜访她的时候，她兴奋地指给我看原来的学生送给她的礼物。礼物一般都是教师节和老师过生日时所送，没有什么贵重的东西，都是一些很特别的小物什，且多是学生自己制作。忽然，我发现在那些礼物中间，有一小束早已枯萎的花，那些当初鲜明的紫已变得毫无生机，不可碰触。

于是我便问起这束花的来历，老教师看着那束花，目光悠远，仿佛穿透无数的岁月，看到的仍是那一簇灿烂。她对我说，送这束花的，是她所教的班上一个男生，那时是教师节。一大早，讲台上就已经摆满了学生自制的礼物，可她看到那束花时，眼睛一下子就亮起来。虽然花上没有写名字的卡片，她也知道是那个男生送的。那个男生是班上最穷的一个学生，他的家在这个山里的小镇，闭塞落后，几乎每一家都不富裕，可这个男生的家里更为艰难。

老教师对我说："他的礼物让我想起自己小的时候，那时我也住在农村，七八岁的年龄。有一天是奶奶过生日，奶奶家在八里外的另一个村子。那时正是三年自然灾害，人都吃不饱，谁也不会想着过生日。可我却记着奶奶的生日，就想送个礼物给她。我跑遍了田野，当时正是夏天，用了一上午的时间，终于在一个无人去过的地方找到了一棵黑悠悠秧，上面结满了黑悠悠。黑悠悠是野生的一种很小的像葡萄一样的果子，我们那时都以能找到它而自豪。我当时很高兴，终于有礼物可以送给奶奶了。那天我揣着那些黑悠悠走了很久，才到了奶奶家里。"

我可以想象，她怎样顶着太阳走了八里的路，饿着肚子却又要经受着口袋里黑悠悠的诱惑。可是到了奶奶家里，当她兴冲冲地去口袋里掏黑悠悠时，才发现，那些黑悠悠早已揉烂，根本不能吃了。当时她就哭了，可奶奶却非常高兴，抱着她说："这是我收到的最好的生日礼物，我孙女记住了我的生日，还费了那么大的劲找礼物，真好！"

长大后，她明白，礼物的轻重不在于东西，而在于为此付出的心与力。就像那个男生送她的那束花，得来其实很是艰难。那些花长在高高峭壁之上，很难攀爬上去。她很难想象，那个小小的男生，是怎样艰难地爬上去，不顾危险地将花采下。而这所有的一切，只源于有一次，她带着班上的同学去野外教现场写景作文时，看到高高的悬崖上，那一簇紫色的灿烂，便被吸引、赞叹了几句。而那个男生却铭记在心，在节日这一天，将那些花摘下，摆到老师的案头。

老教师说："我之所以一下就能猜到是他送的，是因为，我看着悬崖上那些花出神的时候，只有他也在仔细地看。"

是的，最珍贵的礼物，珍贵之处并不在于礼物本身，心意与过程也是礼物的一部分，而且是最重要的一部分。

最简单的幸福

一

回宁夏探亲，正逢盛夏，天气极热,极少下雨，偶尔有雨落下，也只几分钟，过后看不出一点儿痕迹。

有一天，小区里一群孩子在欢呼，我便出门看。那些小孩儿围着一桶清水，用手捧着水往天上扬，水滴落下，他们就站在下面，淋得头发都湿了。可他们乐此不疲，大喊着：“下雨了，下雨了！”

看着这一幕，我的心便被触动，我们常常于尘世劳碌中，慨叹沧桑，慨叹幸福快乐的遥远，其实是我们的欲望太多，心有桎梏。如这些孩子般，天不下雨，就自己弄出雨来，那么无忧而欢乐，我们也应拥有这样一份心境，在艰难的日子里，自己制造一场小雨，濯洗心上之尘，让心柔软如初，迎接那些不期然的点滴幸福。

二

家在农村时，我正是少年，邻家大叔常于秋日去南边的大甸子上打草。我和他的两个儿子是好伙伴，常跟着去甸子上，那里是我们的乐园。在大叔的讲解下，我们认识了许多草丛间的虫儿，还有遍地的野果，沟塘里的鱼。大叔打草累了的时候，就看着我们疯玩，脸上带着安静的笑。

我曾问过大叔，怎么知道甸子里这么多东西。他告诉我们，他小时候就跟着他父亲来这里，他父亲打草，他在一边玩。现在想来，那也许是世代流传下来的东西，在这片草甸之上，不知多少辈人曾挥汗如雨。可是看大叔从来都是一副满足的神情，挥舞钐刀，茂草倾倒，虽然年年如此，却像是一件极快乐的事。

前几年回到故乡，再次见到当年的邻家大叔，他已经垂垂老矣，倚在门外，望着村子的南边。大草甸缩小了许多，也没有多少人再去打草，据说马上就要开发成水稻田。他的两个儿子都已经在城里多年，各自在商场上混得风生水起。提起儿子，大叔并没有别人的那种自豪感，只是对我说："我的两个孙子已经不知道草甸子是什么了！"说着，他望向那一片即将消失的草甸，目光中说不出的落寞。

我明白他没有说出的话，他宁可儿子们像自己一样，像祖祖辈辈一样，在秋季的甸子上挥动钐刀，好过在城里钩心斗角、尔虞我诈。只是，那世代流传下来的，最纯净最朴素的幸福，最后的痕迹也要消失了。

三

街道拐角处的平房里，住着一家三代。那房子极破旧，且短时间内很难动迁，所以他们一直安然地生活在里面。每天傍晚散步路过那里，都能看见那两个白发老人坐在墙角的小凳上，享受最后一缕阳光。屋里的女人已经将饭做好，男人也下班回来了，把小桌摆在门前，两个小孩子搬着小板凳。六口人开始吃晚饭，很简单的饭菜，老奶奶把菜夹到眼神不好的老爷爷碗里，其乐融融。

我每天都能看到这个场景，每次都会心里暖暖的。同是生活在浮躁的城市里，和他们一家比起来，我却觉得自己很贫穷。那是一种心灵上的匮乏，也许，久寻不遇的幸福，就在于那平凡之中，就是那一缕阳光，那一桌便饭，那伸过来的筷子上夹着的一口菜。

四

我认识的一个老者，他年轻时当过兵打过仗，晚年也很安静闲淡，他曾给我讲过战场上的事。

有一次和敌人争夺阵地，战斗极其激烈，双方都伤亡惨重。阵地几易其主，战事胶着不下。那时他还是一名普通战士，每次冲锋后，攻上阵地将敌人打退，他们就躺在战壕里稍作休息。抱着冰冷的枪支，想着刚才的弹雨纷飞，看着头顶的天空，他就觉得那一刻最幸福，因为还活着。

在他的心里，活着就是幸福。所以，以后的许多年里，虽然艰难坎坷不断，可他一直都平静快乐，没有什么能将他的生活拉入黯淡。

是的，活着就是最大的幸福。

细节如花，幸福如草

我自己念着这八个字，在想着花与草，想着细节与幸福，它们到底是什么关系。这个时候，女儿忽然问："细节是什么我不知道，可是幸福怎么会如草？我觉得都喜欢花呀！"

我便讲，如果走在一片全是花的大地上，不管走多远走多久，看见的都是花，就会厌倦。这个时候，如果有绿草映入眼帘，哪怕只是小小的一株，也会使心里很欣喜，会觉得这一株草比花海更可贵。

女儿似懂非懂，便不再听，继续去玩了。幸福如草，也许最平凡的、最为我们所忽视的，才是真正的幸福。一如那些琐碎的日子，总觉得乏味平淡，可是当那一切远去，当生活开始颠沛流离，回望曾经的生活，才会觉得那是最幸福的。

当曾经以为的平淡平凡，放在另一个背景里，才会惊觉错过的美好，一如一株草生长在花海中的可贵。

想起一个古老的童话。

一条鱼每天在海里游来游去，却并不开心，有一天，它遇见另一条鱼，另一条鱼问它："你怎么不开心呢？"它说："人们说的海在哪里？我怎么找不到？"另一条鱼便告诉它："海既在你身外，也在你身内，你离海太近了，反而感觉不到海。"它听了，心中深有所动，从此，每天快乐地在大海里畅游。

更多的时候，我们是不是也像那一条疲惫游着的鱼？我们马不停蹄地追寻着幸福，却一直马不停蹄地错过。也许是幸福离我们太近，我们反而感觉不到。就算偶尔有让我们感到幸福的片刻瞬间，也会如浪花易逝，然后依然是一道平静的流水，依然是我们苦苦寻找的身影。

是的，我们想追求一种长长久久的幸福，而不是那突如其来的点滴感动。那些也曾幸福的片段，就是生活中触动我们的细节，可是它们就像易谢的花，过去了便不会在心底留下印痕，就像只是旅途中偶尔的点缀，未及细细欣赏，便已匆匆而过，然后依然风尘漫漫。

记起多年前的一个女孩儿。那时，她也就十岁左右的样子，在更小的时候失去双臂，而且父亲早逝，母亲卧病在床。她的脚趾极长，灵活异常，用脚梳头，上课时用脚做笔记，用脚做饭，用脚给妈妈熬药。家里那把活动椅，成了她的代步工具，双脚代替了双手。那一年她被评为"全国十佳少年"，有人问她那一刻幸福吗？她却说，我每天看到妈妈笑才是最幸福的。

而她也有很烦恼的事，她说不能做的，是自己穿衣服，还有上厕所。但她却依然笑着告诉我，可是，每天妈妈能挣扎着帮她脱衣服穿衣服，邻家小姐姐早晚都来陪她，在班级，有好姐妹照顾她去厕所。这样说着，她感叹道："其实，我很幸福的嘛，有那么多人帮我！"

她是幸福的！因为她长久地感动于每个细节，比如妈妈的笑容，比如别人的帮助。在她可以说得上是苦难的生活中，却又是感觉幸福更多的。相比于我们在抱怨一日抄袭一日的平淡无聊，抱怨生活没有激情、幸福很遥远，这个小小的女孩儿，却出乎意料的满足，她没有在回忆中索取消散的幸福，她只在琐碎的日子里，收集着感动的种种。

我们也感动于细节，也在一些细节中体会到幸福，可是却从不曾长久。或许是因为我们追求的太过于远大缥缈，但更主要的原因是我们的心不能沉静下来，去接近一株草的美好，更不能让那些细节的花开在心里最柔软的地方。所以，短暂的感动过去，长长的迷惘重临。

其实，幸福就是细节串起的所有生活，有了那些细节的存在，前前后后的日子都会被感动洇染，就像在大地之上，花草杂生，让我们时时有惊喜有期待，不单调不寂寞。是的，我们缺少一种对细节的期待，常常是不经意遇见，才会蓦地涌起瞬间的美好。而有了期待，便会有着不断的惊喜走进易感的心，而不是被动地去遇见，去遗忘，去在回忆里遗憾。

烟火尘世中，我们的心走过的每一天，都可以是幸福的。而心里装着这样朴素的幸福，去寻找另外的幸福，便会有着温暖的底蕴和力量，才会不累不烦，才会有着不断的美好走入清亮的眼睛。

那么，就把那些细节的花移植进心里，就让心放逐于芳香的草原，身前身后都是幸福在萦绕，这样的路，再长，随处都可是梦想中的家园。

至少我可以……

有时候，我会觉得，我们许多充分的理由其实都是借口。

所谓的付出，并不一定是非要克全功而还，尽全力而争丝毫也是一种值得。岂能尽如人意，但求无愧我心，无愧，就来源于能做多少就做多少，尽所能而已。

所以，至少，要做到我们能做到的。

一个极有个性的朋友，他的行为与身边人格格不入。领导讲个陈年笑话或者黄色段子，别人都笑得前仰后合，他的脸上却没有任何表情；火车上，一群人嬉笑着取笑那个捡瓶子的小女孩儿，只有他紧绷着脸；求职时，一个竞争对手由于紧张自我介绍时出现失误，别人幸灾乐祸地嘲笑，他不笑亦不动。

他就是这样的一个人。问他，他说："看不惯领导的行为，我虽不能拂袖而去，至少我可以不去违心地笑；看别人欺侮捡瓶子的小女孩儿，我虽不能路见不平一怒拔刀，至少我可以不去随众嘲笑欺凌；我无法给竞争对手鼓励和支持，至少我可以不去落井下石地和别人一起哄笑！”

他因此连连碰壁吃亏，可却丝毫不改。我想，他并不是傻，也不是迂腐，而是他保留着一个人应有的立世风骨。

一个同学给我打电话，说她父亲去世，虽然相隔遥远，我还是坐了一夜的火车赶去了。早晨下车的时候，正赶上葬礼，好多的人，有她的朋友，也有她的同事同学，大家都用各种话语劝慰着她。我先是远远地看着，然后走上前，轻拥了她一下，便一直陪在她身边。葬礼结束后，大家都说忙，一一告辞而去。后来，只剩下我自己。

她从小和父亲相依为命，父亲是她唯一的亲人。那一整天，我就陪着她不停地走，后来坐在河边，一句话都没有说。后来，她终于恢复过来，对我说：“谢谢你！”我说：“我并没有帮到你什么！”她认真地说：“至少你能来，至少你没走！”

是的，至少我可以赶来，至少我可以不走，我能做的，只有这些。虽然在另一个城市，我也是忙碌得没有空闲，也是一样的不自由，至少我做了能做的、该做的。我觉得，就不会留下遗憾。

真的，有时候，我们有太多的理由不去做一些什么，其实没有什么身不由己，也没有什么无可阻挡，只要我们想，就总会有一点儿属于自己内心深处的东西，而不是茫然失措，而不是随波逐流。

想起一个亲戚，她起初辞掉“铁饭碗”的工作去外地闯天地的时候，几乎所有人都不看好，因为大家都太了解她，说她的性格、能力根本不可能创业成功，早晚会撞得头破血流归来。仿佛印证了大家的话一样，开始那些年，的确如此，她几乎是血本无归。可是，现在的她，却真的让人刮目相看，事业有成，最可贵的是她依然是她，并没有变得像大家想象的那样圆滑、通于人世故，仿佛仍是当年的那个女孩儿。

那她到底怎样做到的？她这样告诉我们，在最艰难的时候，她至少可以坚持不撤退；在有爬不过的高坎时，她至少还可以绕路去走；不管怎样的际遇，她至少可以不改变自己，至少可以不丢掉希望。

这么多的“至少”成就了她。

在我们的生活里，在我们的生命中，“至少”，应该就是我们最后要坚守的东西了！往往我们坚守了，也许就成功了，即使不成功，也不会留下悔恨。

而我们却往往丢掉了太多的“至少”，也忘记了太多的“我可以”，把自己的心弄得一片荒芜，把自己的生活弄得一片苍白。不能施舍给别人什么，至少我可以不炫耀；不能追赶上别人，至少我可以不嫉妒；不能和别人成为朋友，至少我可以不成为敌人；不能改变别人，至少我可以不让别人改变自己……

所以，多想想，自己至少可以做到怎样，也许会打开另一扇美好之门。是的，这个世界上，没有什么绝望绝境，也没有什么长痛长伤，因为，至少我们可以静静地活着，活着就有希望。

树上的无名之士

郑无机这个名字，在浩瀚的古人之中，如沧海一粟，平凡得不能再平凡，正史之中绝无记载，只是偶尔于不可考的野史轶文之中寥寥提及，也是如轻烟拂过，不在人心中留下一丝痕迹。只是偶然的心有所感，我将其点滴片段补缀在一起，隐约看见了一千多年前那个坐在树上的青年。

魏晋盛产风流名士，名士们好结伴同游，于四季之景中谈玄论道，或笑对山冈风月，那洒脱的气质至今在人们心中仍有余绪。当时的洛阳城，郊外多园林，也是名士们喜游喜聚之处，东园载酒西园醉，不亦乐乎。城西南有一片园子，在一高丘之上，内多古树，间生杂花，可谓赏心悦目。有那么一天，一群名士相邀游园，宽袍大袖，风簇云拥，果然是风流欲仙。加之四望林泉幽美、百草丰茂，更是相得益彰。谈笑之间，自有一股玄灵之气充盈。

忽然有一个人，感觉头上落叶多了起来，当时正是盛夏，他诧异地抬头去看，却见高高的树枝上坐着一个青年，正手摘绿叶向下飞撒。众人都抬头去看，却见那人二十多岁年龄，生得却也端正，只是那一身穿着却大异于常人。虽然当时的人都以穿着奇怪而自得，却也没见过穿成这样的。那人上身穿短衫而无袖，下体着玄裤而无腿，用现在的话讲就是穿着背心裤衩。这与当时人们的穿着风格格格不入，当时名士盛行肥袍，更有太多的人附庸风雅，跟风似的穿，于是放眼望去，满城飘飘然，这一独特的景观也成为那个时代的印迹。而突然冒出这么个人来，不但穿得惊世骇俗，更不顾文雅地坐于树上，一时让风流名士们错愕不已。

良久，有人问："你怎么穿成这个样子？"树上之人笑答："这样也没什么，穿风披气，连这些我都嫌多呢！"此语颇多含义，使得树下众人沉思不已。又有一人问："你怎么坐在树上？"那人坦然反问："你怎么站在地上？"发问之人说："站在地上是应该的啊！"树上的人一笑，说："站在山上不应该？站在楼上不应该？站在船上不应该？"在众人的惊讶之中，他接着说："天下无不可立之处，亦无不可坐之所！"人们见他语多玄幽，登时都来了兴趣，纷纷抛出一些古怪的问题，都被那人谈笑间以一种全新的角度和观点所解答，大家仿佛窥见了一个全新的世界。终于，有人问他："你叫什么名字？"那人说："无名之辈也有名字啊，我叫郑无机！天天坐在树上，看下面人来人往！"

于是自那以后，便形成了一种奇怪的现象，名士们都纷纷涌向那个园子，而常人却不知园中有郑无机，非入园一游者，不知人潮熙来的缘由。名士们既要来让郑无机点省一些迷津，又要保持自身形象，对外人钳口不言，就是彼此之间，也绝不谈论郑无机。除了他们，一些王公大臣们有时也会驱车而来，又匆匆而去，来去之间，所谈的种种，都成为其困囿于心的秘密。

郑无机在那个园子里停留了近一年的时间，最后不知所终，不管春暖冬寒，都是那一身短装。他离去之后，这园中的名士仍不见少，只是再不见头顶有绿叶摇落，仰首亦不见那坐树之人。渐渐地，郑无机已成为人们心底一个飘摇远去背影，而园子却愈加繁华热闹起来。郑无机的名字淡出那个时代之后，那个园子却名留千古。

魏晋时期的名士风起云涌，各领风骚，有许多已留名青史，而那个笑谈世间事的郑无机却被岁月湮没。而时光流转，当那个时代已成为历史的背景之后，方知那些熙熙攘攘之辈与蝼蚁无异，而树上笑看凡尘往来之人，才是真正的名士风流。虽无数个日复以夜，那个名字，那笑容，仍如一缕清芬，穿透重重的流年沧桑，于某个时刻某个情境之中，轻轻氤氲开来。

夜里的天空很蓝

门悄悄地在身后关上，莱森的身影融入黑暗之中。屋里，六岁的哈里问十岁的姐姐琼丝：“姐姐，哥哥怎么又在晚上跑出去了？”琼丝说：“你没发现吗？他白天有了什么不顺心的事，夜里准要溜出去！”

十三岁的莱森走在无人的郊外，此际，小镇上的灯火已经依次熄灭，不像在白天，要清晰地面对同学们的嘲笑。夜色将他隐藏得很好，包括他那张扭曲变形的脸。六岁那年的一场抽搐病，使得他的脸再也不能恢复到本来的面目，那副口歪眼斜的样子，在同伴们眼中是怪物，他也在这种称谓中度过了一年又一年。那一场病，把他的生活推入了黑暗之中，只有在漆黑的夜里，他才会有一种释然的感觉，仿佛戴上了一张无形的面具。

莱森永远不会忘记那年出院的时候，在家门前遇到了几个平时的玩伴，他们一见他便立刻四散奔逃，一个小女孩儿竟吓得大哭起来。连弟弟妹妹对他也有着一种恐惧，面对镜子的那一刻，他自己也惊呆了。他硬着头皮去上学，躲闪着别人的目光，沉默寡言，度过一个个漫长的白日。夜里却是他的世界，他可以肆无忌惮地穿行于一条条街上，可以在任何感兴趣的地方停留，甚至可以在野外放声高歌，他觉得自己的声音很美，却只是一种无人欣赏的美。

有一天夜里，莱森翻身下床，走出屋去。家里人已经习惯了他的行为，只是有一次妹妹担心地说："哥哥这么晚出去，不会遇见坏人吧？"弟弟却说："没事儿，他会把坏人吓死的！"其实，在夜里的小镇上，莱森很少能遇到行人。那个晚上，他悠闲地在街上漫步，没有路灯，没有月亮，他的脚步轻快而自在。忽然，在一所学校的门前，他隐约看到有个黑影站在那儿。他向前靠近了几步，看出那是一个七八岁的小女孩儿。由于经常在夜里活动，他的眼睛已经能适应黑暗了。只是这么晚了，小女孩儿怎么一个人站在这儿？在好奇心的驱使下，莱森又向前走了几步，听见那女孩儿在低低的哭泣。于是他走到近前，问："这么晚了，你怎么不回家？"小女孩儿吓了一跳，停止了哭泣，莱森忙说："我也是学生，你别怕！"女孩儿说："放学后妈妈没来接我，我自己回不去！"莱森问："你家住在哪儿？我送你回去！"小女孩儿犹豫了一下，说出了住址，并把手伸给莱森，莱森拉起那只小手，带着女孩儿向黑暗中走去。

有微凉的风轻轻吹过，小女孩儿不一会儿就变得欢快起来，问着一个又一个问题，而莱森也一改常态地一一回答，一年中他也没有说过这么多的话。他庆幸这么黑的夜，使得小女孩儿看不见自己的样子，他也第一次感觉到，自己原来是这么健谈的。忽然，女孩儿问："大哥哥，你看，天空是不是很蓝呢？"莱森有些奇怪，夜里黑漆漆的，怎么会有蓝天？他抬头向天，果然，天空是暗蓝的，点缀着一颗颗明亮的星星，就说："真的，天空真的很蓝呢！"

说笑之间，到了女孩儿的家，敲了门，女孩儿的妈妈走出门来，惊奇地问："迪娅，你不是被奶奶接走了吗？"迪娅说："奶奶没有去接我呀！我在校门那儿等到天黑，是这个大哥哥送我回来的！"她回头问："大哥哥，你叫什么名字呀？"莱森说："我叫莱森！"迪娅欢快地说："你真好，莱森哥哥！"莱森却说："要是在白天遇见我，你会吓得哭鼻子的！我长得很吓人的！"迪娅笑着说："才不会呢，大哥哥，你长得吓人也没关系啦，我的眼睛什么也看不见，白天晚上都一样！我看不见天空，才问你是不是很蓝。再说，你这么好的哥哥，长得再吓人我也不怕！"

回去的路上，莱森仰头看着夜空，暗蓝的天上繁星点点，感觉心里有什么东西忽然就落了下来，轻松无比。那一天，他在日记中写道："感谢迪娅，让我知道了夜里的天空很蓝！丑陋的无须隐藏，闪亮的也不能掩盖，就像黑暗遮不住夜空的蓝！"

那夜以后，莱森不再躲藏起来，他向每个人微笑，虽然那微笑还是那么狰狞，可是却是从他心底绽放的花，再扭曲也是美丽的。莱森微笑着走过了生命的长夜，走到了阳光之下，也会带着这种心境，走过风雨起落的一生。

大雪封不住有希望的心

有一年冬天，我和表弟徒步去离村几十里外的荒野中抓兔子。在白茫茫的雪野中走了许久，也不见那一行令我们欣喜的印迹，而且中午的时候，起了暴风雪。漫天的狂风，无边的大雪，甸子上的积雪被风吹得像波涛一样滚动，我和表弟躲在树下，满心的恐慌。

过了近两个小时，风停了，雪也小了，我和表弟忙着往回赶。可走了好一会儿，发现周围仍是无边的雪原，雪虽然没有刚才下得大，可我们的足迹还是很快被湮灭。我们心里一惊，知道是迷了路了。本来在冬天很少能在野外迷路，至少有来时的脚印能引领我们回家。可是现在，周围除了雪还是雪，没有路。那些站着的身影，是荒甸上稀稀疏疏的树。

每走到一棵树下，表弟便爬上树去向远处张望，可是这么大的暴风雪过后，很难见到村庄的影子，仿佛大地上的印迹都被大雪所埋没。就这样一路走着，心里焦急万分，如果不能找到村庄，到天黑下来，等着我们的就是黑暗与寒冷，无疑是死路一条。我一边走一边纳闷，平时没觉得甸子这么大，怎么周围的村庄一个都看不见呢？我们本想朝着一个方向走，可是满天风雪，根本无从辨别方向，只好向认为是这样的某个方向不停地走。

当表弟再一次爬上一棵树时，他大声喊道：“哥，前边的雪地上有个黑点！”我们精神一振，奋力迈着疲惫的双腿向前方走去。有的地方雪极深，一脚踩下去能没掉整条腿，这让我们提心吊胆，怕掉进一些被雪填平的深坑里，这极大地影响了我们的速度。表弟一次次地上树，我们离那个黑点也越来越近，这是我们唯一的希望了。

终于走到了那个黑点所处的位置，却原来是一口极深的水井。表弟失望至极，我心里忽然一动，说：“既然这里有井，附近一定有村子！”表弟闻言又来了精神，飞快地爬上一颗最高的树，观望良久，忽然大喊：“哥，我看见那边有一缕缕的烟，可能是个村子！”我们立刻向那边出发。现在已是傍晚，表弟看到的烟定是村庄的炊烟。又走了近一个小时，一个村子出现在视野里，此时天已擦黑，那一刻，我们都躺在雪地上，大口地喘着气，放下了心中的巨石。

到了那个村子，我们在老乡家休息了一会儿，便抄近路回到了家，才几里路的距离。想起来真是后怕，如果没有那眼水井，我们也许真的会把命丢在无边的雪野之上。我的内心也很震惊，那么猛烈的暴风雪，竟然封不住一个小小的井口！

许多年以后，再次回想往事，心中忽然就多了一份震撼一种感悟。如果把人心当成一眼水井，那么就算生命中的风雪再大，也无法锁住心里的热情。而且，更重要的是，还能给迷路的人指引方向、带来希望！

总有理由看着梦想远去

19世纪中期，瑞特同一群激情青年踏上火车，从美国东部出发，向着西部进军。神秘的西部在他们眼中就如一个新奇的世界，有着无尽的吸引力，他们想在那里找到梦想的归宿。

横穿大半个美国，一路之上瑞特他们情绪高昂，憧憬着未来的生活，勾画着长长铁路那一端的未知世界。他们兴奋地高谈阔论，热烈地情绪感染着车厢里所有的人。瑞特身边坐着一位老者，他一直微笑地看着这些年轻人。待激动的心慢慢平静下来之后，瑞特问那老者：“您也是去西部吗？”老者摇头说：“不，不是去，而是回。”瑞特来了兴致，问：“这么说您就是西部的人了，能给我讲一讲那里究竟是怎样的吗？”老者把目光投向车窗外，说：“当年我从西部出来，到东边去，和你们现在的心情一样。虽然路过了那么多美丽的地方，可我心里只有东部。一晃在东部已经几十年了，回想起来，还是觉得曾经的那些地方更好！”

瑞特并没有深想老者话语中的含义，听他说曾经的地方更好，心里便愈加高兴，看来，西部果然是不错的。这时，火车的速度减慢下来，车窗外，一个小城正渐行渐近。年轻的人们立刻被这座小城所吸引，一条小河清清亮亮地流向远方，城市很小也很干净，透着一种明净的古朴，甚至可以看出人们悠闲的生活状态。每个人的心里都是一动，这个地方，实在是和心中的梦想太接近了！于是他们议论起来，都说这里是人间天堂，如果能在这样的地方安度一生，真是幸福不过了。

这时那老者忽然说："如果你们觉得这里好，可以跳下去留在这儿啊！"虽然有些动心，可人们一想，行李等物品还在行李车厢中，去了怎么生活？再说，说不定这里并没有看上去那么好，也许西部比这儿美好得多。在这样的心境中，火车缓缓地驶离小城。看着小城渐远，一直沉默的瑞特忽然打开车窗，在众人惊讶的目光中跳下车去。见他跳了下去，有些人还在犹疑，可是火车开始加速，很快地把小城和瑞特远远地抛在了后面。

那些年轻人终于到了西部，却发现了现实与梦想的巨大落差，因为那里很艰难，财富的获得是要靠运气和心智，甚至要付出超强的体力。他们懊丧之余，不禁想起瑞特来。而多年以后，瑞特在那个美丽的小城中已活得如鱼得水，事业也是蒸蒸日上，工作之余，他常常坐在小河边，看着满眼的美景，暗自庆幸当初的选择。如果当初他要是舍不下那些行李，生活可能会是另一番际遇。

生活之中，常常有让你心动的东西匆匆经过，而那些东西正是你梦想中的，你会不会毫不犹豫地去抓住它？而现实中的我们，总是瞻前顾后，摇摆不定中看着梦想越走越远。我们总能有太多的理由，使得人生充满遗憾。人生之旅中，如果发现了美丽的去处，就大胆地跳下车去，不要为别的所牵绊。梦想是唯一的行李，其余的，皆可舍弃。

祝福是穷人的珍宝

第一次踏进这个叫里洼的小山村，它的闭塞与原始着实让我震惊。虽然早已有了心理准备，可当这一切呈现在面前，我还是有着猝不及防的震撼。这里没有电，小村远处深山之中，没有公路，只有一条小道弯弯曲曲地通向遥远的山外。平时的用水要从山腰处的一个泉眼里担回，甚至村民都上山砍柴，这似乎是只在书中才能一见的情景。

学校在山脚下，距小村有一里左右，原是一座土庙。到了这里我才知道，原来的教师已离去，学生们已经停课一个多月了，我是此处唯一的老师。当时已是冬天，漫山的雪将一切装点得纤尘不染。我夜间就住在小小的办公室里，燃着旺旺的炉火，听着外面的北风吹过山林，有一种天遥地远的感觉。第一天的夜里，好不容易迷迷糊糊地睡着，却被一阵响动惊醒，侧耳细听，仿佛是有人走在雪地上发出的咯吱声。我从门缝向外望去，有两个黑影在不远处晃动着，顿时紧张起来。临来之前，有人就曾对我说过，这里的人极贫穷，而且野蛮至极，外边来的人很少有不被他们打劫过的。我一阵心寒，抓起一根柴棒，竟是彻夜未眠。

后来才得知，村民是怕我一个人刚开始住在那儿害怕，所以才轮流在外面为我守夜的。那一刻，巨大的感动充盈心间。我慢慢地发现，这里的人们朴实可爱，他们会听我讲山外的事听得入了神，一脸的惊讶与疑惑。我发给他们的普通香烟，他们舍不得吸，把玩很久才夹在耳朵上。那时我就会想，外边关于这里的传言，也许不是真的吧。

转眼间新年快到了。村民都拿着红纸让我写对联和福字，那红纸颜色极暗，不知是收了多少年的。新年的一大早，我一推开房门立刻愣住了，门前摆放着许多斧头，大大小小的有几十把。一瞬间，我忽然记起，报纸上曾报道过关于这个村子的一个消息。两年前，一个扶贫工作组进驻这里，过了没几天被村民们手持利斧砍了出来，多人受伤。我看着斧头在雪地上闪着寒光，一时间心中不禁忐忑。

在村口遇见一个老大爷，我和他说了这件砍人的事。他告诉我，当初的那个工作组不仅不帮人们脱贫，还白吃白住，最可恨的是，还把村里的一个姑娘糟蹋了，才导致人们群起而攻之。老大爷狡黠地看了我一眼，说："你是不是见到门前堆着那些斧子才问这个的？孩子，在我们这儿，新年的早晨把斧子放到别人家的门前，就是送福，谁家的斧子收得越多，就说明这家最让人尊重！"

我一下子明白过来，不禁为自己刚才的疑虑而惭愧，同时心中涌起一阵温暖。

年三十的夜里，我用一只麻袋装起那些斧子，悄悄地在每家门前放上一把，心里暖暖的，仿佛春风一夜间已吹得内心深处春暖花开。

半年后我离开了里洼村，怀着心灵被洗礼过的纯净与感动，把自己最诚挚的祝福送给那些可爱的人们。是的，除了祝福，我什么也不能留下。我永远会记得门前那一堆斧头，记得他们给我的最朴素的祝福，那一份沉甸甸的情谊，就是他们最闪亮的宝贝啊！他们虽然贫穷，却又是那么富有，在这个物欲横流的世界上，不染尘埃的心比任何东西都弥足珍贵！

雪地上的足迹是心里的弦

那是远在北疆的一个小小哨所。一年中长达六七个月的雪期，十几个年轻的战士，在那片洁白的世界里寂寞着，是的，不变的雪飞雪落，在他们眼睛里早已不再灵动。他们的心仿佛也被大雪封住，只有寒冷和枯燥。

新来了一个小战士，他的家乡在遥远的南方，基本上一年中也不会落下一场雪。他初见这个童话般的世界，仿佛到了天堂，每天没事时就跑到冰天雪地里，就像徜徉在圣洁的乐园中。可是一天天过去，一月月溜走，他也渐渐地淡了那份新奇与喜悦，与那些老兵一般，见雪花飘舞，也只是漠然地看上一眼，内心不再有任何触动。于是他开始疯狂地想家，想念家里的一切。

战士们看着这个新伙伴的转变，心里也是暗自感叹，他们也都曾经历过这样的一个过程。也许，再美的东西，一成不变，也会失去色彩。

一个清晨，大家刚刚起床，却见那个小战士兴冲冲地从外面回来了，裹着一身的寒气。好久不曾看见他有过这样的神情了，于是纷纷问他有什么开心的事。他说：“我刚带着我家的狗从外面散步回来！”大家都笑起来：“你想家想疯了吧，是不是梦游啊？咱们这儿哪有狗！”小战士说：“不信你们出来看！”

大家都出了门，只见大雪早停了，雪地上一串足迹来去，正是那小战士的，可在他足迹的旁边，还有着一串特别的足迹，他说：“看，那是我的狗在身边跑！”一时间大家都沉默，想起了自己家中的种种。一个战士说：“你画的不对，一看你就没在冬天生活过，狗的脚印不是这样的，应该像梅花！”说着，拿起一根木棍，在雪上画了起来。

气氛一下子活跃起来，大家轮流说着自己家里的动物，也都动手在雪地上画起脚印来，有人说：“这是我牵着牛回来！”也有人说：“我家的鸡写了满院子的‘个’字！”一会儿工夫，雪地上便布满了各式各样的脚印，大家尽情地笑着，仿佛仍是在自家的院子里。许久不曾这样让心情尽情释放了，想家的心也缓解下来。自那以后，每个人出门都会带上一只家禽或家畜，每一串脚印都不再孤单。

又一个清晨，那个小战士冲进门，对刚起床的战士们说：“快来看，我把我家的狗真的带来了！”看他煞有介事的样子，大家又纷纷出门，一人一狗的两串脚印从远处而来，有人说：“还是脚印嘛，狗呢？”小战士说：“你们顺着脚印看呀！”果然，在脚印的尽头，在院子的一个角落里，一条狗站在那里。那是一只用雪堆成的狗，惟妙惟肖，两颗石子做成的眼睛仿佛正凝望着他们。大家全跑过去，围着这条雪狗品头论足。立刻有人说：“我家的牛那才叫好看呢，我带来给你们看看！”然后开始动手用雪堆砌起来，一会儿，一头卧牛就出现了。大家都受到感染，一个早晨过去，院子里或行或立，或坐或卧，几十只动物栩栩如生。战士们看着这些心中的形象，眼中闪着亮亮的光。

小小的哨所里，禽畜俱全，脚印纵横，再也不冷清寂寥。大家的心情每天都暖暖的，虽然外面仍是零下三十度的寒冷。他们很感谢那个小战士，他用自己灵动的心思，驱散了漫漫长冬的冷寂，让这个院子里有了家的温馨。

是啊，只要心里盛装着曾经的美好，即使冰封雪冻，即使孤寂落寞，一串画出来的足迹便如一根多情的弦，共鸣着温暖的心弦，生命便会灿烂如春。

跪着的胜利

那一年，一个中年人来到了繁华的纽约市，面对那一片陌生，他眼中的迷茫也只是一闪而过，然后是一种坚定一种执着。

这个叫帕克里的人，在各种商铺小店打了几个月的零工，便来到城郊的一条公路旁，开了一个小小的店面，出售各种饮品。当时在这条公路附近，有许多类似的小店，竞争异常激烈。而帕克里在几个月的打工学习中，已经深谙做小生意之道，所以一开始便弄得有声有色。这无疑会引起周围同行们的嫉恨和排挤，于是，他的日子开始艰难起来。那些小店几乎要联手弄垮他，使用了各种见不得光的手段。而帕克里也曾一度喘不过气来，为了这个小店，他几乎投进了自己所有的钱，如果此时撤出，必将身无分文，而且还会背上许多外债。

就在所有人都在等着看帕克里的悲惨结局时，他开始反击了。不过他的手段都是很正大光明的，至少和他的对手们比起来是这样。他不会在半夜向别人的店里扔石头，也不会恶意造谣中伤，更不会雇人去店里闹事。他只是倾尽所有地进货，然后以极低的价格出售。投进去的资金，回收时要亏损大半，可是即使这样，他也没有退缩。他用这种最简单也貌似最愚蠢的办法拉拢着顾客，而且，他还会在午夜里蹲守，给那些来投石头的人以痛击，更会勇敢地同来店里闹事的人搏斗。

渐渐地，周围的店铺有些吃不消了，想结束这场争斗，也都默许了帕克里在此的生意。而帕克里并不买账，依然向家乡的人不停地借钱，继续着自己的赔钱之战。终于，一年多下来，周围五公里的范围内，那些同类店铺纷纷关门或者搬迁，他们不想和这个疯子再耗下去。当这里只剩下帕克里一家饮品店时，他已经赔得负债累累，有人给他估算，这时赔的钱，会是当初他主动关门的损失的无数倍。虽然他取得了胜利，却是极惨的胜利，人们都嘲笑他，背后以“疯子”“傻子”称呼他。有好心人叹息着对他说：“早认输也比这时好，现在你看，自己也和垮掉差不多了！虽然没有了竞争对手，你也无力再支撑下去了！”

让人想不到的是，帕克里的店子仅仅停业了一周，便又突然开业。在失踪的那七天里，他去找了当年无数的战友，又借来一大笔资金。于是他的店子扩大了，经营范围也拓宽，又是两年多下来，他的钱早已收回成本，偿还了所有外债。有聪明的人看出了他会有今天的结果，便去问他：“当初你为什么要选择那样的惨烈争斗？风险太大了！”

帕克里笑道：“幸好我有一些出生入死过的战友帮我，也幸好我曾参加过一场极惨烈的战斗，所以我才不会放弃！”

他说，当年他在海外战斗，在一次战争中，己方打得只剩下他们几十个人，终于将敌人全歼，而他们也都累得或者因伤跪在沙场上。后续部队的随军记者拍下了他们当时跪在尸体堆中的照片，发表在报纸上，题为“跪着的胜利”。这件事一直鼓舞着他，使他有了无尽的勇气与斗志。

后来成为纽约商业大王的帕克里说："因为战争，我明白有时候跪着并不是一种屈辱！当你的敌人全部倒下时，即使你跪着，也是胜利！"

一朵纸币花

她是我来这个城市结识的第一个朋友，当时我在她开的书店里买书，她那里的书非常全，哪方面的都有，这与别的书店相比，立时便利了许多。

她的书店位于几所大学附近，店里分成两个部分，前面是租书部，后面是售书部，来租书买书的人很多。第一次来这里，我惊喜地发现，居然有米兰·昆德拉的所有作品。我立刻买了几本，并对售书的女孩儿说："你们这儿的书不错，如果再能进一些类似的书籍，相信会吸引更多的大学生！"那女孩儿立刻对楼上喊："姐，你下来一下！"我正惊诧之间，她便从楼上走了下来，售书的女孩儿说："姐，这位先生可能会有一些好的建议给你！"

她立刻微笑着请我到楼上去谈，进了她的办公室，坐在她的对面，我讲了自己的一些想法，她饶有兴致地听着，并不时地在本子上作着记录。这时我发现桌上摆着一盆假花，仔细看，竟都是用纸币做成的，有两朵盛开的红牡丹，还有许多半开的和花蕾。花体是用粉红色的百元纸币折叠成，衬着的几片叶子是用淡绿色的五十元纸币做成的，很精致也很美丽。

见我注意那盆假花，她问：“你觉得这花怎么样？”

我由衷地说：“真是太漂亮了，想不到还有人会这么高超的手工技巧！”

她闻言高兴地说：“这是我自己做的呢！你看，整整用去了三千元的纸币呢！”

我说：“这是艺术品，不能用钱来衡量的，就算用去一万块，也是值得的！”

从那一刻起，我们便成了最好的朋友。后来，她告诉我，有不少人看了这朵花都会吃惊地说：“你居然用这么多的钱来做一盆假花？”只有我没有提到钱，只看到了花朵的美丽。用她的话说，只看到钱的价值，就不会再有美丽的感觉。

后来，也是在这盆花旁边，她给我讲了上大学时的一件事。那时她家在一个偏远落后的山区，极贫穷，她要靠当家教和给学校的图书馆打扫卫生，才能勉强维持正常的生活。那时她极喜欢看书，可图书馆中文学书籍极其有限，而且大多她都看过，一些新书根本无法在图书馆里看到。学校附近有个书店对外租书，一天一元钱，一天最多能借三本书。不少同学都从那里租书看，她也想看，但却没有多余的钱。后来发现在那里租书可以抵押身份证，不是本人的也可以，到还书时一起结算钱。

那年七月份，正赶上毕业生离校，她在打扫空出来的宿舍时，发现了许多毕业生丢弃的身份证。因为学生们的身份证都是在入学时重新办的，是本地的身份证，所以一毕业许多人就不要了。她立刻想到租书的事，便拾了许多。第一次去租书时她还战战兢兢，及至三本书拿到手，她的心立刻被喜悦占据了。她在两个月内没敢再去那家书店，后来实在忍不住又去了，人家显然已经不记得她了。那以后，她的胆子越来越大，手里的书也越来越多，但她没有让任何人知道她租书，她都是偷偷地租偷偷地看，看过后将书藏起来。

那三年中，她用那些身份证弄到很多书，有时心里也自责，也感到可耻，可就是抵制不住想看书的欲望。所幸她并没有被发现过，等到毕业时，她有了三大箱子的书。

回到家乡后她接连找了几份工作都不尽如人意，后来便贷款开起了这个书店，由于位置好，图书类型也很丰富，一年能赚到不少钱。这时她想到了曾经被自己骗过的那家书店，终于良心不安，清点那些书，按定价算正好三千元。于是她回到曾经上学的城市，找到那家书店，对老板说了那段往事，并交上三千元钱。

那个五十多岁的大婶说："你们当初也不容易，算了，这钱也不要了，丢了那些书我也没损失什么，而且每年都能赚到一些。你现在也有了自己的书店，把这钱拿去进书吧！孩子，钱不用赚得太多，够花就行了。如果把钱看得过重，那钱就不再是纯净的了！"

她深受感动，回来后，她每年都要向那几所大学的贫困生赠书。

她说："那书店老板的话让我很是震撼，同时也明白对待金钱应该是怎样的一种态度。那三千元钱我没有进书，而是做成了这盆花，看着它，我会时刻感到世界的美好，而不是在追逐利润的过程中让心蒙尘！"

注视着那盆鲜艳的花，我的心忽然就纯净无比。虽然面对的是诱人的金钱，可是以前从未想过，钞票还可以以这样一种美丽的姿态出现在我面前！能看到纸币花的纯净与美丽，也许是对金钱最崇高的一种仰望！

心檐滴雨

有很长的一段日子，表姐都是生活在重重的苦难之中，先是下岗，然后婚姻破裂，时隔不久，她年仅十四岁的儿子因打群架伤人致残而被送进了少管所。所有能支撑她坚持下去的理由都一一破灭，那些日子，她心哀若死。

在我们的城郊，有一座归元庵，庵中有几位老尼，香火不断。表姐萌生了出家的念头，她觉得死是唯一的解脱途径了。她三番五次地去庵中，恳请老尼为她剃度，可老尼却总是拒绝。表姐铁了心要遁入空门，后来便站在庵门外，说如果不让她出家，她就一直站下去。她也果然那样做了，从下午一直站到第二天天亮，而且下午的时候便开始下雨，雨虽不大，却连绵不断。向前走两步就可到庵门的檐下避雨，可表姐不去，她眼睁睁地看着檐上的雨水成串地滴落在地面的青石上。由于长年累月的滴雨，青石上布满了深深浅浅的小坑。直到黑夜来临什么都看不清了，表姐仍呆呆地对着那雨檐。

第二天清晨雨停了，天也放了晴，青石上的那些小坑里积满了水，在阳光下莹莹地闪着光。老尼开门出来，见表姐还站在那里，便执着她的手语重心长地说了一番话。听了老尼的话，表姐看着那些水坑出了一会儿神，便转身走了。

两年以后，表姐的馒头连锁店在我们的城里已开到第七家，她的孩子也已回来，学习非常努力刻苦，穿过重重的阴霾，生活终于又对她露出了笑脸。我们感到欣慰的同时，也都佩服她的坚强。

谁想到多年以后，我的生活中竟然也到了山穷水尽的地步，真真实实地体会到了那种心灵上的绝望。那种万念俱灰的感觉，真的是让人想出家。那些日子，我如行尸走肉一般，麻木中毫无生机。正是在那最艰难的时候，表姐来到我的身边，看见表姐，我仿佛看到了一线希望，我很想知道，她当年是怎样从黑暗中走出来的。

表姐握着我的手，回忆了一遍她曾经的日子，神情坦然平静，仿佛只是在讲别人的故事。最后，她告诉了我当年那位老尼对她说过的话，一直以来，她从没对人说起那个雨后的清晨，老尼究竟对她讲了什么。

那个清晨，老尼拉着表姐的手，说："你一直看着地上的那些水坑。这么硬的石头，长年遭受雨水的打击，也变得伤痕累累了。可是你看啊，那些小坑里盛满了水，亮亮的，多好看啊！"

那一刻，我的心中忽然闪过一丝温暖的亮色。青石用一颗包容的心去接纳打击，虽然满是伤痕，可那伤口中溢满了阳光与璀璨。是啊，就算我们的心受过再多的打击，留下再多的伤痕，虽然有些伤永远无法愈合，但只要用苦难去填满伤口，在希望的阳光下，所有的苦难都会闪闪发光，而你的心也会变得晶莹无比。既如此，还有什么可怕的，用充满希望的心去迎接生活中的暴雨吧！

瓶子里的花园

我有一个同学，高中毕业后便参军去了，后来去了边防某哨所服役，一待就是三年。哨所几乎在黑龙江的最北端，终年寒冷，他们一共只有三个人，唯一的娱乐就是凑在一起听那台破旧的半导体，生活单调而寂寞。我可以想象得出他们的日子，可是在他给我的信中却从未流露出半点儿的消沉与厌倦，相反，却充满了激情。

当他复原回来后，出现在我面前仍是神采飞扬的样子，我问他："这三年你是怎么过来的？难道一点儿也没消沉过？"他笑着说："一开始的确有那样的时候，我跑到山上大声地喊，喊得嗓子都哑了，觉得快要崩溃了。可后来我有了自己的花园，一切才好起来！"我很是吃惊，那里四季寒冷，长一棵草都难，哪来的花园？他便给我讲了花园的故事。

有一天他在山上巡逻，看见向阳处有个玻璃瓶子，里面已有了半下土。他当时便拿起来仔细看了看，此时已是春天，他发现那土里仿佛要吐出小芽的样子，便宝贝似的把它拿回了哨所。

他把矿泉水倒进去一些，期待着能长出些什么。另外两个人便笑他，说这里都是秃山，一棵草都不长，那瓶子里也许会长出狗尿苔吧！可他依然充满了希望，一个月后，他惊喜地发现，瓶子里真的吐出一点儿绿色的小芽。他欢呼着喊来了两个同伴，三个人围着那个瓶子又唱又跳，因为又有一个生命和他们共同成长了。

从那以后，他们轮流给小芽浇水、晒太阳，每天记录它的生长情况，就像记哨所日志一样认真。渐渐地，又有几棵小芽从土里冒了出来，这更增添了他们的欣喜。后来，瓶子里长出了几株小草，只是那种在大地上最常见的小草，可是在他们眼里，这几株草要比鲜花还美丽。他们称这个瓶子为“花园”，每天他们都去“花园”散步，让心徜徉在那一小丛绿色中。日子忽然就变得生动起来，再也不觉得难熬了。

后来他们收了草籽，又找来好几个瓶子，准备在春天时种上。就这样，他们的“花园”扩大了。他们以前从没想到，这样随处可见的小草会有一天给他们的生命增添这么多的亮色！看着那些鲜嫩的绿色，他们想到了家乡的原野与森林，让心漫步于其中，生命竟变得如此宁静和充满希望。

三年后他们退役了，他们对新来的三个战士讲了这个“花园”的故事，并把这作为一项任务正式交接。回来后，每个见到他们的人都说：“看你们的样子不像在那没人烟没绿色的地方待了三年啊！”他们相视一笑，说：“我们有自己的花园啊！”

听完同学讲的故事，我的心就像下了一场流星雨，那份震撼与感动是无法形容的。在世事的艰难中逐渐变得冷漠的我们，虽身在闹市中却觉得孤寂无比，甚至落寞绝望。其实，只要在心中栽上一株小草，生命就多了一片美丽的花园，那还怕什么严寒孤寂？世界就是这样，只要你用心去呵护一棵草的绿色，命运就会给你整个的春天！

美丽的心灵也是特长

有个女孩儿长得很平凡，学习也很一般，歌唱得也不好，更不会跳舞。她经常看着镜子中的自己叹息，恨上天对自己的不公平。升入中学后她更加沉默，看着别的同学又唱又跳，口才也那么好，她总是躲在角落里用自卑把一颗心紧紧地困住。

她学习很努力，成绩却很一般，为此她不知偷偷哭过多少次。班上的同学没有人注意她，下课时别人都去操场上玩了，她便去把黑板擦得干干净净，把地面扫得纤尘不染。夏天时，她细心地在地上洒上水，冬天时，她把门口和教室里大家带进来的雪扫净，免得同学们进来时滑倒。没有人注意到她所做的一切，她也不想让别人知道，只是觉得自己应该这么做。

可是有一次同学们却都注意到了她。那天她迟到了，当她来到班级时，班主任的课已讲了一半。当她怯生生地喊了一声“报告”，走进教室，同学们的目光都投到了她身上，随即教室里响起了一阵笑声。原来她的衣服很零乱，头发也梳得不整齐，一看就知道是起晚了胡乱穿上衣服就赶来了。她低着头站在那里眼泪都快流出来了，班主任老师走过去帮她整了整衣服，微笑着说："快回到座位去吧，课已讲了一半了，如果听不明白下课后找我。"她回到座位上，脸红红的。

有一次开班会，老师让大家说一下自己的特长。于是每个人都兴奋起来，轮流发言，有的唱歌好，有的跳舞好，有的会书法，有的能画画，有的会弹钢琴。她坐在那里静静地听着，脸上带着羡慕的微笑。忽然，老师叫了她的名字，她一惊，红着脸站起来小声说："老师，我没有特长。"老师走到她的身旁，轻轻地抚了抚她的头，对大家说："你们也许不会注意到，平时是谁在课间把地面扫得干干净净，是谁每天早早地来到教室把每张书桌擦得一尘不染。这就是艾珂同学，她一直默默地做着这一切。有一次她迟到了，你们还嘲笑她，你们知道那次她为什么迟到吗？她帮一位老大妈把一袋大米搬上了四楼啊！你们一定奇怪我是怎么知道的，那个老大妈就是我的邻居啊！同学们，你们都有各方面的才华，艾珂同学却没有，可是她有一颗美丽的心，美丽的心灵也是特长啊！"教室里响起了一片热烈的掌声，大家第一次发现，这个平时没人注意的女孩儿原来竟是这样美丽。

如果你没有出众的容貌，美丽的心灵会让你同样出色，如果你有美丽的容颜，善良的心能让你锦上添花。美丽的心灵是任何东西都无法取代的特长，所以平凡的你不要再去自卑，你的特长会映亮你生命中所有的黯淡岁月。拥有一颗美丽的心，就一定会拥有一个无怨无悔的青春！

神奇的城堡

1966年，在美国的印第安纳州，一个叫宾德勒顿的十七岁少年遭遇了飞来横祸。当时他搭乘一辆运送禾草的货车，却不慎在行驶过程中从车上摔下来，肩膀及髋骨破裂，在医院里，他两边髋骨各镶入了一根四英寸长的钢钉，从此走路便离不开拐杖了。

宾德勒顿是一个充满想象力的少年，他最大的梦想就是能亲手建造一座城堡。童年时，他在沙堆上无数次地垒起美丽的城堡时，这个梦想就已经深深地扎根了。可现在却让他生生地折断了梦想的翅膀，一夜之间，他从一个爱跑爱跳的少年成了行动艰难的残疾人，这让他很是心灰意冷。在医院疗养期间，他想起曾经的梦想，觉得梦想仿佛远在云的另一端。这样想的时间长了，忽然就激起了他不服输的个性，他暗暗决定，不管有多艰难，一定要把城堡建起来。

出院后，宾德勒顿开始大量阅读土木建筑方面的书籍，同时，他对中世纪文学作品也产生了浓厚的兴趣，特别是涉及城堡的描绘，他都会摘录下来。积累了足够的知识后，他开始着手设计城堡的构图，他综合了所知的一些中世纪城堡的样式，再加上自己的想象，终于绘出了第一张图纸。在经过无数次的修改后，他确定了设计图，准备开始动工。

此时的宾德勒顿已经二十三岁了，成年的他身高有一米六五，体重仅四十五公斤多一点儿。作为一个残疾人，这个工程对于他来说简直就是一个神话，可他不放弃，艰难地收集建筑原材料，而且尽可能地节省，所有的砖石土木都是从外面捡来的，或者是别人废弃不要的。医生曾警告他不得举起超过十磅重的东西，可他就这样一点点地向着梦想中的城堡前进着。每一项工程都是他自己完成，从收集原材料到建成，前后共花了十年的时间，工时超过八万个小时，他为人们展现了一个神话般的奇迹。

宾德勒顿把这个拥有四十一个房间、七层高的城堡称为“谷仓大屋”，因为它的全部材料来自十一个被拆卸的谷仓及七座旧房子。城堡共2206平方米，长47米，高21.3米，有两个高塔，三个烟囱，十五个18.2米高的楼梯，六条秘密通道和九条地下隧道。城堡还安装了水电和警报系统。他为城堡内的每间房屋都起了一个美丽的名字，如火箭筒地下道、军营室、速成屋及总统套房等。在五楼，他还别出心裁地装了一个秋千，从上面荡起跳下，会沿着隧道下滑9米，从总统套房跳出来。如此庞大的一个建筑，宾德勒顿却总共只花费了五千美元。

面对这样一座神奇的城堡，人们很难想象它出自一个拄着拐杖的残疾人之手，更难想象宾德勒顿是怎样把那普通的一砖一石变成了如此美轮美奂的城堡。城堡落成之后，每年都有几万人前来参观，也许它不是最棒的，可它所蕴含的那种向上的情操，却吸引着大量的游人。身处其中，人们会感受到一种巨大的精神力量，于是生活路上的一些艰难坎坷便也变得微不足道了。宾德勒顿也因此受到了许多人的尊重，因为他虽艰难若此，却没有让心中的城堡坍塌。

也许，纷纷涌来的游人更是为了追寻一种有力地昭示，那就是无论条件怎样艰苦，道路怎样曲折，只要一砖一石地去努力，就像宾德勒顿一样，十磅十磅地去搭建，每个人都能建成生命中最华丽的殿堂。

绝境的隔壁是天堂

老麦克是一个狂热的蝴蝶爱好者，虽然他拥有一家很大的公司，可是工作之余，他把精力都投注在自己的爱好上。在他的收藏室里，各种珍奇蝶类的标本令人叹为观止。在他的影响下，他的家人也都爱蝶成痴。

这一年的夏天，老麦克带着妻儿去非洲度假，选择非洲的一个重要的原因是他们想去寻找传说中的金凤光蝶。这种蝶是金凤蝶中的一种，极其罕见，而且美丽异常，只在非洲的原始丛林中才有可能看见。老麦克毕生最大的心愿，就是能做一个金凤光蝶的标本。在宾馆休息了两天，他们一家便向原始丛林进发了。

丛林中有许多让他们惊叹的东西，可他们心中所想的，只是那种美丽的蝴蝶。他们携带了足够的食物，虽然林中危险隐伏，可他们仍做好了长久的准备。走了一天一无所获，他们想可能是走得不够远的缘故，虽然也捉到了几只少见的蝴蝶，可和传说中的金凤光蝶相比，却是天壤之别。他们在丛林边缘的一户人家借宿了一夜，第二天一大早便又步入丛林。

老麦克的儿子二十多岁，他的热情更为高涨，丝毫不为荆棘丛生而烦恼，他一边在前面开路，一边大声地叫着父母跟上。渐渐地，他们已进入丛林的深处，身边的树木也高大起来，越是这种少有人迹的地方，希望越大。林中枝叶密布，已分不清方向，他们只是凭感觉向前行进。忽然，开路的儿子停了下来，侧耳倾听着什么。远处传来一阵密集的沙沙声，仿佛微风吹动细草，却使人无由地心生恐惧。那响声越来越近，正惊疑间，前面忽然窜出许多野兽。老麦克一家忙躲在树后，紧握着手枪，可那些野兽看也不看他们一眼，飞快地从他们身边跑过，好像后面有什么可怕的东西在追赶着它们。

一见此景，老麦克说："不好，咱们快跑，前面也许有什么凶猛的动物！"此时沙沙声从四面八方逼近。还没跑出多远，他们就看到了极其恐怖的一幕。只见数不清的绿色虫子从四面涌来，那虫子有两三寸长，如一层绿色地毯般蔓延过来。老麦克一生也没见过这么多的虫子，那虫子越来越多越来越厚，许多没来得及逃走的动物都顷刻间被它们湮没。虽然虫子不食肉，可是它们数量太多，它们会爬进鼻子里嘴里，使人或动物窒息而死。而虫子所过之处，所有的树叶和草叶都一扫而光！

老麦克强自镇定了一下，拉着妻儿向来路狂奔，可虫子的速度极快，很快他们就陷入了虫子的海洋。他们惊叫着扑打着顺腿爬上来的虫子，惊骇之极涌起了绝望。就在这时，老麦克发现了一条从树上垂下来的藤蔓，大喊："快，快爬上树去！"三个人抓着藤蔓蹬着树干，艰难地爬上了树顶。四下一望，无边无际的虫子还在奔涌！刚喘了一口气，他们忽然发现虫子也正向树上爬来！老麦克忙说："快把树叶摘掉！"

他们把栖身处的那个粗大树枝上的叶子都摘下来，果然虫子没有爬过来，吃光了其他的叶子便都爬下树去。

惊魂甫定，老麦克看了一下手表，已近黄昏，而那些虫子还在无穷无尽地爬着，也不知有多少。老麦克安慰着脸色苍白的妻子："别怕，虽然咱们下不去，可暂时是安全的，它们总会爬过去的！"可这时那些虫子已经停下来，沙沙声也停了，这一来他们的希望顿时落空。蜷缩在树上，他们吃了些食物，天已黑下来，他们不敢睡，小心翼翼地熬过了一夜。第二天清晨，那些虫子仍然一动不动，林中死一般的寂静。老麦克忽然发现，这些虫子的颜色已经起了变化，不再是绿色，而是变成了浅浅的黄色。他们只有继续等，在等待中心却渐渐地沉了下去。

到了下午的时候，虫子们有些慢慢地动了。老麦克一家惊奇地看着，虫子们微微地抖动着，却不是爬行。又过了许久，忽然从虫子中飞出一只巨大的蝴蝶来，在斑驳的阳光中闪耀着金光！金凤光蝶！老麦克一家的心脏几乎停止了跳动。接着，金凤光蝶越飞越多，漫天都舞动着它们的美丽身影，而满地的虫子，都已成了一层遗蜕！老麦克一家不禁泪流满面。

许久以后，老麦克在把公司交给儿子时，说："孩子，还记得非洲之行吧！我们的事业和生命都是如此，那些虫子就是挫折和磨难，那条藤蔓就是机遇，我们躲在树上，就是等待，绝境中的等待。而最后，我们却看见了梦想美丽地飞翔！万事都是这样，希望你能记住！"

是的，在绝境中不绝望，抓住仅有的机遇，而且要有等待的耐心和勇气，就像在冬天等待花开，在午夜等待黎明，太阳总是在最黑暗的时刻后升起。如此，绝境便极可能会通向美丽的梦想天堂！

鲜活的生命不怕传染

迪姆是美国西部一家小公司的老板，他的经营范围都与农牧业有关，公司虽小，却凝结了他太多的心血，他从磕磕绊绊中走过来，在无数次跌倒之后，还是站了起来。这对于三十五岁的他来说，是一种坚强与不屈。

可是迪姆没有想到，一场更大的挫折使他差点儿彻底倒下。那一年，全美的经济大萧条也波及了这个西部小城，雪上加霜的是，大片的牧场中牛羊莫名其妙地死亡，给他的公司带来了不小的动荡。如果单是这些，迪姆还能顶得住。可是近年来，他正逐步地把公司的投资重点转移，由于邻近几个金矿，他便开了一家金饰行，从打造到出售，形成了一条龙，前景非常好。可祸不单行的是，当公司的农牧那一块进入低谷后，金饰行这边也出了事。由于一个工人在下班后忘了关闭设备电源，导致了一场特大火灾，不但加工饰品的设备烧毁，营业厅中的所有成品金饰也被焚烧，而且库中的一些半成品和原材料金坯也难逃此劫。从加工区到营业区，几乎被夷为平地，化作焦土。

迪姆的资金大部分都投入到金饰行中，本想凭借它立于不败之地，可一夜之间，所有的希望全破灭了。站在废墟之中，看着那些被火焚烧过的金饰，他顿觉万念俱灰。毕竟，他还没有经历过这么大的磨难。他一下子垮掉了，公司也面临着倒闭。这时，迪姆的父亲从家乡的小镇赶来了。

看着绝望的迪姆，父亲说："这对于你来说也许是一件好事呢！"迪姆颓然地说："哪有什么好事，一切全完了！"父亲解开衣襟，肋下有一大块疤痕，他对儿子说："看，当年我也是从死人堆里爬起来的！"于是，他给儿子讲起了几十年前的往事。

迪姆的父亲那时刚刚二十岁出头，正是大好年华，可那时，他的家乡流传了一种极可怕的传染病，患上这种病的人，全身从某处开始溃烂，无药可医。那一年中，死于此病的人成千上万，许多人在惊恐之中争相逃往外地。可他一家本就贫穷，更是无力逃难，只好眼睁睁地看着恶魔一步步走近。眼瞅着附近的人死了许多，每天都有人被埋葬，他吓得快傻了。他意识到是没有人能逃过这场灾难了，他亲眼看过无数患病之人死前的惨状，真是如身处地狱一般。终于，他崩溃了，决定自己选择死亡的方式。在一个夜里，他溜出镇子，登上了西郊的一座高山，闭起眼睛纵身一跃。

他并没有死，醒来的时候只觉肋下疼得钻心，用手一摸黏糊糊的，可能是血。四周漆黑一片，他仰头看去，高高的山崖在夜空的背景中隐现，从这么高的地方跳下来，怎么没死呢？求死未成，他求生的欲望立刻大增，想爬起来，可是肋部疼得厉害，一动也不敢动。他被困在谷里多日，靠吃地上一层厚厚的苔藓为生，正因为这些苔藓，再加上撞上了一棵横生的树，他才侥幸活了下来，只是被树刮掉了一块皮肉。等伤势渐渐好转，他才艰难地走回家去。幸好他家里人还都健在，由于极度地恐慌，也没人问他这几天去了哪里。后来，当大多数人都染病，他却什么事也没有，这在当地成了奇迹，后来，有专家来找他，想从他身上找到突破口，找出治疗和预防这种病的方法。最后专家们成功了，从他在山谷所食的苔藓中，提取出了灵药，他也由此挽救了许多人。

父亲讲完，对迪姆说："你看，我的两场灾难，自杀和传染病，对于我来说都是机遇，特别是当我在山谷中醒来时，忽然觉得活着的可贵，只要活着，就不怕什么传染病了！"迪姆从床上坐起来，看着父亲的眼睛，眼睛渐渐地亮起来。

几个月后，迪姆的金饰行重新开业，橱窗中展示着那些被火烧过的饰品，并打出一条广告："真金不怕火炼！"一时之间，人们纷纷前来选购，因为在烈火中，验证了这些金饰的纯度，这比什么广告都有效果。迪姆由此再度崛起，迎向生命的辉煌!

鲜活的生命不怕传染，一颗充满希望的心也永远不会害怕挫折和磨难!

莫斯科郊外的蜡烛

那是一个极黑极冷的夜晚，枪炮的轰鸣声渐渐地平静下来。克利特丢掉手中的枪，右手紧按住痛得钻心的左臂，身上无处不疼，他望着远处在黑暗中矗立着的莫斯科城发呆。

这是1941年的冬天，德军在苏联本土的战争进入最黑暗最艰难的阶段。上士克利特和他的同伴们多次在莫斯科城外被击溃，他的心渐渐地变得和这个冬天一样冷。这场战争对于他来说，是一场噩梦，包括他当兵也是被迫的。每次战斗中，他都能感觉到枪的冰冷，只是机械地向前射击。而这次，他却身上多次负伤，一种绝望的情绪紧紧地抓住他的心。

周围是无边的黑暗与寂静，克利特收回目光，发现那些被炮火点燃的荒草和树木，不知何时已经熄灭。身边没有任何人的气息，伸手所触都是同伴冰冷的尸体。他艰难地站起来，踉踉跄跄地向前走，他想走出黑暗，走出可恶的战争。不知走了多久走了多远，克利特全身都已冻透，淌出的血也渐渐凝固。就在他想放弃希望将身体交给大地的时候，远处有一簇微微的火光一闪，他揉了揉眼睛，是的，确实是有一点儿极小的火光在跳跃。他精神一振，奋力向那边走去。

克利特走近了一片墓园，在墓园的边缘，在一座坟前，一支蜡烛正在静静地燃烧着。他快步上前，扑倒在蜡烛旁，烛光猛地摇曳了一下。他抬起头来，那烛光忽然就映得心里暖暖的。他将双手拢在烛光周围，两手立刻红成了一颗心的形状。那一刻，他有一种想流泪的冲动。这无边的黑暗吞噬不了一支蜡烛的微光，极度的冰冷冻结不住一支蜡烛的火焰。他的心猛烈地燃烧起来，忽然就充满了希望与力量，他站起身，回头凝望了一下那蜡烛，却于烛光中看见了墓碑上的一行字：尼・科拉夫之墓。克利特大步向远处更深的黑暗走去。

二十年之后，克利特已成为西德一家大公司的总裁，他常常会回想起那荒唐的战争生涯，想起自己九死一生地逃回国内，想起莫斯科郊外的那支蜡烛！如果没有那支蜡烛，他的生命早就冻结在异国他乡的土地上。而他也牢记了那个名字，尼・科拉夫！他想知道那是怎样的一个人，想知道为什么会有人于战乱的夜里在他坟前点燃蜡烛。带着诸多的疑问，他重又踏上了苏联的土地。

克利特在莫斯科城外几度寻找，却不见了记忆中的那片墓园。也许是当年于黑暗中不辨方向，他竟很难在心中理出个轮廓来。不过他并没有死心，那些日子，莫斯科的远郊近郊，都留下了他的身影。终于，他在一个烈士陵园中找到了尼・科拉夫的墓，依然是原来那个墓碑，依然有一支蜡烛插在墓前，却并没有点燃。而坟前，无数被燃过的蜡烛痕迹留在那里。他向陵园的看守者打听尼・科拉夫的情况，那人却说是刚刚调来这里工作的，对这里埋葬的人都还不了解。不过他告诉克利特，每个周日都会有人送蜡烛来，每次都会送很多，嘱咐他晚上的时候在尼·科拉夫的坟前点亮。

那个周日，克利特遇见了送蜡烛的人，也终于得知了尼·科拉夫的情况。尼·科拉夫是莫斯科城内的一个普通工人，在莫斯科最艰难凶险的日子里，德军的飞机经常来轰炸。于是一到夜里，几乎所有的房子里都不点灯，怕给敌机以轰炸的目标。可是，莫斯科并不是完全黑暗的，至少有一所房子里还亮着灯，那就是尼·科拉夫家。

尼·科拉夫当时三十六岁，未成家，单身一人住在城西的一座平房里。每个夜里，他都要点燃蜡烛，让那昏黄的光亮将自己包围，即便是睡着了，他也要让蜡烛燃着。虽然当时物资奇缺，可由于夜里家家户户都不用照明，因此蜡烛还是随处可以买到。尼·科拉夫就储备了许多蜡烛，用以照亮整个房间。邻居们都劝他，说他这样做很不理智，很危险，他却说："莫斯科不会是永远的黑暗，就算在这最艰难的时候，我也要为它亮起哪怕最微弱的一缕光！"

终于，在一个夜里，敌机扔下的一枚炸弹击中了尼·科拉夫的房子，他也因此殉难，他的家那一夜燃烧成莫斯科最亮的地方。当他的事迹传遍全城，所有的人都被感动都被震动了，每个夜里，千家万户都亮了起来，虽电力中断，却仍有蜡烛的光芒可以点亮全城。尼·科拉夫被人们葬在敌人较少的东郊，而且常有人在夜里潜出城去，在他坟前点起一支蜡烛。

那个送蜡烛的人对克利特说："尼·科拉夫的一支蜡烛，点亮了整个莫斯科，也点燃了所有苏联人的希望和信心！"

克利特说："不，他的蜡烛还点燃了一个德国士兵冰冷绝望的心，我相信，它终将点燃这个世界所有向往和平的心！"

克利特回国以后，将这个故事讲给了许多人听。而且，自那以后，每个晚上，克利特都会在窗前点亮蜡烛，直到它燃烧起一个个崭新的黎明！

心的下面，脚的上面

我曾经的邻居，是一个三十多岁的青年，没有成家，和母亲生活在一起。他没有工作，每天都拿着一把锋利的小刀做他的根雕。母亲的退休金根本无法维持正常的生活，便天天去捡破烂，稍有空闲，便扛上一把镐去城外刨树根，回来给儿子用。人们对她很不理解，三十多岁的男人，养着他也就罢了，为什么还要费力地帮他不务正业呢？

久而久之，院子里堆满了母亲刨回来的树根，而他的根雕也渐渐地成型了。那时我常去他家，看着他吃力地雕刻着树根，他的手上伤痕纵横交错，记录着他为此付出的努力。我了解他的压力与烦恼，在看惯了别人的白眼冷遇后，他只能足不出户，与这些树根为伴。生活上的艰难，心境上的艰难，使他的脸上过早地有了沧桑。

我曾问过他：“有那么多的困难与挫折，你还是这样的平静，到底你是怎么去面对的呢？”

他淡淡一笑，说："不管多大的困难，多深的打击，我都把它们放在心的下面，脚的上面！"

我从胸口一直看到他的脚，问："为什么要放在那里？"

他说："再艰难的事，我都不会放在心上，而那些事我又只能承受，所以还要放在脚的上面！"

看着他的眼睛，我的心竟慢慢地濡湿了，是的，所有的艰难，他只能放在那里。后来，我离开了家乡的小城，去一个遥远的城市工作。走的时候，他依然在摆弄根雕，他的母亲依然在为了生活而奔波。

六年过去了，故乡的许多人事都已淡忘，包括那张满是风霜的脸。可是没想到，前几日在省电视台的一个专访节目中，我又见到了那张脸，依然是六年前的样子，不同的是，如今那张脸上洋溢着自信的微笑。通过介绍，我才知道，他如今已经成名了，他的根雕艺术已得到了许多同行前辈的赞许，他的作品被送到国外展览，有两件作品还被国家博物馆收藏。如今，他以一个艺术家的身份出现在电视荧屏上，再一次给了我震撼。

主持人忽然问他一个问题："你的艺术之路可谓艰辛无比，开始的时候也可能不为人所理解接受，面对这样那样的困难，你是怎样坚持下来的呢？"

他笑了笑，用手指了指自己的胸口，又指了指双脚，说："很简单，所有的困难我都放在心的下面，脚的上面。因为，和那里相比，再大的困难也都是微不足道的了。而且，我不会让自己的心承受一些无谓的负荷！"

现场的观众掌声如潮。而在千里之外，在电视机前，看着高位截瘫、坐着轮椅的他，我的眼泪终于落下来。

今年的蝴蝶寻不到去年的花

初次遇见林清妍是在李老师家里，李老师是我高中时的语文老师，今年已经六十多岁，我常拿着自己的文章去向她请教。林清妍也是李老师教过的学生，刚刚参加工作。她给我的第一印象，就是满脸的落寞，虽不沉重，却有着一种与她年龄不相符的沉静。

我曾问过李老师关于林清妍的情况，她曾经是快乐而阳光的，那时她的生活充满了美好，一切都顺风顺水的，后来她的家庭和生活遭遇了一些变故之后，她就变成了现在这个样子，没有活力，仿佛是在打发日子，过得一天算一天。我可以看得出来，林清妍并不消沉，只是没有热情。李老师对我说："这个孩子就是太留恋以前的那些事，以前的生活在她的心中是最美好的，实际上她的心一直生活在过去。"我问："您没有开导开导她吗？"李老师说："这不是单凭几句道理就能解决的，还需要时机，关键要她自己从过去走出来！"

一个周末，李老师邀我去郊游，难得她这么有兴致，便高兴地去找她。到了李老师家里，林清妍也在，于是我们三个带上李老师八岁的孙女就出发了。临出门前，李老师从桌上拿起一本杂志放进包里，说：“休息的时候看看！”一路上林清妍都是那种淡淡的表情，正是春末，百花经眼，仿佛在她心中留不下一抹色彩。

城西的河边是一大片原野，各种野花次第开放，蜂飞蝶舞，暖风阵阵，我偷眼看林清妍，这暮春之景她似乎一点儿都不感兴趣。李老师的小孙女开始忙上了，她举着一个小网四处抓蝴蝶，这次出来，她主要的目的就是抓蝴蝶玩。不一会儿，她的小网里已经有了好几只蝴蝶了，大多是落在花上时被捕捉到的。

我们从浅水处涉过小河，依然是一片平野。我们坐在松软的草地上，看着小女孩儿在草地上奔跑。忽然，李老师问林清妍：“当初，你总对我说的那句话是什么来着？”林清妍说：“最美好的都是已失去的，最留恋的都是曾拥有的！”李老师点了点头，大声叫过小孙女，对她说：“这些蝴蝶在你网里这么长时间，也该看够了吧，快把它们放了吧，那些花在等着它们呢！”小女孩儿打开小网，蝴蝶们立刻四散飞去，融入花的海洋，去寻找自己的那朵花。

我们看着蝴蝶消失在花丛中，李老师说：“这些蝴蝶没有一只飞回河那边，去寻找它们刚才停留过的花朵，因为这里也有美丽的花啊！”说着，她打开手里那本杂志，翻过两页，叫我们看，只见上面有这样一行大字：今年的蝴蝶找不到去年的花。李老师温柔地看着林清妍，说：“去年的花再美，这些蝴蝶也找不到了。别说去年，就是河对岸的那些花，它们也不去找了，因为在哪里都有美丽的花。孩子，过去的生活再美好，你也回不去了，你可以想念，可以留恋，但不能长久地躲进回忆。你看啊，这世界上那么多美好的东西在等着你去发现呢！”

林清妍垂下目光沉默了良久，当抬起头来时，五月的河水映亮了她的眸子。我知道，这次郊游，这本杂志，这次小女孩儿捉蝴蝶的事，这番话，都是李老师预先准备好的。林清妍拉着李老师的手，说：“老师，谢谢您为我这么费心，我会好起来的，放心吧！”然后她对小女孩儿说：“走，阿姨陪你去捉蝴蝶！”两人跑向那片花海，她们笑着，那是发自内心的笑，就像从心里开出的一朵花。李老师舒了口气说：“看见她这样的笑，我就真的放心了！”

美丽的事物无处不在，可以随时随地停留，却不能长久地耽搁，就像蝴蝶在每一朵花间穿梭，它们不会只落在一朵花上，人生，本就是追逐美好的过程。前方的路上，总会有惊喜在等着你，采撷每一个感动的瞬间，生命终会丰盈而无悔。

一只鸟飞出我的喉咙

那天晚上，一个朋友打电话邀我去吃饭，她在电话里兴奋地说："快来为我祝贺吧！我在省青年歌手大奖赛中拿第一了！"听到这个消息，我由衷地为她高兴。她长相一般，这让她在当今以美貌造星的路上走得极为艰难，虽然她的歌声很优美。

于是我飞快地赶过去，在场的都是好朋友，大家都敬她酒。几杯酒饮尽，她显得很激动，唱了这么多年的歌，才拿了一个较大的奖，这对于她来说是一种安慰，也是一种鼓励。她讲起了小时候的事，充满了感动和感慨。

那时她还很小，生活在一个很偏远的小村子里。说不上是从什么时候开始喜欢上唱歌的，听了收音机里的《每周一歌》，她便跟着学。起初她唱得并不好，也没人能指点她，每一首歌她几乎都是喊下来的。那个冬天，村里的一个男孩儿嘲笑她，说她的歌比狼嗥都难听。她很伤心，有很长一段时间，都没有再展歌喉。

有一天，妈妈惊讶地问她：“怎么挺长时间都没听见你唱歌了？”她委屈地说：“我唱得不好听！”妈妈笑着说：“你唱得可好听了！我们很乐意听呢！”她睁大眼睛问：“真的吗？”妈妈说：“真的。知道为什么鸟叫那么好听吗？那就是人们的歌声变成的，你看，这么多天不唱歌，院子里的鸟儿都少了！”

听了妈妈的话，她一下子高兴起来，歌声于是又响起。她深信自己的歌声会变成小鸟。可是，她慢慢地发现，虽然歌声多了，可院子里的鸟却几乎仍是没有，有也只是一些难看的麻雀。于是她问妈妈：“我天天唱歌，怎么院子里的鸟还是那么少，还都是些难看的麻雀？”妈妈抚摸着她的头说：“孩子，那是你的歌还没有练好，等你唱得越来越好，鸟就会越来越多，越来越好看！”从那以后，她更是努力地练习唱歌，歌声也是一天比一天动听了。

春天时候，院子里的鸟果然多起来，而且都是各种美丽的鸟，齐聚在树上欢快地叫着。她高兴得大声对妈妈和家里人说：“你们看，你们看，我的歌声真的变成这么多好看的鸟了！”

讲到这里，她擦了擦眼睛，对我们说：“长大后我看了佛经才明白，原来妈妈说的话是从那里来的。佛经上说在西方极乐世界，所有的鸟都是佛所讲的经所化。我说妈妈怎么就能说出这么好的话呢！真的，要不是有妈妈的那些话，我也许就不会这么一直唱下来了！”

几天后，我在电视中看到了那次决赛的转播，听着她美妙的歌声传遍千家万户，我深信，她的歌声已经张开美丽的翅膀在这个世界上欢快地飞舞！夺冠后，主持人问她此刻最想感谢的人是谁，她回答说是妈妈。她深情地说：“是妈妈在我很小的时候就让我知道，我的歌就是我喉咙里飞出来的小鸟，它们那么美丽，让我有信心唱下去！”

看着屏幕上泪光莹莹的她，我的眼睛也微微湿润。是啊，只要心中有一只美丽的鸟儿在不停地歌唱，那么她的歌声就会永远婉转动听，一如故园树上那些群集的鸟。

如果感到愤怒你就敲敲墙

回到牢房里，波特气愤得将手套摘下，狠狠砸在墙上，似乎并没有因此而发泄完心头的怒火，他挥拳去砸那面墙，咚咚的响声在夜里显得异常沉闷。直到有血从手上淌下来，他才住了手，颓然躺在床上，恨恨地想着，明天配药的时候弄些手脚，把他们全送去见上帝。

这是1898年的冬天，美国的得克萨斯州一片寒冷。波特入狱已经一年半的时间了，而等待他的刑期，还有近六年的时间。由于之前他一直逃脱在外，所以被抓捕后需要特殊对待。开始的时候关进公众牢房里，可他并不老实，而是积极地想着怎么越狱，还鼓动狱友们一起行动。失败后被加刑，波特被关进了偏僻的单身牢房，从此与孤独绝望为伴。

波特对药剂颇有些研究，所以狱里让他担任药剂师，给大家配些简单的药品。虽然他付出了不少，可却并没有赢得信任，始终被防范和管制着。加之有人嫉妒有人愤恨，所以他的生活一直艰难，甚至开始羡慕别的犯人。几乎每一天回去，他都想着明天配药报复大家，可是终是没有付诸行动，顶多对着那一面墙发泄怒火。时间一长，那面墙上点点斑斑，都是暗红的血迹，像一幅抽象的画。

就是用这样的方式，波特度过了三年的时间，这时，终于有好消息传来了，由于服刑期间表现很好，原来加的刑被减去。对于他来说，这的确是喜讯，这种日子，多一天他都不想过。只是他并没有因此而喜形于色，依然如履薄冰地度日，他可不想因此而激起别人更强烈地厌恶和嫉妒。日子依然不顺心，不公平的待遇依然不断，他也只能在深深的夜里，把情绪寄托在自己的拳头上，除此，别无他法。

这一年的圣诞节快到了，妻子带着女儿来看望波特。他面对自己的亲人，脸色平静，仿佛生活的地方只是自家的后院，日子舒服而惬意。送走妻子和女儿，他觉得应该给女儿送个礼物，毕竟，这几年来，自己还从没尽过一个父亲的职责。可是他没有钱，想弄礼物在这狱里不啻难于上青天。

以前他曾写过一些东西，便想着写个小说换点儿钱，那时对犯人这方面并没有什么约束和限制。夜里，他有时就着铁窗外的月光，有时就着雪光，艰难地创作。可是并不是像想象中那么容易，他有时写着写着就烦躁暴怒，便又去狠敲那面墙。不知这样度过了多少个寒冷的夜，他的作品也终于完成了。

可是投稿时波特并不敢署上自己的真实名字，便把自己平时所读的一部药典的编者当成了笔名。竟然真的发表了，他把稿费寄给了女儿，终于给了女儿一个幸福的节日。这也许是他在狱中几年来，最幸福的一件事了。

终于到了自由的日子，波特走出那道铁门，有种恍如隔世的感觉，虽然只是短短的五年光阴，可又有谁知道在那高墙里，他曾熬得如同五个世纪一样漫长。为了躲避别人的白眼，他们一家迁居到纽约，一时没有什么好的工作，他想起自己创作的小说，觉得可以在这方面努力一下。可是毕竟近四十岁的年龄，拿起笔，竟然一天也写不出一个字。开始的时候，他像在狱中一样去打墙，吓坏了妻子和女儿，以为他在牢中落下了什么毛病，他便克制着自己挥拳的冲动，这样一来，只能让自己更加难过。

直到有一天，波特在报上看到一篇文章。作者是当时的一个州长，刚刚当选不到两年的时间，文章中回忆了他坎坷的经历，抒发了他不屈的斗志。文中有一段话写道："1897年，我正在得克萨斯州的监狱里服刑，当时已经是第六个年尾了，那是记忆里最冷的一个冬天。我本以为再也熬不过那一年，万念俱灰，绝望就像蛇一样盘在我的心上。可是在一个夜里，我蜷缩在单人牢房的铁床上，心哀若死，忽然传来一阵敲墙的声音，那声音在那样的时刻里，就像天籁一样，一下子打动了我的心！以后几乎每一天的夜里，我都会听见那敲墙声，日子便生动起来，仿佛早已枯萎的希望又瞬间复苏，让我有了盼头。"

波特一下子站了起来，又仔细看了一遍那段话，时间地点都对！他没有想到，自己发泄怒火的行为，在隔壁那人的耳中，竟是如此地不可思议，竟有着如此深远的影响！他拿着报纸给妻子和女儿看，第一次给她们讲了自己在狱中的生活。妻子说："看，在那样的时候，你都能于无意间给了别人生存和奋斗的勇气，所以，对于你自己，更是应该如此啊！"

阴霾一扫而光，波特焕发了从未有过的旺盛精力，全心投入到文学创作之中。只几年的时间，他的短篇小说便大放异彩，成了名动世界的大作家。有时候，他依然会在愤怒和烦躁时，用拳头去敲墙，对此，妻子与女儿只是报以一笑。因为她们明白，这是他最好的解压和激励自己的方式。

这个叫波特的男人，在创作小说时一直用着当年在狱中用过的那个笔名，那个笔名，如今已成为世界各国人民耳熟能详的名字，那就是欧·亨利，伟大的短篇小说巨匠！

欧·亨利曾说过：“我时常会愤怒，庆幸的是，我能让愤怒变成拳头上的力量，也能让它变成心里的力量！”是啊，真想看看当初得克萨斯州监狱中的那面墙，那上面的血迹，该是世上最动人心魄的画面！

声音的世界

临近河边的小区里，有一个聋哑人，五十多岁，几乎这里的每一个人都认识他。因为他从清晨开始，除了吃饭的时间，一直在河边，或行或立，或坐或倚，更引人注意的，是他的嘴里经常发出一种单调的“咿呀”声，就像怕别人不知道他是聋哑人一样。

可他的脸上总是带着笑容，无论看人还是看风景，眼中透着光彩，正因为如此，人们也不讨厌他时常发出的噪音。他就这样度过着自己的一天又一天，很开心的样子。小区里也有一位老者，与别人不一样，不爱去那些棋牌娱乐的凉亭树荫，只是在早中晚来河边静静地站上一会儿，更多的时间，都是闭门不出。

聋哑人渐渐地注意到了这个与众不同的老者，每次在早晨、午后或黄昏于河边遇见，他都对老者微笑示意，他发现老者看向自己的眼神里，有着很深的一种同情或者怜悯。老者向来不苟言笑，沉默地度过着一天的时光。

有一次，聋哑人又遇见了老者，在一个夕阳满天的傍晚，他不想见到老者的目光，便从老者身边走过，嘴里咿呀着。忽然，老者拉了拉他的衣袖，他愕然转头，却见老者熟练地比画出一串手语。他震惊，与之交谈，才知，老者竟也是一个聋哑人！于是，他们通过手语交流。

老者问："你每天都咿呀着做什么呢？不怕别人厌烦吗？"

他回答："哦，那是我心里高兴，在唱歌呢！谁说聋哑人不能唱歌？虽然别人听不懂，可我自己能听懂就行了！"

老者惊讶地问："你每天在河边，有什么事让你天天这么高兴？"

他得意地说："因为我看着风吹河水，看着鸟飞过，看着人们走过，就像在心里听到了浪花的声音、鸟的鸣叫、人们的哭声，所以就特别高兴！你看，我能用自己的方式听见一切声音，还能用自己的歌声表达高兴的心情。老伙计，难道你不能吗？"

老者叹了口气说："我什么也听不见，什么歌也唱不出，一直就是这样啊！"说完，他站起身，踩着一地的夕阳向小区里走去，而聋哑人却怔怔地看着老者落寞的背影。

唱歌的聋哑人早已不为聋哑所囿，他能听得见声音，能发出歌声，生活离他是如此之近；而另一个老者，寂静与沉默的生活一直纠缠不休，他永远挣扎在日复一日的相同心境里，苦难仍在继续。

只要心存美好的情境，即使聋哑，也拥抱着声音的世界。而心境沉寂了，便是永远的无奈与折磨。那个老者如是，我们太多的人也如是。

世界是等待我成熟的果园

一

星月满天，我站在暖暖的夜风里，空气中全是流动着的香甜味道。身旁的果园默然无语，一如久立的我，只在感受着夏夜的静谧与安宁。许多树上的果子已经成熟，饱满得像盛满幸福的心。而有些树上，果实依然青青，属于它们飘香的季节还未来到，它们在等待。经历过那么多的风雨起落，在这难得的夜里，它们被月光一一点亮。

那时我的还那么年轻，刚刚经历风雨的侵袭，也曾失望落寞，也曾放弃梦想，仿佛看不到明天，仿佛日复一日都是风雨如磐。可是，在那个夜里，在果园之畔，曾以为厚重的沧桑，却如薄霜在阳光下消融。一颗心变得那么柔软易感，又满是暖暖的希望，觉得世界那么美好，就如飘香的果园。

二

去年回到家乡的小城，偶遇一高中同学的母亲。在人潮熙攘的大街上，白发的她拉着我的手，唏嘘不已。她喃喃地说："多好，多好，如果我家小军活着，也该有自己的孩子了！"

二十年前的小军，曾是那么阳光的一个男生，只是无忧无虑的时光瞬间结束。我们至今也不明白小军当初为什么轻生，只是看到他一天天的沉默。当他年轻的生命永远定格在那个秋天，留给我们的只是伤感和迷惑。

当真正走过风雨，才会发现，并没有什么事情可以绊住一个人的一生。一切都会过去，消逝于时间的长河。可是我们绝望得太早，不敢去等待，勇气都随梦想的破碎而消散。只有让心里希望的种子坚强起来，才会等到出土，等到花开，等到收获。

三

世界用宽容等待我们，我们用希望等待自己。

或许等待的过程漫长而痛苦，就像泥土中的种子等待发芽，就像茧内的蛹等待飞翔，就像含沙的蚌等待璀璨，就像腊月等待花开、长夜等待黎明，最艰难的时候正是蜕变的时刻。可是想一想，种子破土而出笑对蓝天，蝶在阳光下的舞姿，一颗珍珠的灿烂，心中的希望就会生生不息。

世界就在那里，静静地等待我们成熟。若是心里盛装着温柔的感激与谢意，所有的黯淡都会被希望照亮，所有的苦难都会被梦想焐暖。感谢世界给了我们风雨，才让我们知道晴天的可贵。

我们在这片果园里，我们成长，我们珍惜，我们等待。

果园也在等待我们，等我们为它献上自己的芬芳。

四

有一年，和几个友人去群岭深处的一个湖泊游泳。湖中有岛，便皆奋力击水，到得岛上，却甚是失望。除了丛生的荒草，便是一些不知名的植物，结着蕾，丝毫不引人注意。正想游回岸上时，忽然发现，小岛周围的临水处，不知何时聚集了无数的水蛇，它们在水里蜿蜒游走，有的几条抱成一团纠缠于水草丛中。

我们试着下水，那些水蛇却纷然而起，做攻击状，骇得我们倏然而回。衣物都在对面的岸上，想求援亦不可得。而此地人迹罕至，我们能做的，只有等。一直等到日已西斜，水蛇却没有散去的迹象。渐渐地夜幕垂下，幸而盛夏的晚上并不很凉，我们聚在一起，继续等待。即使夜里水蛇散去，我们也不敢下水游回去，所以只好等待天明。

不知何时睡着，梦里被别人的呼声惊醒，悚然而起，立刻被眼前的景象惊呆了。昨天还很不起眼的那些结蕾的植物，此刻竟然开满了碗口大的花朵，花瓣只有一层，却是鲜艳无比，在晨光之中，氤氲着淡淡的香气。待我们回过神来，才想起水蛇的事，却见水边的草丛里，立着一些美丽的不知名的大鸟，如鹤一般，羽衣淡绿，头顶高高竖起红色长缨，像开着的花。水蛇踪影全无，一片宁静美好。

有的时候，我们在等待着艰难的境遇过去，却会等来一份不期然的惊喜。世界多么美好，它在等待着我们的同时，还会送我们许多可遇不可求的感动，让我们于落寞重重中，及时地剥去心上的茧壳。

五

少年时便喜欢席慕蓉的诗，喜欢她诗里的沧桑和沧桑中透出的温柔暖意。仿若世间事都浸润着美好，离乱也好，变迁也罢，皆能于其中品咂出幸福的意蕴。

有一首《禅意》，一直让我悠然神飞，其中有几句：生命原是要不断地受伤和不断地复原，世界仍然是一个在温柔地等待着我成熟的果园。天这样蓝，树这样绿，生命原来可以这样的安宁和美丽。

是啊，世界是如此安宁美丽的一个果园，在等待着我们成熟，等待着我们芬芳四溢。我愿意等待，带着一颗温柔感激的心，任世事变幻，永不绝望。

辑四／一路花香

有时候，在走过的路上，不一定要留下足迹，但一定要留下花种，那么当你回望时，便不会隐没了来路，那一条路上，已经是花团锦簇，笑脸缤纷，不仅怡悦自己，更能香染他人。

冬天的飞瀑

今年冬天雪勤，已经纷纷扬扬地狠下了几场，身外的小兴安岭已是厚厚的银妆。近来总是不如意，似乎事事都有坎坷，黯淡的际遇与沉重的心情和寒冷的严冬十分契合。心绪也被冻结，人生的寒冬似乎开始了漫长的肆虐。

一个大雪初晴的午后，好友约我出去爬山，我拒绝，这么冷的天，那样滑的路，四顾苍茫，实在是提不起兴致。而好友却神秘地说：“我带你去看瀑布，你肯定没在冬天看过吧？”好奇心顿起，这样冰封雪冻的东北群山，哪里能有瀑布？见他说得郑重，便一同出了门。出去之后就后悔了，天虽然是淡淡的蓝，可西北风刮得漫天盖地，空气中都是飞溅的雪粒，打在脸上麻麻地痛。而野外的风更是无遮拦地刮，体内的热量瞬间被抽空。到得山上情况好转了些，密密的林子将风挡住了许多，林间雪雾飞舞。翻过两座岭，我已经累得不行，说：“你别是唬我吧，你那瀑布到底在哪儿呢？”他向前一指：“过了这座山就到了！”

又艰难地爬过了一道岭，下面是一个山谷，立足于其间，四面都是雪峰环绕。他带我顺着山谷向西南走了一会儿，前面一道极陡的山崖挡在那里。那崖有二百来米高，极平整，抬眼向上望去，崖顶的雪堆积如峰，在风的吹刮下，临崖迎风的一侧已结成了厚厚的雪壳。而那风从山谷间直冲过来，比之别处已不知大了多少。我们站在远处，朋友说：“看吧，瀑布就要来了！”过了一会儿，崖顶轰然一声，狂风终于攻破了那层雪壳，堆积其上的雪刹那间崩落，从高高的崖顶倾泻而下，几十米宽，落在谷底轰鸣不断。我一下子惊呆了，怔怔地看着大雪飞瀑滚滚砸落，周围都是雾蒙蒙的雪霰四散，阳光照射其上形成美丽的彩弧。这等气势，这等景观，比这真正的瀑布更震撼人心！

近五分钟后，积雪倾尽，谷内慢慢归于平静，而我仍站在那里心驰神往。朋友说：“我没骗你吧，你见过这样的瀑布吗？”我浑然忘了周身的寒意，凝望着那处山崖，眼中仿佛还是雪流翻滚。良久，我问：“你怎么找到这样的地方的？”他说：“以前冬天时我总到这山里来，那时心情压抑，诸事不顺，有一天走到这里便突然遇见这瀑布爆发，着实震惊了一下子！也就是从那时起，几场雪过后的大风天，我都会来这里，心情也再没有那么沉重过！”

我们望着那山崖久久不语。而我的心里，震撼过后，也豁然开启了一扇门。这雪的瀑布，本就是源自沉重的厚压。人又何尝不是如此，那些磨难与挫折，是一种沉重，也是一种积累，蕴含着足以爆发辉煌的动力。有时，顶着生活的压力，艰难地前行，前方赫然无路，面临深渊，而打击又未停止，你该坚持下去，哪怕是站在那里与寒风对峙。因为有时走到悬崖边上，也许就会让生命绽放出惊天动地的魅力。

人生没有快进

周末，与女儿们一起坐在电视前，看一档直播的演唱会。中间有几首歌，女儿们不喜欢，高嚷着要快进。她们看惯了电脑上下载的节目，以为这样的直播也可以把不喜欢的快进过去。我笑，忽然觉得，自己也有过这样的时候。看一些东西时，不喜欢的，都一路快进，一切尽在掌握中。

很像我们在回忆所有的过往，那些黯淡过的，那些失意的，都会在心中匆匆略过；而那些甜蜜的，幸福的，或者虽然痛苦但已经被时光酿成幸福的，都会反复回味，就如在电脑上一遍遍地回放那些钟爱的节目或片段。

面对人生漫长的来路，总有一些未知的心境，在等着猝不及防的我们。如果可以，多希望在经历那些挫折与磨难之时，把这一切快进，不作停留。是的，虽然人生那么短，可在那样的时候，还是想快快地度过。那一年，是我的第二个本命年，都说人在本命年中诸事不顺，果然如此，那一年，经历种种，真切地体会到了日子的沉重与缓慢，明明知道，这一切终会过去，可是身处其中，仿佛时间被无限地拉长，每一秒都是煎熬，每一分都是痛苦，岂止是度日如年可以描述的。

如果可以像电脑上的节目，把那一段不堪回首的快进，把那汹涌奔向眼底的风霜都快进，虽然那些不喜欢的节目终会过去，可是不想等，快快地拉过去，多好。可是，人生没有那么多的如果，也没有快进。那些苦着痛着的，还是要慢慢地熬，无法闭眼刹那略过；那些甜着乐着的，也只能如水瞬逝，无法反复去经历。

既如此，还得去那么过。人生真的不是一场可反复播放的演出，那些或短或长或甜或苦的日子，只是我们真实心境的掩映。对于流年，我们无法选择快慢，对于生命，我们无法选择得失，对于道路，我们也无法选择顺逆，能做的，只是让一颗心平静如水。是的，终会过去，心存希望，等待也是一种美。

农田里的细节

一

秋天的时候，地里的土豆到了收获的季节。将土垄刨开，便露出团团簇簇的土豆了，大大小小地聚集在根部。等后来，田地里一片干净，土豆秧被拔尽，土豆也似乎全部收完，只余黑土地一望无际。

这个时候，我们会带上四股叉，去地里翻剩下的土豆。原来田地里遗留下来的土豆还真的不少，而每发现一个，都会有一种莫大的惊喜。原来满地都是的时候，并没有这种心情。只有少的时候，我们才会有一种喜悦与珍惜。再过的日子长些，地里依然会有土豆残留。只是这个时候的土豆，已经有些腐烂了。失去了与根部的连接，土豆在泥土里就会腐烂。

人或生活亦是如此，失去了与生命息息相关的希望，即使身处满是生机的世界上，也会慢慢枯萎。

二

春夏之交，去田地里种玉米。那个时候父母在前面刨坑播种填土，我和姐姐们在后面踩格子。所谓的踩格子就是双脚在田垄上用力地细细踩踏，让田垄变得更坚硬些。起初并不明白，种子种在泥土里，应该就会发芽的，为什么非要踩一踩呢？

父母也讲得不是很明白，只是说祖辈传下来的经验，可能把土踩实了，就不会被风吹走泥土里的水分。后来我发现，那些没有踩到的地方，种子也会发芽，只是极纤弱，比之那些粗壮的禾苗，生命力就差了许多。如今终于明白，踩格子只是为了给种子造成一种压力，这样长出的苗才会更茁壮。

有时候，我们心里虽然有了希望，也要给自己压力，这样，梦想的种子才会更茁壮地成长。

三

谷子播种完毕后，过了一个多月，苗渐渐长高的时候，便要去地里把其中的谷莠子拔掉。谷莠子长大之后，就是人们说的狗尾巴草，虽然和谷子长得极为相似，却不能食用，而且极为抢占土地营养，对于谷子的生长影响恶劣。可是，幼苗的时候，它们和谷子长得很是相像，极难分辨。而父母却是轻易地拔去那些谷莠子，从没有错拔过一棵谷苗，这让我们很是惊讶。问他们，才知道，那些长得快长得高长得壮的，便一定是谷莠子了，它们生命力极为顽强，远远地强于谷苗。

多年以后，奔走在世事之中，心里梦想丛生。有时候常常为某一种希望的蓬勃而欣喜，便细心呵护，到头来却总是一场空。想起童年田地里的谷莠子，忽然明白，在心底生长着的梦想中，那些无意中长得极快的，并不一定是真正的希望。而那些默默间慢慢成长着的，才是生命中的珍贵所在。

四

秋天的田地里全是成熟的景象。如果你去细细地观察一株玉米，整株上会结着许多的玉米棒子，越是靠近底下的越是粗壮，而且颗粒饱满，而越是向上的则越小，颗粒不全，还青青的没有成熟。

向日葵全都垂着头，大大的花盘上的葵花籽排列如整齐的士兵，而那些挺直着腰身的，或是没有花盘的，或是没有结籽的。谷子们全都弯着腰，被沉重的谷穗坠得摇摇欲坠。而其间站立着的那些，就是谷莠子了，这些狗尾巴草，也长着长长的穗，却是笔直冲天。

于感动中明悟，人亦是如此，真正有收获真正有内涵的，往往都是很低的姿态。只有那些腹内空空华而不实之辈，才会在形态上高高在上。

玻璃砸碎以后

一

那时正是我写作最艰难的时候，每日里坐在书桌前，搜肠刮肚，却不知该写些什么，于是烦躁焦虑，如同上了屠宰场般的难受。对面是大玻璃窗，外面六月的天空在眼中却似乎没有色彩。再远处，是一条土路，在这个城市的边缘，似乎住着的都是在生活底层挣扎的人。

每日里望着窗外一成不变的东西，丝毫激不起心底的灵感，目光也常常折断在那些寻常事物之中。终于有一天，所有的沉闷与烦恼积累到了顶点，我拿起桌上的镇尺狠狠地向着玻璃砸过去。哗啦一声响，偌大的一块玻璃应声而碎。一阵清风吹进来，头脑立刻清醒了许多，还闻到了一股淡淡的香气。我忙到窗前，向窗下看，只见窗台底下的地上，不知何时那些草一样的东西竟开出了许多素淡的花朵。长风流动间，芬芳四溢。那一刻，心就于微笑中慢慢濡湿。

更多的时候，我们自以为将眼前的世界看得极清楚，却是不知，有着一层透明的玻璃隔绝着许多的美好。打碎无形的阻碍，便清风盎然，花香满心。

二

有一年在一个小小的镜业公司下属的玻璃厂工作，每天的工作很简单，就是穿戴好护具，拿着一把锤子砸收上来的一些残损玻璃，直到砸成小的碎片。

那时的我，性格软弱，瞻前顾后，自卑之余，自尊心还极强。就像一块蒙尘的玻璃，看似透明，却为尘染，触之坚硬，却极脆弱。而且，常常有人有意无意地找我麻烦，明里暗里的欺负我。那时我一直隐忍，尽量少和别人打交道，也不显示自己比别人强的地方，想着做到与世无争，便不会有麻烦缠身。顶多受委屈的时候，抡锤砸玻璃时多用些力，权当一种发泄。

直到有一天，终于到了忍无可忍的程度，第一次爆发出血性，仿佛利刃出鞘，一时之间，竟将所有人震慑住。说来也怪，自那次之后，竟是再无人挑衅，甚至人们开始纷纷与我结交，许多以前的种种阻碍，一下子消于无形。

所以说，有的时候，一个人的自尊与自卑皆被打破之后，就像一块玻璃被砸碎，反而会显露出锋芒来，从而成为保护自己的利器。

三

大学时的一次社会实践，在一个山村，我注意到一户人家。那户人家只有一个年轻女人带着一个孩子。据说这个女人受过伤害，具体也不是很清楚，总之是很痛苦很悲惨的经历吧。可是在那里的一个多星期，却从未见过她流露出愁容，虽然生活很艰难，她的脸上也常洋溢着极真诚的笑。那个孩子也是干干净净的，很讨人喜欢的样子。

有一个中午，我正从这个女人家门前经过。当时阳光正暖，我便向那所房子望了一眼，女人正在院子里教孩子念书。忽然有一束光刺了眼睛，再走过一步去看，原来是她家的窗玻璃上反出来的光芒。那块玻璃似是被人用石子什么的打过，从中间一点开始，向四周伸展着细密的裂纹。它早应破碎的，可是，在中间那点上，却是粘着一枚硬币，所以玻璃依然保持完好。只是阳光照在上面，那些细细的裂纹便闪出七彩的光来，就像一朵开在窗上的花。

忽然想到，人也是如此，在受了伤之后，即便心碎欲裂，可是只要有一点儿希望在，只要有阳光在，心间也会开出一朵七彩的花来。

四

一个朋友给我讲他曾经历险的经过。

有一次，他乘一辆中型客车去一个外地城市，当时是秋天，外面已很有些凉意。当车行驶到一条河上的大桥时，意外发生了。为了躲避迎面而来的一辆失控的货车，中型客撞倒了桥栏，然后掉进河里。水很深，车门竟然也开启不了，一车人绝望地看着车子渐渐沉入水底。地处荒野，救援人员也不会短时间内赶过来。

这时，有人开始用手头的东西砸车窗，那种钢化玻璃极坚硬，大家咬牙轮流砸，氧气越来越少，最后，终于玻璃上出现了许多圆形裂纹，再加了把劲后，玻璃终于砸碎。河水一拥而入，人们心中生起了希望，十多名乘客依次从车窗爬出，然后被会游泳的拉向岸边。

听着朋友的讲述，便联想到了生活。有时候，我们一个劲地自我封闭，其实那并不是一种保护，更有可能是一种困囿。而更多的时候，却是这样的情况，打碎了心中的四壁，生活的风浪涌入，虽然被苦难湮没，却是可以更快地浮出水面，而不是被生生困死。

草木生姿

世人常常流连于山水之间，自古以来便倚山而驻、逐水而居。可是若没有了草木，山水将会寂寥无比。而人们之所以背山临水，皆因山有木而成佳境，水有草而成丰盈。山水与草木，密不可分，若是独有山水，则会多了一份苍凉。

而草木常常会点染着我们的心境。春朝远眺，岭树青青，便顿生欣喜之意。而望陌旁芳草萋萋，则易起离愁。一棵树的葱茏，常常也让心底的希望疯长成林；一株草的朴素，也会使平凡的我们更加坚强。人活一世，草木一秋，人与草木之间，总会有着共通的东西。

而更多的时候，草木的姿态也会因我们的心绪而变幻。“忽见陌头杨柳色，悔教夫婿觅封侯”，这是春日的少妇见春光易逝，而涌起的一种思念。“远芳侵古道，晴翠接荒城”，这是长亭短亭之间，离情别意的蔓延。欢乐时，草木都在眼中翩翩起舞，失落时，树和草都摇曳着无尽的萧瑟。

在这北方的群岭之间，每到秋深凉重，周围的山色便斑斓起来。五花山在阳光下，将一种感动直印进心底。红枫黄杨，青松白桦，种种色彩，在深浅浓淡之间，团团簇簇，仿若画卷天成。没有了往日见叶黄而凄然的联想，也没有了平时见叶飞而落寞的眼神，那些山上的树就这样灿烂着，温暖着心中正在经霜的梦想。

我甚至觉得那些秋日的树，比之春夏，更具风韵。所以，再见到一棵在风中叶落如蝶的树，便觉其枝丫间更为疏朗，仰头而望，无数的枝将蓝天刺划得支离破碎。就像我们的人生，谢尽繁华之后，才是生命的本真，立于天地之间，风清月明。

儿时常在秋天的夜里，去大草甸上看人们放火烧荒。那些枯黄的草，在火焰中欣然而舞，或者，火焰就是草最后的身影，唯一的绽放。而明年春天，那些新绿便会从大地上奔涌而出，再无枯败的身躯将它们阻挡。一如我们在某些际遇中，也要在心底燃一把火，焚尽那些无望而仍然纠缠着的欲望，飞灰化作土壤，如此，那些崭新的希望和梦想才能绿遍生命。

当一场大雪落下，草木便焕发出了另一种精彩。它们在呼啸的北风里，宛若再度绽放，琼枝玉叶，站成人们眼中独有的风景。而在冰封雪盖之下，在它们枯冷的身躯之中，却从不曾断绝过生机。在人生的冬季里，我们也应如草木般，将那些寒冷变成美丽的点缀，并努力积蓄着力量，春风来时，便再度绿意盎然。

记得少年时，母亲养花，家里有许多盆花。有一次，母亲在一个空花盆里新盛了土，想种花。可是，由于事忙，母亲竟忘了根本没有在其中埋入花种，依然时常浇水。某一天，竟然花盆中也生出芽来，待其长出叶子之后，才知是一棵最普通的草。原来，花盆的泥土里，有着草籽的存在。其实我们的希望，有时便如那些泥土中的草籽，我们似乎已经遗忘，似乎已经不察，可是，当有水浇灌时，便破土而出。

草就是这样平凡而坚强，一如太多的人。生命本就是平凡的叠影，不辜负一棵草的秋黄春绿，才能让平凡的人生绽放出最深沉的幸福。

我常常伤感于路旁那些被修剪成各种形状的树，觉得那份美的背后是桎梏与伤残；也常常感叹于小区里那些被割得极齐整的草坪，认为那些草被困囿的同时又无法恣意生长。可是渐渐地我便释然，那些树、那些草虽然不能随意长成自己的形状，可是它们依然年年绽绿，从不因刀剪的威逼而放弃生机。是的，有时生活封锁了我们，只要我们的心不枯死，生活便永远不会是一潭死水，我们依然会在生活中绽放最美的姿态。

让心灵徜徉于草木之间，生命便会灵秀而自然，风走云度，飞雨飘雪，都能从容而静美。就算身处黯淡的际遇之中，也会如崖上之树岩下之草，留给生活一个最动人的身影。

接受的快乐

邻居老大爷给我讲了这样一个故事。

前些年他住在哈尔滨郊区的农村，当时他生活条件一般，他的左胳膊略有残疾，不能回弯，所以有些活干起来很是费事。那时村里没有自来水，都要到村中间的大水井里去挑水，这个活就让他挺为难，主要是用一只手把水桶从井里摇上来是非常吃力的，而且也有危险。由于刚搬到这个村不久，基本上和别人不太认识，也没有深交的，所以也不好意思请人帮忙。那些日子，每天早晨担水的时候是他最艰难的时刻。

有一天早晨，他和往常一样去担水，忽然看见一个年轻人正在井边向井里望着。他走过去，那青年就让到了一边，他也往井里看了看，并没有发现什么。于是把水桶放下去，开始向上摇水。忽然手劲一松，装满水的桶回落到井底，摇把飞快地旋转，打在他的右手上，立刻破了皮，血流了出来。这时冷眼旁观的那个青年走过来，默默地将水摇上来，给他的两个水桶都加满水。他对青年笑笑，说：“谢谢！希望明天我还能碰到像你这样的好人！”然后挑起水走了。

第二天早晨，他去挑水的时候，那个青年竟还在那里，一见他来，二话不说就开始向上摇水。挑起水走的时候，他对青年说：“我的左胳膊是废的，家里又有病人，要不是有你帮我，我这担水不定什么时候才能挑回去！”青年还是没有说话。

就这样，以后的每天早晨，青年都会如约出现在井台边，仿佛只是在等他。渐渐地，他们的话也多了起来。他把自己的各种经历讲给青年，青年的脸上也有了笑容。终于有一天，在打水之前，青年告诉他，本来他是很绝望的，事事不如意，也萌生了投井的念头，就在他们第一次相遇的早晨。只是他的出现，让青年的生活忽然有了新的内容，那就是每天帮助这个老人打水。后来听老人讲了自己的事，青年才知道自己的经历实在算不上挫折。所以他渐渐打消了轻生的念头，而且从给予别人帮助的过程感受到了一种快乐。

他对青年笑笑，说：“其实，那天早晨，我是故意失手的。我看你有些情绪不对，便想让你帮我，你果然帮我了，我也接受了你的帮忙，虽然我用一只手也可以把水打上来。接受别人的帮助也是一种快乐啊！”

是啊，给予别人帮助是一种快乐，可是接受别人的帮助同样也是一种快乐，快乐引发快乐，原来是如此简单的事！

是谁偷走了我们的年龄

我曾经看过一则故事。有记者问一个演员的年龄，演员却答不记得了，并解释说，他只记着自己的财产、珠宝等怕被偷走的东西，而年龄没人能偷去，当然不去记了。

第一次看见这个故事是在五年前，那时还是二十多岁的大好年华，当时深有同感，也许，最有把握的，就是自己的年龄了，谁也不能把它偷走。五年后的今天，当再度与这个故事重逢，回想起当初的来路，五年的时光如水消逝，没有留下一丝痕迹。而年华已逝，是谁偷走了我那五年？如果说它没有丢失，为什么却没有留下一点儿印迹，让我怅然回望时一片空白。

总是惊叹于时光如流水，也总是觉得未来有太多的时间，到头来却如春梦易散，才明白最没有把握的，就是匆匆的一生。如果能忘了年龄，也可忘了许多悲喜得失，可是记起之时，岁月已不知失落于何处。最大的悲哀莫过于回首来路时，却没有留下一个脚印。是谁偷走了我们的年龄？不是游走的岁月，也不是沧桑的世事，而是我们自己。

是的，是我们自己，是我们自己把大把的光阴从生命中窃取。当我们度日如年，任身边的风景化作无聊，任青春荏苒。鬓染秋霜之际，蓦然惊觉，那些被我们偷掉的大把岁月，如秋叶般枯萎碎裂，得到的，只是疯长的追悔，于是，悲凉漫过麻木的心。

那些醉笑红颜的欢场，那些踌躇满志的片段，看似幸福激情，过后却如朝云消尽。我们就这样用懒惰、用虚荣、用刺激、用随波逐流、用醉生梦死，将年龄从生命中偷走，累积成一个苍白数字。

从来不曾学会去珍惜，从来不曾学会去呵护，无论怎样苍白的过往，无论怎样黯淡的际遇，只要珍惜过，只要呵护过，只要让心真诚地驻留过，那么，任时光如何匆忙，那些日子总会在你的生命中留下最深的印记。面对不断增长的年龄，那个数字，细数起来，都是无比的丰盈，如隔岸遥看花开，香传百年。如此，便没有辜负那短短的一生，才没有将年龄中每一段的精彩遗失。

没人能偷走你的年龄，除了你自己。只要不做匆匆过客，只要让心做主，载忧载喜，不感清伤，那么，同样的年龄，同样的岁月，你要比别人富有得多。

留下我的“手迹”

天还没亮，十二岁的埃德便起床了，外面是冬季无边的寒冷，可他心里却热热的像揣了一团火。今天，他就要和父亲去攀登美国的最高峰惠特尼峰，它是加利福尼亚州内华达山脉最高峰，终年积雪，陡峭险峻。一想到就要将它踩在脚下，埃德的心里便激动不已。

父亲是个探险家，这已经是第七次带他出去探险了，前几次埃德都表现得既勇敢又灵活，很有潜质。而埃德也深深地迷上了这种生活，他总是盼着父亲能带他出去。出了门，天才刚刚放亮，隐约可见惠特尼峰以洁白的姿势直插天空。

这是1983年的冬天，埃德决定记住这个日子。

那时对登山还没有严格的管理，事实上也很少有人在冬季来冒这个险。父子二人却是豪气冲天，踏着风雪向上进发！此峰海拔4418米，自1873年被首次登顶后，十年来陆续有人将它征服。用了一小天的时间，他们才勉强登到1500米左右，设备不先进，他们靠的只是一种向上的精神。明知一两天内绝难登上峰顶，可是他们无法在山上过夜，只好决定在留出足够下山时间的基础上，能登到哪里算哪里。

埃德注定会记住这个日子。

下午的时候，雪大了起来，他们决定开始下撤。他们早就商量好，登到他们力所能及的地方，要在冰上刻下自己的脚印留作纪念。埃德兴致勃勃地不顾疲累，拿起小铲开始刻脚印，由于用力过猛，他一下子向旁边滑倒。旁边是一个小小的山谷，他翻滚着跌落下去，重重地撞上冰壁才停了下来。而这个时候，冰壁忽然坍塌，直接砸在他的腿上。埃德一下子疼晕了过去。父亲也溜到谷中，他拼命地去搬那些冰块，当他把埃德抱在怀里，准备下山的时候，埃德却清醒过来。他说：“爸爸，我的脚印还没刻完呢！”

父亲看了看他软软的双腿，知道儿子可能再也不能走路了，他强忍着悲痛，对儿子说：“先下山去医院，等你好了咱们再来登一次！”埃德也看向自己的腿，他说：“爸爸，以后可能我再不能登山了，让我把最后一个脚印刻完吧！”父亲含泪点了点头，帮儿子拿起了小铁铲，来到后面的冰壁前。埃德手持铁铲，想了一会儿，终是扔掉，伸出右手，将手掌贴在冰壁上，说：“以后我可能再也留不下脚印了，还是留个手印吧！”过了一会儿，他将手收回，放在自己的脖子上暖着，然后再放在冰壁上。这样重复了几次，平整的冰壁上印上了一个小小的深深的手印！

埃德真的铭记了这个日子，因为就在这一天，他留下平生第一个“手迹”，就在这一天，他失去了自己的双腿。手术后，他回到家中，自己在心里告别了探险的生活，父亲也收起了他的那些装备，一家人都刻意回避着有关探险的一切话题。那许多的往事，仿佛从没发生过。有一天，埃德在报纸上看到一则新闻，说是一个独腿人独自穿越了亚利桑那州大沙漠，那一刻，他心中的火焰一下子重新被点燃！他将那篇报道贴在床头，上面有照片，那个人倚着一根拐杖，站在大漠深处，目光坚定。

从那天起，埃德开始了最艰难的锻炼，他再也不去碰轮椅，而是练习用双手走路。起初的时候，他把握不了平衡，常常摔得鼻青脸肿，渐渐地，他可以在屋里灵活地走路，轻快地转身，甚至能小跑，只是，时间久了，头便晕得厉害。可他并没有放弃，而是大胆地“走”出门去，用手丈量着外面的每一条街道，他还煞费心机地研制了一面小镜子，倒立的时候，镜子就在眼前不远处，可以看见前面的路。父亲见他如此执着，便劝他在手上戴上厚些的手套，免得伤了手掌。可埃德却说：“那样一来，我不是连手迹也留不下了吗？”

一年一年，埃德渐渐长成了青年，他的双臂极粗壮，手掌也极厚实，上面磨起了层层的茧。这些年中，他的手迹走出家门，走出城市，走出州，走进森林，走进戈壁，甚至走上山峰。起初还有父亲陪同，后来他便独行，所过之处，人们都用一种钦佩的目光注视着他，为他的精神深深感动。

1993年的冬天，埃德和父亲再次来到惠特尼峰下，他们，要再次向上冲锋！他不用父亲帮忙，自己向冰上钉铁钉，拴绳，然后用力向上爬。到了当年失去双腿的地点，那个手印早已不在，而埃德也没有再印上去，他知道，当年的那个手印，已深深地刻在自己的心底！这次他们依然在那个地方开始下撤，仿佛对往事的祭奠，又像是一种告别。

那次之后，父亲不久便病故。埃德开始了真正的独自探险之旅，那些年中，他走过了多少地方，已经记不清，有那么多的地方留下过他的手迹，被他的双手坚强地抚摸过，他已尽感欣慰了。

2003年的冬天，埃德成功地登顶了惠特尼峰，轰动一时。时隔二十年，惠特尼峰依然，却造就了一个人迥然的人生。是的，那峰顶，埃德留下的手迹早已被风雪漫漶，可他留在人们心中的手迹，却是深刻无比。而埃德在峰顶倒立的身影，也成了人们眼中最温暖最动人的高峰！

清心如水

我曾在人生的旅途中遇见过三个人，虽然人海漂泊，无数面孔飘摇着匆匆远逝，却有三张脸清晰地印在我心深处。

在我的家乡，有一位七十多岁的老人，他每日一壶清茶，或于树荫下闲观对弈，或于满庭的花草中驰心骋怀，更多时候，他静静地坐在胡同口，似看天边云卷云舒，似看街上车水马龙，一切在他眼中都变得淡远，把人世的繁华看到一种悠然的境界中去。他曾有过贫穷的童年，多难的青年，忙碌的中年，饱尝人世艰辛，而在这暮年，那些经历，那些过往，已无迹可寻，融入他心中那一泓清澈的湖水。他的目光给我一种震撼，一种感动。

在离家千里的一个城市，租住在城市边缘的一个小土房中，邻居是一位大婶，丈夫早逝，带着一个十二岁的女孩儿生活。她是一个清洁工，每天的清晨，当城市还没有醒来，她便开始在大街上打扫。然后把垃圾装上车，有很多次我看见她把那些散发着刺鼻气味的垃圾往车上装，便会慨叹命运的残酷。可是在她的脸上却丝毫没有无奈与怨怼，只有那一抹微笑映着朝阳淡淡的霞光。我曾问过她是否厌恶这个工作。她笑着告诉我，能这样活着挺好，没看到街上那些常年衣不蔽体的乞丐吗？她那种神情，直入人心。

去年在沈阳南站，我遇见一个女乞丐，三十多岁的年龄，蓬头垢面，跪在地上，面前摆着一只铁盒子，里面装着别人施舍的零散的钱币。吸引更多人驻足的是那女人身旁的一个小女孩儿，六七岁的样子，长得活泼可爱，神情与她母亲截然不同。她带着惊奇注视着每一个人，不停地说着："阿姨，你的耳环好漂亮啊！"或者："叔叔，你的皮鞋真亮啊！"人们都很喜爱她，便把零钱放进那个铁盒子。有人悄悄问她："是不是你妈妈教你这么说的？"她摇头说："没有啊，我妈妈是哑巴，不会说话啊！"还有人逗她："你妈妈有什么可爱的地方吗？"她在妈妈脸颊上亲了一下说："我妈妈的头发最黑了！"那一刻，看着女孩儿幸福的笑容，我心中忽然就涌动着一种温暖的潮流。

家乡的老人是阅尽世事沧桑后的超然，波澜不惊的心如秋水无痕；扫垃圾的大婶对生活怀着极温柔的感激之情，温情脉脉中，世态炎凉、风霜寒暑都于其中消于无形；而那个和妈妈乞讨的小女孩儿，她的心如初融的小溪，荡漾其间的，无不是不受污染的人世间的一切美好。这样的三颗心，水般澄澈，树般葱茏，构成最美的风景。

我知道，这三张脸，会温暖我人生路上每一个黯淡的日子。

人生大憾是选择

走过一生，憾事斑斑，一如记忆中的阴云，回望时犹自后悔不已。各种遗憾充斥着生活，大的、小的、刻骨铭心的、追悔莫及的，让我们茫然失措，也让我们不断地学会珍惜。其实，细思起来，我们的遗憾，多是来自于选择。

我们经常面临着各种选择，生活中的、工作里的、情感上的，每一次选择，都会让我们彷徨。而且，有时候，一些选择是伴随着诱惑而来，更使我们难以判断。所以，选择错了，就成为莫大的遗憾。

第一种遗憾，就是不会选择。

有一种情况比较简单，是选择去还是不去，是接受还是不接受，是同意还是不同意。也就是说，那个门在那里，你只要选择进还是不进了。这种看似简单的问题，却总是难住了太多的人。因为总要思前想后，瞻前顾后，所以就犹疑不决。

有时候，我们会面临着多种选择，即好多门在眼前，不知道该进入哪一扇。更多的时候，我们并不是去选自己喜欢的那一扇门，往往是选容易进入的那一扇。忽然想起当年高考报志愿，面对那么多可选择的学校，我们选择的往往是分数更有把握进去的那个，面对自己喜欢的学校，只能望而生叹。

造成我们心里难以下定决心的，是一种未知。不知道是不是真的喜欢所选择的，不知道会不会后悔，不知道会不会做好，不知道的越多，越会有一种无力感。其实，这是因为我们没有认清自己内心真正热爱的、需要的是什么。跟着心里的希望走，就终会是无悔的选择，哪怕选择了之后艰难重重。

第二种遗憾，是不坚持选择。

明明已经选择了，在别人的劝说下，或者情况的变动下，就轻易地改变了主意，这是许多人的通病。先是耳根子软，总觉得别人说的有道理，其实，有些选择，一定要自己去做出，别人的意见甚至连参考都不需要。而有些选择，却要听从别人的见解，不同的选择，要用不同的方式去解决。

或者心里已经有了选择，可是，却忽然发现，别的备选条件发生了改变，变得更好，于是慌忙放下心里最初的答案，奔向另一个目标。这样疲于奔波，往往蹉跎了太多的机遇与机会。

再就是明明已经做出了选择，却中途退出，导致前功尽弃。这样的时候很多，我们一直在用“从头再来”“另起一行”的借口来安慰着自己，却很少去想我们在不坚持、不执着、不成功时，全推给“生不逢时”或“天不予我”。于是怨天尤人，自嗟自叹。

要坚持选择，就要坚守自己内心的声音，更要抵制得住诱惑，还要能不怕艰难，一直向前走。还有这样一种情况，两种选择都和心里的方向相近，都有着同样的条件，这个时候的选择尤为困难，两重天地，两种境遇，选择其一，则会失去其一。而且选择了一个后，就会觉得另一个选择可能会更好。此时则更要坚定信心，不能患得患失，选择了就不悔，就一直走下去。

还有一种遗憾，就是不断地选择。

不断地选择，其实根本就不是选择。因为，在那些人心底，根本就没有一个选择的概念和意义，把选择当儿戏，终会被选择误一生。那些人看似忙忙碌碌，过得充实，其实只是在疲于奔命而已。连自己心中要坚持的是什么、要坚守的是什么都不知道，走的路再多，也只是在原地转圈。

当然这并不是说一生只能选择一次，而是在同一件事上，不能反复无常地变换，或者不断地重复着选择、放弃、再选择的过程。人生中的任何一次选择，都要认真去对待，才能做到真正的了无遗憾。

有些选择无所谓对与错，只是适不适合的问题。所以选择前要多思多想，从希望出发，从梦想出发，摒弃掉诱惑与欲望，拨尽烦冗，始见本心。如此，在回首一生的际遇时，才不会喟然而叹，才能露出最舒心的笑容。

直路是弯路的一部分

一

在松花江边捕鱼的时候，我认识了一位同样捕鱼的老者。他住在附近的村里，很老实厚道的一个人。他捕鱼经验丰富，常常无私地传授给我，我觉得，他是捕了一辈子鱼，才会如此得心应手。

岂知后来在一次喝酒时，才听老者说，他年少时就生活在江边，和父亲捕鱼。他一直向往着大城市中的生活。于是，便只身跑到了省城，开始是卖鱼，后来翻翻滚滚地打拼，用了二十多年的时间成就了自己的事业。后来，他就开始疯狂想念在江边捕鱼的日子，便开始怀疑自己这些年一直认为是正路的方向到底对不对。终于，他将公司转让，自己又回到了眷恋着的江边，每日里与江水亲近，他觉得惬意无比。

看着老者清澈悠远的眼神，想着他一生的经历，我觉得他的生命是绕了一个大圈后又回到了起点。所以，更多的时候，我们身处平直的道路上，真的要好好想一想，这条路之于自己，到底是不是真的适合。如果此路不能通向心中真正的梦想所在，那么，它再直再平坦，也是弯路。

二

有两个人大学毕业后进入同一家公司，他们都朝气蓬勃满怀豪情，所以工作起来都很努力。

不过他们的工作方式却有着很大的不同。一个是细心钻研业务，每天都在和老同事们学习，学习一些知识和经验；另一个却是更为积极，经常主动去做一些业务，他想在短期内干出些成绩来。而他也的确如愿以偿，入公司刚刚一年多，就取得了不少成绩，很受领导赏识。后来他被提拔为部门经理时，和他一同来的同伴却仍在基层苦学，他有时会想，不应该那样傻学，在实践中一样可以学习，而且不耽误提升。

只是，几年之后，情况就发生了变化。埋头苦学的已经成为公司的副总，早早提拔的那位仍是部门经理。怎么会有这样的事情？后来我看到一句话：“人生中，有些弯路是必须要走的！”是啊，有些弯路必须要走，比如第一个青年，他实则是在打下基础，走过别人看似的弯路，才能在以后的道路上走得更远。

三

一只蚂蚁爬行在地球仪上，从南极出发，笔直地爬向北极。在蚂蚁的眼中，它走的是一条直得不能再直的路，可是在我们的眼里，它却是爬过了一个大大的弧度，依然是一条弯路。

我们有时也常是如此，自认为走的是直路，可是看在别人眼中，仍是弯路。我们处于弯路而不自知，就如那只蚂蚁。我们总是能轻易地分辨那些寻常的弯路，而对于另一种弯路却毫无察觉。那便是上下起伏的弯路，因为目标仍在正前方，我们就会觉得自己在走一条直线，却不知已在起起伏伏中浪费了太多的时间。

要想知道是不是走在弯路上，就不能只盯着脚下和前方的目标，要跳出这两点之间的困囿，让心在高处，才能真正走上最短的路。

最后的雪

也许生活的路总会有些坎坷，也知道经过磨砺的人生才会更真实，只是当黯淡的境遇真的来临时，心中的失落与抱怨还是不可摒弃的。那一年背运一直与我不离不弃，短短的几个月的时间里，各种挫折、打击纷至沓来。那些日子，我的心沉重到了极点，几度生出厌世的念头。

艰难地度过了一个生命中最寒冷的冬天，当春天的阳光洒满大地的时候，我的心却丝毫感觉不到温暖。那一天我独自在街上闲逛，心似浮云无着无落，忽然遇见了我初中时的语文老师。当年她极赏识我，我疯狂地爱上写作和她的鼓励是分不开的。在老师慈祥的目光中，我情不自禁地向她讲述了自己的一切。她轻叹了一声，说：“我陪你去山里走走吧！”

走在向阳的山坡上，树干已露出了些许绿色，地上没有一点儿冰雪的痕迹。我和老师就这样无言地走着，踩着地上软软的土壤。转过山去，周围一下子阴暗了许多，地面也坚硬起来，吹过的风也没有了暖意。忽然，老师用手一指山坡上，说：“你看，那里居然还有雪！”我望过去，果然，在背阴的山坡上，一些洁白的雪静静地堆积在那里，仿佛春天还不曾来过。我们跑过去，那些雪依然有着严冬的风骨，一直以为雪早已在这个世间消失得没有踪影了的。老师看着那些雪说：“你看，这些雪落在了山的背面，在这样阴暗的一个环境中，它们却保留到了最后！”是啊，在这大山的背面，阳光照不到，春风吹不到，可是这些雪却把它们的洁白保持到了最后。我俯下身，双手捧起一捧雪，心里久久地不能平静。

那以后我再不为挫折打击而失去斗志，也不再羡慕那些处在辉煌期的人。因为我明白，身处黯淡的境遇之中，会更长久地保持一颗洁白晶莹之心！

开在手上的花

十四岁的意儿又一次问我，最喜欢她什么。我说喜欢她的手，她便笑，说许多人喜欢她的手。

意儿的手指很纤长，而且灵巧无比，能做出各种复杂的动作。有时，她会在阳光下，手上动作不停变换，于是地上的影子便灵动起来，许多小动物的形象就似活了过来。不过意儿却没有去学钢琴什么的，总有人会说，真是可惜了这样一双手。她却丝毫不在意，说不喜欢，也学不了，还说她的手有更重要的作用。

意儿对于自己的手是极爱护的，已经超过了身体的其他部位。有一次在学校里上体育课，跑步时由于跑得过急，她一下子摔在地上。本来，她可以在倒下的瞬间用手支撑一下地面，可她却把两手背在后面，导致脸蹭破了一小块。别人问她，她笑着："毁了容也不能伤了手！"

夏天的时候，有外国友人来学校参观，正巧来到了意儿所在的班级，校里领导和老师都陪同着。一个外国人一眼看到了意儿，便想让意儿回答几个问题。老师忙上前，想说明一下情况。意儿却已经站了起来，两只手在胸前舞动如花。看着意儿熟练的手语，那个外国友人竟也同样做起了手语。然后，他对大家说："这是我来这里见到的最出色的孩子，她的手语很棒，就像手在跳舞！"

作为一个聋哑孩子，意儿的手就是她的嘴，就是她的声音。初识她的时候，我就觉得她的手语打得美极了，就像美丽的花在风中不断变换着身姿。这样的一双手，当然要好好保护。她说："要是我的手出了什么问题，那可惨了，我和爸爸妈妈都没法交流了，多可怜！"

每逢周末，意儿都会去福利院，去找一位老奶奶。那个老奶奶也是聋哑人，几乎没人和她交流，她也没有亲人，每一天都很寂寞孤独。自从有了意儿和她交流，她就像变了个人，每个周末也成了她期盼着的日子。即便雨雪天气，意儿都坚持在周末去老人那里，陪老人一小天，然后在老人的笑容里，走上回家的路。

我对意儿说："你的手语是我见过最美的，就像，就像开在手上的花一样！"

意儿却用手语说："我的手语虽然美，但不是最美的，我的老师的手语才是最美的！"

意儿刚上学的时候，很是艰难。虽然父母也教她认识了不少字，可是她毕竟听不见老师讲课。每日里只是怔怔地坐在那里，看老师在黑板前不停地讲着，于她却是无声的世界。后来有一天，放学后，老师把她叫到办公室，竟然用手语把全天的课程又讲了一遍。那一刻，意儿哭了。原来，这许多日子，老师都在学习手语。那以后每天下课后和午间休息时，还有下午放学后，老师都要单独给她讲课。

意儿说："有一次，我生病，本来请了一天假，后来感觉好些，便去上学。没进教室门，我便透过窗户看见，老师正站在讲台上，教同学们一些简单的手语！我知道，她是想让同学们和我交流得多些……”

一个春天的午后，我和意儿站在郊外的草地上，看着花红树绿，风清云白，她便面对着广阔的天地，作了一个“我爱你”的手语。她热爱这片天地，热爱生活，她的手语使所有的春花都更加美丽。

看着这个小小的女孩儿，我的心里仿佛被清泉浸润。是的，我也爱这个世界，爱生活。

微笑着开门

那一年我在一家公司当业务员，推销一种防盗智能卡。我们是上门推销，每个业务员都有自己的推销范围，我负责的那片是一个高档住宅区。小区的十几栋楼里都曾留下我的脚印，可是却收效甚微。

最初的时候我还是充满了希望和豪气的，轻快地穿行于楼群之间，举手按响一个个门铃。可是每一扇防盗门内似乎都没有我的希望，甚至很难敲开一扇门。有的人隔门一问，听说我是搞上门推销的，丢出一句“不需要”便打发了我。有的人把门打开一条缝，警惕地看着我，得知我的身份后便“咣”地关上门。几乎每一家都是这样，那一扇扇门隔断了沟通也隔断了希望。

也曾想过放弃，可是一想，要做出一番事业必然会经历挫折。于是背起包又出发，从头开始一家家地敲门或者按门铃。可是并没有转机出现，有的人开门一看是我，便把手一扬，说：“怎么又是你？不是说过不需要吗？”一天奔波下来，白眼冷遇遭到了不少，心也逐渐随着人们的目光冷漠下来。以后依然是这样的日子，每一扇门开之前我都准备好一张更冷漠的脸。这样的恶性循环，更是增添了相互的憎恶，业务更是谈不上开展下去了。

那天我在小区5号楼里逐户地敲门，正是周末，几乎每一家都有人，然而依然是不出所料的失望。在五楼的一家敲门时，忽然想起这家似乎没有人，因为以前多次敲过都没人应声。敲了几下正想离开，门却在转身的瞬间开了。我蓦然回头，与一张温暖的笑脸猝然相对，那双含笑的眼睛使我的脸迅速解冻。门后站着一个女孩儿，不到二十岁的样子，这让我很是惊讶，一般像这样的女孩儿是不会给陌生人开门的。我一时竟无语，连笑容也没来得及准备，倒是那女孩儿主动问：“你是推销东西的吧？”我连连点头，把智能防盗卡的功能说了一遍，女孩儿接过卡摆弄着，说：“嗯，很实用，我买一张！”我更是吃惊，她连价格还没问呢！付过钱后，她问我一天销售出去了多少，我苦笑着说：“一个多星期了，只卖出这一张！”女孩儿笑了，说：“刚才我看见你一脸的木然，根本就没有笑容呀！那人们怎么会接受你呢？”我说：“可是别人也都是一脸冷漠呀！”女孩儿正色说：“别人冷漠你就更应该微笑了，为什么要让别人的表情来影响你的心情呢？再说，微笑是可以传染的，只要你真心地微笑，总会换来别人的笑容，这是真的！”

那一刻我的心忽然被触动了。我问女孩儿：“为什么你会和别人不一样，是微笑着来开门呢？”女孩儿说：“不管是谁敲门，我都会微笑着迎出来！”我问：“你不怕有坏人？”她说：“不要因为少数的坏人而影响多数的好事嘛！”我的心再次被震撼了。

我的脚步重又充满了力量，在每一扇门打开之前，我都要露出最诚挚的笑容。果然，人们渐渐地接受了我，我的销售量也开始大幅度提升。我忽然明白，自己之所以敲不开太多的门，是因为心里的那扇门一直紧闭着，而且，我没有微笑着站在门后。只有先打开自己的心门，才能敲开一切的希望之门。而微笑就是一把神奇的钥匙。

我非常欣赏一句话：“每个门铃响起的清晨，我都会微笑着跑去开门，无论门前站着是送鲜花的人还是送噩耗的人！”

一路花香

那一年我在报社当记者，夏天的时候接受了一个去福利院的采访任务，那是一个跟踪采访，每周要去一次。

福利院远在市郊，每天一趟往返班车，要一个多小时的路程。那段路很是荒凉，周围没有村落，只是废弃的半沙化的野地，现已沦落成大垃圾带，空气中弥漫着腐败的味道。乘客们都不敢开窗，宁可让车厢里闷得像蒸笼一样。

有一个周末我乘这趟车去福利院，看着窗外绵延不断的垃圾堆，呼吸着车厢内带着汗酸味的空气，感觉一个小时的路程竟是那样的漫长难熬。每个人都皱着眉头沉默着，忽然我前座的两个女孩儿说起话来。一个女孩儿说：“年年搞环保，也不说把这条路两边清理一下！”另一个女孩儿说：“是啊，要是在路两旁种满花草就好了，就可以打开车窗，清凉的风吹来阵阵花香，多好！”满车的人都听着她们的对话，在心中想象着花香扑鼻的情景。司机按了两下喇叭，很有些无奈的味道。

到了福利院已近中午，匆匆在外面吃过午饭，便去看那几位老人了。我和他们都很谈得来，包括院里那些孤儿。午饭后他们都在大凉亭里休息聊天，四周都是大花圃，微风过处花香阵阵，和在车上的感觉简直是天壤之别。于是我和他们讲了一路上的经过，说这里的环境真好，一想到路上的垃圾场，真有些不想回去了呢！

下午两点多的时候，班车来了，我和老人孩子们告别上了车。司机刚要将车启动，忽然，从福利院里跑出一大群孩子，挥手示意司机不要开车。等他们跑到近前，我们惊讶地发现，他们手里都拿着一把刚折下来的花，有几个孩子还捧着几盆盛开的花！在我们不解的目光中，他们上了车，把手中的花给每人发了一束，剩下的就别在车窗的框上。那几个捧花盆的孩子把几盆花摆放在车厢过道上，立刻，车厢里弥漫开花香了！有个女孩儿对我们说："这次回去的路上你们可以开窗了！"然后，孩子们下了车，跑进了福利院。

回去的途中，我们把车窗全打开了，有凉风轻吹进来，那些垃圾的气味都被花香化去了，我们顿时感到心旷神怡。同样的一条路，同样的一个小时，我们却有了与以往完全不同的体会。司机得意地按了两下喇叭，充满了兴奋与感动。

是啊，虽然路边没有一朵花，可是车厢里却是花香怡人。在人生的道路上，总会有荒凉甚至丑恶的路段。虽然没有花草繁茂，可是我们可以自己带上一束花啊！这同样会点染我们的心境，同样会让旅途充满惊喜。人生之路漫漫长远，带着一份如花的心境前进，纵使周围是无边的荒凉与冷漠，你的生命也会是花团锦簇、笑脸缤纷！

遗憾是回想的空间

前些日子一个朋友说要来我这儿玩几天，我对他说，虽然我这座城市不是什么名城，却也有一些好去处，并给他一一做了介绍。他却笑着告诉我，我要是真去了，那个最好的景点就一定不去游览。

我很是不解，我每到一处，必是先游览最好的景观，而且把所有能游的都游一遍，还是会意犹未尽。而这个朋友却与我不同，他去哪个地方都是余下一处名胜不览，然后归去。我曾问："为什么偏要漏过一处，好不容易去一次，为什么要留下遗憾呢？"他说了一句意味深长的话："就是为了留下遗憾，这样也就有了无限回想的空间！"

我的心中如响起了晨钟暮鼓，一时顿悟。想想看，曾经去过的那么多地方，曾经走过的无数名胜，可真正能记得的又有多少？甚至于有些地方，连名字都记不起了。常常是在发黄的照片中，寻找到一点儿曾经的痕迹。如果那些胜地的十景八景，当初我若不游个遍，也许现在仍会耿耿于怀，而在那份遗憾中，那些景观，那些城市，该是清晰如昨吧！

似乎有人说过，遗憾也是一种美。是的，如果真的花开四季不败，真的月圆逐夜不缺，如果真的一帆风顺万事如意，那么，世间将会错失多少美好、多少憧憬和期待！世间事皆是如此，未曾经历波折而轻松得到的，心中的珍惜之情必然不足。而那些于遗憾中辗转擦肩而过的，常常会成为一生的回忆与回味。当时的失意与惘然，经过层层的岁月濯洗，竟都会化作一种温暖的幸福。

有一年，我认识一个失明的女孩儿，她在六岁的时候，一次偶然的事故，导致了长达十年的黑暗。随着时间的流逝，六岁之前眼中所见的世界已经飘摇模糊，有的只是无穷的想象。后来，奇迹般地，她的眼睛居然被治好了，世界重又充满了色彩。可是，她的眼中始终有着淡淡的失落，问她，她说，一切都和想象中差得太多了。就是这种落差，粉碎了美好的憧憬，成了另一种遗憾。无论是失明的遗憾，还是反差的遗憾，都会让她回想起曾经的美好，这就足够了。

任何人的一生，都会充满着遗憾，执着于一时的得失宠辱，必会对未来的心境影响深远。其实，生活就是如此，那些未曾经历过的，未曾拥有的，总是最好的。如果一切可以重来，人们都过上了想要的生活，依然会憾事斑斑。那么多的遗憾交织，将我们生命的空间拓展得极大极广，也成就了丰富的一生，那是一种幸福，也是一种幸运。

冬日暖阳

在这极北之处，一进入冬天，阳光就成了奢侈品。随着太阳一天天地遥远，人们分外怀念夏日时的炎炎，记忆里却全没了酷热之感。

初冬和冬残的时候，阳光最好。当天气渐冷，第一场雪飘落不久，虽然并未能在大地上停驻一片洁白，可是寒意已经悄然涌动。穿着半厚的衣衫，晴好的日子里，行走在门前的公园里，便可见到一些背风处，许多老人坐在那儿，惬意地沐浴着暖暖的阳光。

我也曾学着他们的样子，在一处大墙的拐角处，坐在倒木上。北风被阻挡在别处，阳光一下子将我拥抱。坐在那儿一小会儿，便觉全身暖透，是那种一点点渗进心底的暖，通通融融，看寒风从不远处掠过，这一角的无风，便是极好的所在，只与阳光相拥，如此可贵的阳光。

当几场大雪落下，冬天深了，外面便再难享受那么好的阳光了。满地积雪，将阳光反射成寒光，即使无风之处，也是一种凝固的冷，一如呼吸间久不消散的白雾。这个时候的太阳，要在玻璃窗后坐拥。一层透明的玻璃，便将阳光的温度点燃，静静地看书，偶尔抬头，外面依然冰封雪盖，而身上却暖如春日，旁边的几盆花依然开放，便有了很虚幻很美丽的一种错觉，仿佛冬季只是路过，并没有影响到窗后的流年。

冬天快要消逝的时候，阳光也渐暖起来，大地上的雪在冬季的边缘缓慢地燃烧，渐渐地失去了光泽，只一片暗暗的白。于是，在家里躲了许久的老人们，又开始出现在公园里。那些背风的角落，又成了安享的去处。此时的阳光又与初冬不同，因为它在日日地变暖，渐渐地把风打败。此时在阳光下，那些暖意是从心底涌起，透出体外，与阳光相融，在周围萦绕。

我也怀念曾经的火炉火盆，那些已经消散于记忆的长河，很难再见到。它们，在我的回望中，也如冬日暖阳一般，在心底永远散发着热量，穿过那么多的时间和空间，依然让我心里感动如春。是的，火炉，火盆，还有曾经的那些笑脸，都是我生命里的太阳，寒冷的际遇中，它们就默默地温暖着我，让我远离那些苍凉。

总是在寒冷的日子，才会珍惜难得的阳光。如此想来，寒冷也是好的，能让我们体会到一直忽略着的美好和存在。平常的日子里，有一些我们熟视无睹的，其实一直都在将我们温暖，比如亲人的牵念，比如背后那些凝望的目光。而我们，总是在艰难时，才会让心与那些一一相遇，也总是在走过寒冷之后，便再次遗忘。

而更多的时候，我们也要学会在寒冷的际遇里，找寻到属于自己的暖阳。如此，才会在漫长的冬季里有着希望和美好，心里的灵动才不会让风霜冰结。愿在未来的每一个冬季，我都会拥有那暖暖的阳光。

创造生活

世上有三种人。一种人承受生活，觉得一切都是命中注定，便一步一步随波逐流地活到老；再一种人迎接生活，他觉得生活就像手中的一副牌，虽然牌面是注定的，但出法却由自己掌握；另一种人则梦想创造生活，认为生活就是一块洁白的画布，美好的前景全由自己去勾画。

“创造就是消灭死。”罗曼·罗兰如是说。创造生活就是把生活中的黯淡变成辉煌，平庸变成高尚，剪去命运的繁枝冗叶，使生命之树向更高的方向生长。创造生活，该是一种充满激情的挑战。

创造生活首先要创造希望。有了希望前进就有了方向，有了希望梦想的归宿才不再是雾里若隐若现的一幅剪影。创造希望也就是拥有了无尽的温暖动力，那还管什么脚长路短四顾茫茫；创造希望更是创造了人生的最大财富，一颗自由梦想的心就像候鸟滑翔的身影，永远带领我们去寻找一种怦然心动的生活。

创造生活还要创造激情。人没有激情就像鸟儿没有翅膀，就像花朵没有阳光。如果生活是一艘船，那么希望是帆，激情就是不停鼓荡的风；如果生活是一条路，那么希望是脚下的灯，激情就是漫漫的风尘中的万丈雄心。创造激情就是在生活的风浪中创造了豁达的心境、坦荡的胸襟和美丽的执着。

创造生活更要创造生活的内容。每一天的太阳都是崭新的，每一天的自我也是崭新的，每一天的生活更应是崭新的，就像在蓝天上点缀白云，就像在大海上点缀风帆。创造生活的内容就是在匆匆游走的岁月中加上一颗时常感悟的心，就是在生命的旅途中开创一片蜂飞蝶舞的芳草地，可以让灵魂时时在其中憩息。

学会创造生活，生命便展示给你一片常看常新的风景。如果没有创造，就不会有今天的世界，创造生活是人类文明发展的唯一路途。沿着这条路我们走过幼稚，走过丰盈，最终走向生命的极致！

放眼一切赏心悦目的存在，你会感悟：创造生活就是创造美丽！

森林里的方向

我生活、工作在小兴安岭的腹地，那里有许多的山和树。闲暇时我常去山林中散步，喜欢那种与树相对的时刻。

有一次我在一个森林的边缘徘徊，想自己该不该走到深处去。这时一个看林老人出现了，他对我说：“小伙子，自己在这林子中不怕迷了路吗？”我笑笑说：“怕啊，所以我不敢走到里边去。”老人忽然问我：“你知道在林子里面怎样判断方向吗？在你没有带指南针的情况下。”我抬头看了看，密密的树直刺蓝天，绿叶浓浓，根本看不到太阳。我摇了摇头。老人指着一些树对我说：“你看，那些树叶子浓密的一面就是南方。”我看了看，有些树的叶子的确浓密有别。

我问：“如果看不出叶子的浓密呢？就像另外的一些树，在林子深处不可能看清叶子的浓密啊！”老人笑了，他把我带到不远处，那里有几株大树已被伐去了，只剩下树墩。老人指着那些树墩上的年轮说：

“你看，年轮线密的一侧是北方，而不密的一侧就是南方！”我仔细观察了一下，不禁深叹造物的神奇。老人说：“就算再密的林子，向南的方向温度也要比北面高些，而树就抓住了这微弱的温度差，来维持自己的生长，所以向南的方向就长得多些厚些，所以它这边的年轮线就分散一些。刚才看的那些树的叶子朝南的方向长得浓密也是这个道理！”

我忽然有所感悟，人有时就像这树一样，处在生活黯淡的际遇之中，你能否感受到那一点点温暖、并使它成为自己向上的动力？人总有消极和积极两种态度，在挫折失意之中，只要你能抓住来自希望的光亮与温暖，你的积极性就会被调动起来，充满了成长的力量，就像森林中的那些树一样，更重要的是，你永远不会迷失方向！

人生十“不”

闲读《菜根谭》，竟品出了许多做人的道理，这也许正是我们一直寻找的照亮脚前之路的明灯。

“不可乘喜而轻诺，不可因醉而生嗔，不可乘快而多事，不可因倦而鲜终。”我们太多的人都有这样的积习，因为自己心情好而轻率地对人许诺，也会借醉而大发脾气，常常一时冲动而多管闲事，在感到精神疲倦时而有始无终。回想一下，我们为此而后悔过多少次啊！在高兴之时许诺别人的，往往是冷静时不愿做的，而那些对你有企图的人常会在你得意时趁机求你做你平时不愿做的事，当你头脑降下温来，第一个感觉就是后悔。醉酒不是对人发怒的理由，古往今来有太多因酒而生的事端，对人发过脾气不是酒醒后一句“我喝得太多了”所能弥补得了的。戒酒难，戒醉难，那你在不得不醉时不妨做个沉默的醉者，这样会远离许多是非。事不关己时，最好不要强出头，不要因一时头脑发热而挺身。要知道因一时冲动而追悔莫及的事例太多了，不可不慎之又慎。仔细回想一下，我们一生中半途而废的事有多少？究其缘由，多半是因路远而心怠，因梦遥而志减，终至一无所得。坚持，是成功的必要条件。

此“四不”是对自身的要求，既自束，又自励，是我们做人的基石。

“不责人小过，不发人阴私，不念人旧恶。三者可以养德，亦可以远害。”对别人小的过失要包容，对别人的隐私要尊重，对别人旧仇要遗忘。这该是做人最大的成功，也是最大的智慧，昭示着一个人良好的品德。一个人的胸襟有多开阔，他的世界就有多大，胸无容人之量，在世上必无容身之所，要知道所碰之壁都是自己建成的，只有打碎心中的四壁，才能在世上畅通无阻。

此“三不”是对人的态度，美好的品格必然会照亮脚前的路，这是我们处世的根本。

“小处不渗漏，暗处不欺隐，末路不怠荒，才是个真正英雄。”每一天都有太多的事情去做，有大有小、有明有暗、有顺有畅，在细节之处，不要粗心大意疏忽遗漏。小事是大事的根，一棵树的死亡都是从一片叶子的枯萎开始的，所以永远不要忽视细微之处。在无人所见的地方，你的心会不会放正？会不会在某些诱惑之下步入歧途？暗处不欺心，对人性的考验往往不在大是大非面前，而是在无人能窥的幽暗之所。摆正一颗心，便可走通一条路。当一件事做到最后却没有结果，或者是走到无路可走，你会是一种什么心态？是消极失望还是斗志不减？一事末路不等于事事末路，有时回过头来就会发现一片新天地。

此“三不”是做事的原则，观人于细微、幽暗、末路之处，可识人真面目，同样在这些方面能做到无愧于心，才能算是一个真正英雄。这是我们成功的保证。

纸上得来终觉浅，绝知此事要躬行。这一条条道理摆在眼前，是如此的简单明了，可是要付诸行动并终生恪守却是万分的艰难，所以我们要一直去努力，在人生的道路上写下一个大写的人。

近某颗心，爱每个人

行走在茫茫人海中，许多人会有这样的感受，虽然身边熙来攘往，心却孤寂无比，仿佛周围都是寂寞的岛屿，想要靠近，却是无水可渡，无路可通。即使近在咫尺，却如隔天堑，于是走得孤独而疲累，山高路远，脚步沉重。

可是，我们也总是能看到许多人走得惬意而悠然，就像徜徉在花团锦簇之中。我们很是神往，却是无法融入那一片美好。同样的路，在不同的人脚下，却是风景迥异。

就如曾经看过的一个情节，一个孩子生气时总是用拳头去砸墙，常常弄破了手。后来，父亲告诉他，你去轻轻地抚摸那墙，就会感觉墙的柔软。他果然去试了，发现那墙竟真的不再是那么坚硬。其实，变柔软的，不是墙，而是他的手，他的心。长大后，他甚至在那些无形的墙上，用温暖的手抚出了门的形状，他的世界便敞开了无数美好的门。

常听人说，人心叵测，人心险恶，于是，看每个人，都觉得全是不怀好意的笑脸。于是小心翼翼地躲闪，离每个人越来越远，那些美丽的，也渐行渐远。由此荒芜了内心，也荒芜了世界。人与人之间，更多的却是很平淡的一种交往，虽然见面也是笑脸相迎，有时也嘘寒问暖，可是却似隔着无尽的沙漠，心里却是与笑容相反的冰冷，或者只是一种远远地旁观者心态。

于是，在起初的日子，我只是与多数人一样，与别人都保持着一份安全的距离。虽然，我们的脸上都在笑着，可那笑容更像一扇紧闭的门，互相提防。笑脸与笑脸之间，更像门与门之间的相对。可是，我并没有因此而断绝了向往美好的路，我依然渴望着能有一些真诚的心与我共度悲欢。所以，在身边的人里，如果能遇见相知的，还是会敞开心灵，去接纳另一颗同样渴望的心。于是，便也有了一些好友，互相安慰着焐暖生命的苍凉。

我便觉得，这样走着也挺好。虽然依然艰难，可是毕竟，有一些人在身边是温暖的。所以，有一次，和一个大学同学闲聊时，说起为人处世，她只是听我说，脸上带着笑意。说起这个同学，上学时就很有人缘，似乎很是没心没肺。听说她参加工作后，也是如此，可是，却没有我们想象中的被人坑被人耍，而是一路顺顺利利，且开心幸福。

她问我，在社会之中，怎样处世才是最好的？我告诉她，找一些知心的朋友，互相鼓励，而对于大多数的人，却是以淡淡为好。这样，既不孤寂，也不会有伤害。她笑，说第一步对，一生之中一定要找到一些真诚的心去靠近，否则，将是无比的艰难。可是，却不只是如此，生活是由更多的人组成，对于那更多的人，我们更应去爱。她看着我的眼睛，强调着，就是爱，爱每一个人，用自己的真诚去对待每一个人。或许会换来伤害，可是要相信，换来更多的是别人对你的爱！

我心中轰然一下，似乎有什么东西瞬间崩塌。忽然想起山里的紫貂，关于它的传说有许多，那是一种极善良的动物。人们常裸卧于雪中，它们就会用自己的粗大的尾巴覆于人身上，为其取暖。因此可轻易将其捕获。可是，即使频频受到伤害，它们的善良天性依然不改。所以，后来人们便不再捕猎它们，它们，就这样改变着那些伤害过它们的人。可见，我们对别人的爱，有时会唤醒他们心底的爱。

告别同学后，我走进了一种全新的生活。忽然发现，那些曾经荒芜的岛屿上，长满了绿树红花。那些人，用绽放回报我目光的真诚。生活，就这样充满了色彩与惊喜。我靠近着那些可以靠近的心灵，彼此辉映出爱的光芒，然后洒向身边的每一个人。于是，世界里，生活中，处处美丽。

走在前面的人

大学毕业后我和林然同时进入了一家私企，并且同在销售部。当现实的残酷击碎学生时代的豪情与梦想，我们不得不放低目光从眼前做起。

销售部里人才济济，第一个月下来，我和林然的销售额排在最后。我仔细观察了一段时间，发现那些战绩赫赫的人大都有自己的固定推销群体或推销点。我也曾想找一些大商店做根据地，可是不是吃闭门羹就是被婉拒，再就是人家提出一些极苛刻的条件让我知难而退。看着别人顺风顺水的，我心里很着急。我忽然灵机一动，何不去他们作为根据地的商店看看呢？有可能的话就用更优惠的条件把这个客户拉过来，竞争嘛，就不能讲什么情面的。于是我付诸了行动，竟也成功地争取来了几个大客户，毕竟现在的社会是重利益而轻交情的。那些日子，我看见林然也和部里的人频频进出一些商店，大概也在走这条路。

第二个月，我的销售业绩大有起色，而林然却依然垫底，我不禁暗笑他还没有摸着门径。同时也沾沾自喜，这样多好，不用自己费劲，把别人打下来的江山搞到手，既打击了竞争者，又提升了自己的业绩，真是一箭双雕啊！可是好日子没过多久，我发现原来撬过来的那些客户又纷纷倒戈，而部里的同事也对我冷眼有加。第三个月，我的业绩再度落为最后，而林然却异军突起，冲到了前面，而且部里的人对他都挺欣赏，这让我既羡慕又眼红。后来我悄悄问他是用什么方法提升销售额的，他说很简单啊，跟大家学的啊！我一下愣住了。

忽然想起中学时一次参加爬山比赛，一开始我就落在了后面，快到山顶时我还没有超过一个人。于是我大喊前面离我最近的一个同学，他以为我有什么事便停下来等我，我来到他身边，忽然猛地往山下推他，他不由自主地向山下跑出了很远。我赶紧抓住这个时机爬上了山顶，心想总算不是最后一个了。回去的途中班主任老师对我说："你这样做是不对的！跑在你前面的人是你的竞争对手，但不一定是你的敌人。你应该把他们当成朋友，问问他们怎样才能爬得更快，下次你不就不会落后了吗？你用这种方法也许可以甩下一两个人，可下次你会有这种运气吗？只有靠自己的能力，才能真正地超越啊！"我当时并没把这番语重心长的话放在心上，现在想起来竟是那样的震撼着我的心！于是我立刻改变态度，去向同事道歉，并真诚地请教业务知识，几个月后，我的销售额开始增长了。

跑在你前面的人不一定是敌人，你从后面给他设置麻烦只可阻他一时，也许你也会超过他一时，但绝不会长久地在人之前。因为你的速度并没有加快，只是别人的速度放慢了而已。只有把那些前面的人当成朋友、当成老师，你才能受益匪浅，才能真正地快起来，从而走在前面。只有靠自己的能力，才能走得稳，走得远！

每天的微笑

一天和朋友在街上闲逛，正是周末，阳光暖暖的，满街都是散步的人。行走在人群中，朋友脸上一直挂着微笑，暖暖的，像这初夏的阳光。而在刚才，在她的小屋里，她还神色黯然地给我讲感情上的失落和事业上的挫折。

我禁不住问她心情怎么忽然就好了。她一笑说："我不能总哭丧着脸吧！"于是，她依然微笑着面对每一个擦肩而过的人。忽然，她转过头对我说："知道吗？其实每一天都是一个很特别的日子！"我说："非年非节的，有什么特别的？"她说："每一天都是某些人的生日，对他们来说，那一天就是最特别的。今天过生日的人或许就在周围，或许就是刚才与我们擦肩而过的人，所以我用微笑祝福他们！"

我笑她傻，她却给我讲了去年她过生日时的事。生日那天，她的心情低落到了极点，身边一个朋友都没有，同时失去了恋人和工作，仿佛所有的失意都在这本该有着最美丽心情的一天到来了。那一天连天空都是阴沉沉的，她木然走在街上，形形色色的人从身边走过，每一张脸都紧绷绷的，每一个人都行色匆匆。路过一个街口过横道时，她站在那儿等绿灯，觉得身旁站了一个人，转过头，便看见了很灿烂的一张笑脸。那是一个有着学生气的大男孩儿，仿佛一簇火焰点燃了心里的感动，她忽然觉得这是生日中最好的礼物了。

那张陌生的笑脸让她一直怀念着，是那笑容让她发觉冷漠的世界中还有温情存在。她说："从那以后，无论心情有多糟，走在人群中，我都面带最真诚的微笑，我想我的笑脸一定会温暖某个人的眼睛，就像当年那男孩儿的笑脸温暖我自己一样！"

一瞬间我的心里涌起长长的感动，在这追名逐利的、为生存而奔波的今天，看到的只是一张张冷漠的脸、充满欲望的脸，能于人海中遇上一张微笑着的脸，该是怎样的欣喜与感激啊！或许你的日子很艰难，苦难已让你忘了怎样去笑；或许每一天都重复着以往的黯淡，生活的厚重已将心中的美好掩埋。可是一张朴素笑脸便会让你感动，就像阳光于千拦万阻中照进你的心，你会忽然觉得，原来每一天都是特别的日子。于是时光变得生动起来。那微笑就像一粒种子植入你的心中，终会让你的生命重新生长出郁郁葱葱的希望与快乐！

对于所有人来说，每一天都会是一些人的生日，都是他们的节日。如此，就让我们每天都准备一张最真诚的笑脸，去面对每一个与你擦肩而过的人。我相信，你的人生际遇也会由此转变！

最重要的平常心

小王和小李是同一所大学毕业，又应聘到同一公司同一部门工作。两人能力水平相当，涉世常识相若，可以说不分高低上下。报到的那一天，两人坐在办公室里，小李问：“你刚才来的时候走错门没有？我竟走错了！”小王说：“可不是嘛！这么大的公司，办公室上也不挂个牌，我也走错了！”

自那以后，两人开始了按部就班的工作，在业务能力上，他们也基本相差不多，这也只是在最初的时候。待时日一长，小李就明显地差出一截来，小王在社交方面表现出了很强的能力，业务也是越做越好。

小李也暗自纳闷，上学时两人的方方面面也差不多呀，怎么小王就忽然变得这么擅长交际了呢？于是他也努力去与客户交流沟通，逐渐提高自己的水平，虽然也有很大进步，却早已被驾轻就熟的小王抛在了后面。

一年以后，小王被提升为部门经理的助理，而小李仍是普通业务员，不过他并没有嫉妒和不平，只是觉得奇怪而已。

直到有一次，他遇见总经理，总经理主动对他说：“你一定奇怪小王的转变吧？其实你们来报到的那一天，都走错了门，进了我的办公室，也许他的转变就是从那时开始的！”不过小李仍是百思不得其解，他也没有过多地将精力放在这种没有意义的问题上，他觉得还是把工作做好是最重要的。他认为不能急切地看着前面人的背影，重要的是自己一直在进步。

又一年以后，公司一纸调令将小李调到市场部任主管，他离开销售部后，小王也提升为销售部主管。小李的心里平衡了许多，并不是因为终于重新和小王拉齐，而是觉得自己的努力是正确的。在一次喝酒的时候，小李终于问小王：“那次报到，你错入总经理的门，发生了什么事？”小王笑着说：“当我敲门而入的时候，发现里面坐的是总经理，就知道是走错了。总经理问我：‘你来有什么事吗？’我说：‘我是销售部新来的，刚刚报到，想熟悉一下相邻的办公室，以后工作起来也方便。’总经理笑了，对我说：‘你很机敏，能为自己走错门找到一个很好的理由。在和客户交往中就应做到这一点，就是把尴尬的场面转变对自己有利的局面！’从那以后，我就豁然开朗，在社交方面也有了很大的悟性和进步！”

小李听完，叹了口气说：“当初我也走错了门，看见总经理坐在那儿，他也同样问了我。我慌乱之中只是道歉，说自己走错门了，便急急地出来了！没想到你却因此打开了一扇门！”小王笑着说：“其实你踏踏实实地工作，每天都在进步，这也是最重要的，要不，你就不会有今天了！”两人相视而笑。

在职场中，应变能力的一次成功，可能就会影响你所有的能力。而更重要的是，不能急功近利，不能心怀怨怼与不满，更不能嫉妒和耍手段，保持一颗平和进取的正常心，同样会达到自己的高度。不让心理失衡，你才能平稳地待在那个位置上，通过时间的验证，你才有升迁的机会。

不怨天，不怨命

十年前，她的事业达到了很辉煌的阶段，在别人惊讶的目光中，她也有了一种释然。在那之前，她听到最多的话就是“这个孩子的命太苦了”“她的命怎么这么差呢”。

也不怪别人这样慨叹，她从小失去双亲，在奶奶家长大。后来在亲属们的资助下上学，她学习很好，以优异的成绩考上大学。可还没有去报道，便在那个秋天突然晕倒在街上。当她得知自己得了一种类似绝症的病后，也曾绝望。那种病决定她只能活上短短的五年时间，在她的心里，那五年的时光成了生命最后的时刻。别人都以为这个孩子完了，受了那么多的苦，终是这样的结果，可见命运使然。

半年之后，她却恢复了脸上的色彩。她没有去上大学，而是只身去了外地的一个大都市，开始了艰辛的打工创业之旅。没人理解她在这最后的不多时间里为什么要如此折腾，可她就是那么去做了，哪怕还会给她带来更多的苦与难。忙碌的生活与紧张的工作使她忘了自己的时间有限，当想起去数数自己还有多少时日可活时，竟发现已经过了医生的预言期一年之久。当她再度走进医院，已是从容淡定，不复当初的提心吊胆。而对检查结果，她轻轻地笑了。她成了医生们眼中的特例，也成了医学界的奇迹。无药可医的必死之症，竟是霍然而愈。

因此她的事业风生水起，生活剥去了重重的阴霾，仿佛一切都已过去，她已经有了自己的车队，那些车辆奔行全国各地。可就在十年前，她的生活又瞬间跌进了黑暗。两辆车的司机挟货潜逃，不知所终，她所面临的是上百万的赔偿，那是她目前所有的资金。别人都劝她快逃跑吧，毕竟，今天的一切都是来之不易。

她也曾犹豫，不过并不是只为钱。因为那个时候，患了癌症的丈夫正在医院里抢救，高昂的费用使她陷入两难之境，一面是道义与责任，一面是人命与亲情。就在她下定决心，要先赔货主的损失之时，丈夫不治与世长辞。几日之间，她人财两空。人们都慨叹："上天不长眼啊！都是命啊！"

她是我表姐。那个时刻，是她所面临的最艰难也最黯淡的境遇。表姐也曾对我说过："从小到大，我经历了那么多次的挫折，其实早已倦了怕了，而那次无疑是最严重的，我真想就此全部放下！"表姐终是没有放下，可是那种艰辛非常人所能想象，为了给表姐夫治病，多年积蓄几乎用尽，为了赔偿那些货主，更是卖了车队。可以说她那时候真的是一无所有。可她从不抱怨，亦不只是默默承受，更多的是反抗。

表姐又一切从头开始，出乎意料的是，当她赔偿货主损失的事传出之后，人们了解到她的情况，一些厂家都主动找到她，让她负责运送货物。因为，他们从表姐的身上，看到了信誉，看到了在这个为了利益而不择手段的世界上难得的良心。在短短的几年里，表姐的车队又一次奔行于天下，比当初更是壮大了几倍，她终于攀上了事业的顶峰。

过年的时候，我们聚在一起，我笑着对表姐说：“姐，你以前受了那么多的苦，也许是上天在考验你呢！你能成功，也许是命中注定的！”

表姐却正色说：“我根本不信天也不信命！在那么多的时候，特别是在那次事的时候，我只知道，是我自己克服了内心中那些极有诱惑力和说服力的想法，艰难地做出了那些决定。所以，这一切都是我自己做到的，与天无关，也与命无关。我知道不管什么样的结果，人们都会说是天注定、命注定的，可我既然不信，也就从不怨天，也不怨命！”

一番话说得我们都心潮起伏。我心中震撼之余更有一种惭愧，许多的时候，我们都能为自己遭受的挫折和在挫折中的屈服找出一个很好的借口，把一切都推给虚无的天或命，把一腔怨怼也都给了天或命。我们躲在自己制造的天理命运中，心安理得地接受着失败，接受着平庸。却不知，人的一生之中，真的没有什么好埋怨的，如果说有，就该埋怨我们对待厄运、对待挫折的态度，仅此而已。

一树琼花

虽然两个月前就已经开始下雪，只是那时候的雪只是匆匆路过人间，触地即融，或者只是短暂地停留，便消于无形。它们有的，只是在空中飞舞的姿态，以及消散后带给人的回想。而前几日的一场大雪，却彻底改变了人间，它们散而复聚，堆积在大地万物上，便造就了童话般的世界。

窗前几株樱桃树，应时而发，此刻，也再度焕发了生机。本来那些枯而疏的枝丫，现在丰满得无以复加。我在窗后，看着树一点点变幻的过程。起初雪花只是穿过那些枝，轻盈地落在地上。渐渐地，便有雪花挂在枝上，然后，一朵雪花拉着另一朵雪花，那些粗粗细细的枝便丰腴起来。雪在其上随弯就形，枝上有小小的突起处，便如花般鼓起。远望，曲线柔和，闪着细密的光。

我想起春末时，满树樱桃花，淡粉的小花团团簇簇的，在枝上点缀开来，芬芳氤氲流动。眼前的一树琼花，虽无馨香流淌，却更为饱满，开遍枝间每一个角落。时有风来，细细地雪霰如雾飘散，在阳光下闪过七彩的光，整个树也披上了一层迷蒙的色彩。若是天气晴好，朝阳夕阳之下，那一抹有层次的粉红，使树越发于寒冷中多了一丝暖色。

那几株樱桃树，经寒经雪而放，便会花期长久，开上大半个冬天。窗前便一直摇曳着一份灿烂，直到风向转东，太阳转暖。然后，树上的花渐渐地消瘦，零落成细细的水珠，滴落，或随风而去。那些枝丫便透出淡淡的水色来，生机涌动。

在我们小兴安岭深处，有时暮春也会突如其来地下雪。这个时候，雪很软很黏，更易附着在那些尚未绽花的树上，比之冬日，更为美妙，有茸茸之感，虽然不能持久，却是在冬天逝去之后，再度绽放别样的精彩，更为让人眷恋。

而那些已经开花的树，比如丁香，在最后的一场雪后，花上便堆积上了雪。雪停之后，在那些花上，透过雪，隐隐有粉色透出，清冷的空气里，弥漫着淡淡的香气。捧一捧花上的雪，雪里也蕴藏着芬芳，那才是真正的香雪。至此，一树琼花却无香的遗憾，也被大自然的神奇给弥补了，当真是至美之物。

有一次，给别人指着那些树上的美丽，那人却说，不就是雪吗？没啥好看的！可见心境的不同，走入眼中的风景也是迥异。有人看到一树繁花，有人却只看到冰冷无味的雪。所以美好可以无处不在，只在于你心里有没有向往美好的希望。

忽然想到，在人生的冬季里，当心绪被凋零成疏朗的萧瑟，我们会不会用寒冷来装点自己？就像那些冬天的树一样，在寒冷的包围中，却绽放了另一种美丽。如果人也能如此，那么，便不会有任何寒冷的际遇能将充满希望的心冻结，便会在人生的四季里，拥有不同的精彩。

时间会把幸福还给你

人的一生中，总会有些东西被时间的长河所带走，就像那些生生灭灭的浪花，美丽着的都在不停地消逝。可是，时间也会回赠给我们许多美好，除了那些随波而来的希望和憧憬，便是那些远去的，回望，亦是美意盈怀。

身处苦难之中，总会感叹命运，怨命运夺走了太多的幸福。可是再长久的痛苦，也终有过去之时。有时这成为我们走过艰难的精神力量，一切都会过去，再沉重的生活也不会拖累时间的脚步。感谢时间，总能把折磨我们的种种送远。更奇妙的是，当我们走过痛苦，再回头去望，那些曾经的挫折伤痕，都会有一种幸福的感觉。有人说，那是因为我们超越了痛苦而回头去欣赏痛苦，其实，被命运剥夺的幸福，都被寄存在时光里，在某个心静如云的时刻，给我们一份不期然的感动。

可是，在这个世界上，也真的有人潦倒到老，也真的有人终生不乐。是时间将他遗忘，还是他们的苦难超越了人生的长度？时间不会把任何一个人遗弃，之所以郁郁终生，是因为在风尘磨难中，有人心里的希望之泉却枯竭了。有的人在世事风尘中，在挫折打击中，让心上起了厚厚的茧，于是淡了痛苦的感觉。那不是坚强，是麻木，一颗麻木没有希望的心，感受不到痛苦，同样也感受不到幸福。幸福一直在时光里，是我们的心把它拒之门外。甚至有的人会在痛苦之中找寻出幸福。而我们却常常嘲笑他们，笑他们心大，笑他们只会自我安慰。其实可笑的恰恰是我们，没有人愿意在痛苦中长久地挣扎沉沦。即使再黯淡的日子，也会有闪亮的时刻，让眼中充满色彩。抬头看云低头见花，只要心一直柔软如初，便会于身边发现让我们幸福的种种。哪怕只有点点滴滴，也能汇成清亮的溪流，浸润生命。如此，才能让心不疲惫，才能有力量走得更远。所以，有时，幸福并不一定全都存在于时间的彼岸，它或许就在我们低头的瞬间。

所以不要放弃心里的希望，希望就如一片土壤，能生长出许多美好。也不必为今天的苦与痛而伤感失落，当时间走过，心灵的空地上便会开满花朵。所以，且把痛苦当成幸福的种子，在未来的某一天，便会将生命丰盈得灿烂无比。

蝴蝶一生能飞多远

蝴蝶一定是飞不过沧海的，这无须任何人去说。我们在夏天里，看到花丛中草地上，那些翩翩飞舞的蝴蝶就如飘在空中的花瓣，美丽的双翅总会把人的憧憬带向远方。

记得少年时曾做过一件无聊的荒唐事。我曾在村外追一只花蝴蝶，追了两个小时，它在前面飞，我在后面赶，累了停一会儿，蝴蝶也栖在花间叶上，然后继续。这一场追逐直把我带入大草甸深处，带到松花江畔，直到那只蝴蝶轻盈地飞过江面，消失在远处的对岸，我才躺在江堤上，让长风带走疲累。

现在想来，村子至江边有十公里的路，加上我和蝴蝶在草甸上回环往复的路程，差不多有十五公里。而我知道蝴蝶在江那边还会继续飞，虽然没有了我的追赶，它会飞得慢些，可按它一天活动六个小时算，也是近三十公里。而普通的蝴蝶，生命期不会超过两个月，多为一个月多一点儿，如此，蝴蝶的一生，至少要飞一千公里。

虽然算出来的数字很是惊人，虽然蝴蝶比想象中要能飞，可我们也知道，蝴蝶一般生活的空间范围不会超过方圆十公里，它们的一生就在这期间徜徉。蝴蝶真的飞不过沧海吗？台湾海峡最窄处只有一百三十公里，相比于蝴蝶一生的路，只是极短的一段距离。

可是，蝴蝶真的飞不过沧海，甚至宽阔一些的江面都无法飞越，主要的原因有两个，一是没有落脚点，再就是没人在后面追赶。而且，蝴蝶或许根本不知沧海为何物，也不想去到那里。它们宁愿流连于眼前的朵朵花开，也不会翅染风尘去努力飞翔。

所以，有的时候，一些人像极了蝴蝶。他们没有什么高远的目标，只眷恋眼前的小小利益，只有身后出现危机时才会加快脚步，逃出原来留恋的空间。有人计算过，人的一生大约要走八万多公里的路，可是对于这些人来说，就算走的路再长，也只是在原地转圈。

向西流的河

在我的所有同学中，大宫和我是最谈得来的，可能我们都喜欢文学的缘故，所以几十年来一直不断来往联络。大宫是我小学同学，在同一个村子长大，我们曾一同看借来的小说，有着同样的作家梦。后来我们都离开了那个村子，我上大学，他游走不定。我一直在坚持写作，他只是偶尔提笔，也不投稿，属于自娱自乐性质。

我曾问过大宫是不是早把当年的文学梦丢掉了，他笑着说，那个梦想在他心里比在我心里要重得多。我颇不以为然，那个时候，我的文章已经满天飞，也算小有名气，可他的名字还从未上过杂志。他说他要走一条与我们都不同的路，我很是不相信，想成为作家，不抓紧时间写，还有什么别的路可走?

那一年，大宫告诉我，他要有大动作，我以为他开了窍，要写个大部头什么的一举成名。谁知他竟是去徒步走全国了，那些年中这种行为好像很是流行。不过细想起来，这也的确是一个好办法，走过那么多无人区那么多艰难之地，一定会有许多素材滚滚而来。所以我第一次全力支持他，希望他能走出名堂，写出名气。

大宫信心满满地踏上了行程，起初只是在附近走，他每走完一个地方，都要给我写长信，说他走完了松花江流域，走完了黑龙江流域，走完了长白山脉。后来他就越走越远了，西藏、内蒙古、新疆，不是走大江大河流域，就是走艰难荒芜之地。若是遇见有人聚居的地方，他就会给我寄信，看着信封上的邮戳上不断变换的日期和地点，看着他随信寄来的照片，我倒是有些佩服他的勇气和毅力。他在信中会给我详细地介绍他行经的地区和所见的事物，我由此写出了大量的文章。我问过他，他说他不写，反而成全了我，看来他倒是像为我走的。

在休整了半年之后，大宫再一次踏上步行之旅，说是要去走一个完全陌生而且相当奇特的地方，我问他哪里，他很神秘地不说。不说也没关系，反正收到信的时候就知道了。不过看样子这次他应该走得非比寻常，竟还要办护照出国，看来真是走得很大发了。

一个月后，大宫的信来了，邮戳上的地点是新疆富蕴县，原来他已经到了阿尔泰山南坡附近，信中说，他到了额尔齐斯河源头，准备沿河一直走下去。他还告诉我，额尔齐斯河是我国少数向西流的河中最大的一条，所以说是很奇特的地方。再后来，收到大宫在国境发回的一封信，说是河流要出国了，他也要出国了，在国外就不写信了，麻烦。我特意去图书馆查了一下关于额尔齐斯河的资料，原来这条河果然是向西北流，转过好多弯，一直流进俄罗斯的著名大河鄂毕河里。大宫此行的终点一定是鄂毕河了，也是很遥远的路。

大宫回来的时候，已经快半年过去了，第一眼看到他竟没认出来，虽然他也整理了一下自己，可看起来依然像个野人，不过精神状态还可以，眼睛亮亮的。我很奇怪，走一条额尔齐斯河需要这么长时间吗？大宫的回答很是让我吃惊，他不但走了额尔齐斯河，还走了鄂毕河流域。他兴奋地和我说："鄂毕河流入北冰洋了，就相当于额尔齐斯河流入北冰洋了，那个场面，真是壮观！"听得我也是悠然神往，向往不已。

从那以后，大宫终于安稳下来，不再张罗走这儿走那儿，说是要静养一段时间。这一养就是两年，等闲平地起波澜，这家伙在两年的时间里竟真的弄出个大部头来，属旅行类长篇，出版之后立刻引起了轰动，并获了好多个奖，再加上他传奇的阅历，一时声名鹊起。

额尔齐斯河是我国唯一一直向西流的河，也是唯一流入北冰洋的河。我忽然觉得大宫就像这条与众不同的河，他虽然走着与我们完全不同的路，可是目标同样的宏大。我在文学的道路上随波逐流一路向东，至今未看到大海，而大宫，却反方向而行，越过艰难险阻抵达了更为浩瀚的大洋。只要坚持走自己的路，即使那是一条无人走过的路，也会到达梦想的所在。

后记　最是那一低头的美丽

低下头来，能看见自己的脚步，站在哪一方境遇，都能看见自己的路，是否延伸向最初的梦想。

低下头来，能看到尘埃中的花开，能看到平时忽略的美丽，来洇染一份失落已久的情怀。

正如你低头间看这本薄薄的集子，于那些平凡人的种种中，心生感动，那就是最纯真的时刻，能够找回世事劳碌中久违的宁静。

心存美景，则生命中再无困境。无论怎样的坎坷遭遇，那样一颗充满生机的心，就会使艰难的境遇变得柔和如春。世界并不是由许多冰冷的墙筑就，只要心怀美好，你就会发现那些墙上，有着许多扇充满希望的门，也有着许多扇阳光倾洒的窗。

就像低头见花般，那份美直入心灵。

而平凡的我们，有时也是别人眼中的美丽，也会点染一双落寞的眼睛。

我们就是我们自己，在这个世界上，每一个人都是无可取代的，都有着自己的芬芳。不张扬，不代表不美丽，不出众，不代表不馨香。

而低下头的我们，汗水正丰盈着平凡的生活。

在我们脚下，终会有许多花次第开放，就如心底的希望生生不息。

希望这些故事能给你一份不期然的美丽，仿佛在长长的道路之上，忽然低头见花。

这本书中哪怕有一个故事让你有所触动，那么就没有辜负你的片刻静心。

祝福成长的你们！

祝福微笑的你！

希望和热情。每一个冬天都是春天的先行者，是的，在那个零下三十度的冬天，我却感受到了生命中最动人的温暖。

（2012年云南省昭通市初中学业水平考试语文试题）

1.请简要分析第③段画线句的表达效果。（3分）

2.从全文来看，“老叔”是个什么样的人？（2分）

3.你怎样理解第⑥段画线句的含义？（3分）

4.文章结尾处画线的“生命中最动人的温暖”指的是什么？（3分）

5.本文开头、结尾都写了“我”的心理活动，请说说其在结构上的作用。（3分）

参考答案

1.自然环境描写（答“景物描写”也可，1分）。突出天气的寒冷，暗示生活的艰辛，反衬“我”感受到的生命中最动人的温暖。（2分，意近即可）

2.朴实善良、有爱心；对生活中的挫折能淡然处之；吃苦耐劳。（答出两点即可给满分）

3.人在困境之中，只要坚守自己的信念，顽强地抗争，保持生活的希望和热情，就能战胜困难，走向成功。（意思对即可）

4.冰天雪地中老叔对“那个女人”的关爱；冰天雪地中那个女人为儿子捡煤取暖的爱心；冰天雪地中老叔那个不灭的烟头给“我”的启示，点燃了“我”心中所有的希望和热情。（每个要点1分）

5.首尾照应，结构严谨（1分）。以“我”“愈发地觉得从心里往外的寒冷”开头，以“返回城里后，我心里竟是暖暖的有了春意”结尾。对比“我”前后心情的变化，突出那一天的经历对“我”产生的重大影响，深化主题。（2分）

是的，所有雪花的积累，竟会爆发出如此的辉煌，蕴含着如此的力量！而这种力量是一种沉重，是一种积累，更是一种希望。面对飞雪的瀑布，我的心中似乎也燃起熊熊的火焰，激情满怀。

⑩常听人说，万千的雪花构成了冬季的寒，那是因为没有真正走进雪花。我更愿意相信，每一片雪花都是冬季里那些不甘寒冷寂寞的心绪，都是那些充满温暖和希望的心灵在飘飞。

（2013年重庆市初中毕业暨高中招生考试语文试题）

1.联系全文，分条概述作者在“一片雪花”中走进了哪些“温暖”？（4分）

2.结合语境，说说下面句子中画线词语的含义。（4分）

（1）其实只要心里温暖了，便会感觉到那每一片雪花，都蕴含着让我们怡然的种种。

（2）在飞舞的雪花中，那红红的冰糖葫芦，那雪夜中隐约的灯光是那样一下子击中我心底最柔软的角落。

3.第5段景物描写生动传神，请简要分析它在文中的表达作用。（4分）

雪花依旧纷纷扬扬地下着，而她身后的那些冰糖葫芦，像一串串红红的火。

4.文章线索有着串联全文、贯通文脉的作用，本文的线索是什么？为什么？（5分）

5.文末画线句表达了作者怎样的思想感情？（4分）

我更愿意相信，每一片雪花都是冬季里那些不甘寒冷寂寞的心绪，都是那些充满温暖和希望的心灵在飘飞。

鞭子甩出响亮的哨子，说：“今天零下三十度，最冷的一天让你赶上了！”我眯着眼睛，看着白茫茫的雪野，冻得说不出话来。

④装完车，身上的汗便多了起来，竟是丝毫感觉不出冷了。休息片刻，马车开始向镇上奔去。风一吹，浑身的汗顿时变凉，接着便是彻骨的冷。那马身上一层细细的白霜，口鼻间突突地吐着大团的白气。我和老叔的帽子上围脖上也是白糊糊一片霜，风像细刀一样钻进身体，连打寒战的力气都没有了。中途路过一个小村子，我远远地看见一个人站在村口的路边。待马车行近，我看清那是一个四十多岁的妇女，手里拿着笤帚和一只编织袋。老叔忽然用力一甩鞭子，收回时鞭杆戳到煤上，立时一团冻在一起的煤滚下车去。

⑤走出很远，我不经意回头，见那女人正捡着马车一路颠簸下来的煤，装进编织袋里。又拉了两车煤，每次经过那个村子，那女人都等在那里捡煤，而老叔也总是故意弄掉些煤。终于，我忍不住问他为什么。老叔说：“你老婶的弟弟住在这个屯儿，他跟我说起过这个女的。这女的家里很困难，男人死得早，为了供儿子上大学，把地都卖出去了。自己家的那点儿口粮田，到秋天割下来的柴火还不够平时做饭用的，她家冬天连炉子都不点，屋里冷得直挂霜，她每年冬天都冻得一身伤！”我点点头，说：“哦，所以她才在这儿等着捡些煤！”老叔甩了个鞭哨说：“捡的那些煤她也不烧，要等到儿子放寒假回来时，才把炉子点着，让儿子热热乎乎地过个年！”我心里一动，忽然觉得不那么冷了，便想着也帮那个女人一把。

⑥可是最后一次拉煤回来时，车却在半路陷进了雪地里。我和老叔又推又拉的，马蹄把雪蹬得飞溅，仍没能拉出去。老叔坐下来，说：“只好等过路的车帮忙了！”我也坐在车上，北风正紧，寒冷包围着我们。老叔从衣兜里摸出卷烟纸，掏出烟料来，熟练地卷好一支烟，点燃，深吸了一口，然后递给我。我虽不会吸烟，还是接过来吸了一口，立刻被呛得直咳嗽，忙又还给了他。他一边吸烟一边仔细地看着那明灭的火光，对我说：“你看，这么冷的天也不能把这一点烟头冻灭！”看着那一点火光，我亦很有感触。老叔又说：“<u>这么大的风，越吹，这烟头上的火越亮啊，人有时也该像这烟头上的火光一样，冻不灭，吹不灭，那就有奔头了</u>！”我一阵感动，老叔用最形象的比喻点醒了我。

⑦等过路的马车把我们的车拉出来时，天已经有些黑了。最后路过那个村子时，竟没发现那个女人等在那儿，可能她觉得天太晚了，我们从别的路直接回家了！老叔一路打着极响的鞭哨，并大声地吆喝着马匹，我手一推，一些煤便落在了路边。车穿过村子时，我回头张望，见那个女人的身影正出现在路边。

⑧返回城里后，我心里竟是暖暖的有了春意。想起那个为儿子捡煤取暖的女人，想起冰天雪地中老叔不灭的烟头，那份爱，那种启示，便会点燃我心中所有的

容；而苦难能在脸上刻下沧桑，却不能抹去笑纹里荡漾的温暖。那么，就用澎湃的心跳，去迎向正走来的冬天，面对渐渐强烈的北风，就准备好最美丽的笑容吧！

（2017年云南省初中学业考试语文试题）

1.结合语境，理解下列句中画线词语的含义。（4分）

（1）看一河流水在寒冷的侵蚀中渐渐凝固。

（2）每当想起祖父的答案，我的心里就会濡湿，仿佛一种美好在涌动着，就要拔节开花。

2.请对第⑤段画线句子作简要赏析。（3分）

而冬天依然流淌的河，到了春天就冲破了桎梏，把清澈的笑容写在我们的眼睛里。

3.第④段和第⑦段都写到了“笑”，这两种“笑”的含义有何不同？（2分）

4.最后一段主要运用了哪种表达方式？该段在文中有何作用？（3分）

5.本文给了你怎样的启示？请简要谈谈。（2分）

参考答案

1.（1）“侵蚀”本义指在风、浪、流水等外力作用下，地表、岸滩的表面物质被逐渐剥落分离的过程，在句中指寒冷让河流逐渐结冰，形象地表现出坚冰形成过程的漫长。

（2）“濡湿”本义指使变湿或弄湿。在句中指祖父乐观的回答让我无比感动，表现了我对祖父笑对人生的崇敬。

2.这个句子运用了拟人的修辞，赋予“河流”以人的性格，用春天来描摹它的

"微笑"，形象生动地表现河流冲破苦难时的快乐，为下文表现我们要笑对人生苦难的主旨作铺垫。

3.第④段的"笑"是一种对生活无奈的麻木的笑；第⑦段的"笑"是一种积极乐观面对人生的笑。

4.议论、抒情；表达作者对人生苦难的看法，认为人生的苦难并不可怕，只要我们乐观面对，终可以让苦难望而却步，点明中心，深化主旨。

5.示例：读了本文让我明白了怎样面对人生的苦难。每个人的一生都不可能是一帆风顺的，当我们面对苦难时，与其哭着过，不如笑着面对，就如坚冰来临，河流依旧在坚冰下唱歌一样。这样的坚持与奋斗，终可以换来辉煌的人生。

参考答案

1.雪天里中年女人抱起滑倒在马路中间的孩子；雪地里乡亲们帮助我们拖车；雪景中感悟到雪花蕴含着一种力量。（答出两点给4分，意合即可）

2.（1）“种种”是指文中给作者带来温暖的人和事。（或“感动作者的人和事”）（2分）

（2）“角落”指作者被感动的心灵深处。（2分）

3.洁白的雪花和火红的冰糖葫芦形成对比（1分），有力地烘托了（衬托出）（1分）中年女人这一人物形象：心地善良、助人为乐、热情似火。（2分，意合即可）

4.本文有明暗两条线索：“雪花”是明线，因为作者雪天所见到的、雪夜所经历的、从雪景中感悟的都与雪花有关；“温暖”是暗线，尊重他人也是尊重你自己，因为中年女人的善良、乡亲们的热心，雪花积累蕴含着的希望等都让作者感到温暖。（答出一条线索且理由充分给3分，两条都答出给5分）

5.作者赞美雪花（1分），就是赞美那些给我们带来温暖和希望的人们。（3分）

零下三十度的温暖

包利民

①那是记忆中最冷的一个冬天，最初的时候雪少，干冷干冷的，连我们在这地方长大的人都有些受不了。而且，那时候我刚刚经历了一场挫折，仿佛看透了世态炎凉，所以愈发地觉得从心里往外的寒冷。

②闲得无聊，也是为了躲避伤痛和失望，我决定去乡下的老叔家。老叔一直和我很谈得来，他由于种种原因，大学没有读完就回乡务农，可他从没露出过落寞的神情，相反却生活得有滋有味。在老叔那里，受他的情绪感染，我的心情也许会好些。那时老叔正赶着马车给镇上拉煤，每天都忙得团团转。于是我决定第二天和他一起去干活，也许劳累也可以使人忘掉很多事。

③没想到当天夜里下了这个冬天最大的一场雪，早起一看，那雪足有一尺多厚，大风呼啸，寒气逼人。我和老叔赶着马车出发了。煤场距镇上十多公里，那里荒无人烟，很是偏僻。虽然出发前我们已经全副武装，厚厚的棉衣棉裤棉鞋、大狗皮帽子、毛围脖，只露出一双眼睛，可坐在马车上，我还是冻得眼睛生疼。老叔将

走进一片雪花的温暖

包利民

①越是寒冷的天气，雪花落得越勤。其实，人生最寒冷的际遇中，总会凝结出一些直入人心的美好。冬季并不能将一切冻结，比如那些流淌的风、料峭的树，比如那些充满希望的心，都会在冰封雪地中生机盎然。

②喜欢飘雪的日子，喜欢走进那一片苍茫的洒落中，身前身后都是舞动的精灵。女儿学校的门前，有一个卖冰糖葫芦的中年女人，在她的三轮车上，一根横着的圆木靶上，插满了红红的冰糖葫芦。她穿着一件绿色的旧军大衣，头上裹一条蓝色的头巾，脸上洋溢着暖暖的笑。孩子们都愿意买她的冰糖葫芦，我问女儿为什么，她说喜欢阿姨的笑。

③后来知道这个中年女子身世很是坎坷，不说她那些种种艰难的经历，只是在如此寒冷的风中雪里，她的脸上能露出那么灿烂的笑，就足以让人心生钦敬。

④有一个雪天，路滑，放学时间，车流如织，还是有许多学生在路上横跑。那中年女人冲过去，抱起一个滑倒在马路中间的孩子，自己却被车蹭了一下，倒在地上。幸好车开得很慢，女人并没有受伤，她从地上爬起，掸掉身上的雪，笑着告诉那个孩子以后过马路要小心。

⑤雪花依旧纷纷扬扬地下着，而她身后的那些冰糖葫芦，像一串串红红的火。

⑥记起几年前的一个雪夜，我们的车抛锚在一段土路上，车上的几个人冻得直哆嗦。透过茫茫夜色，我们依稀看见前方有隐约的灯光。走了近二十分钟，我们的双脚已冻得麻木，雪花纷纷扑打在没有知觉的脸上。那是一个小小的村子，我们犹豫着敲开了村头一户亮灯人家的门，说明了情况，那个憨厚的年轻人立刻跑出了门，而老大爷和老大娘开始抱柴火烧火。我们坐在热乎乎的炕上暖了一会儿，就见年轻人已带了七八个小伙子回来。于是我们坐着一辆农用拖拉机到了土路上，大伙儿帮着用绳索把车拴在拖拉机上，就这样把车拖到了村里。

⑦我至今还记得那个雪夜，坐在滚热的炕头上，望着外面朦胧的飞雪，觉得充满了温暖的情趣，特别是那些乡亲们的笑脸，让人心里热乎乎的。

⑧越是严寒的时候，越能体会到温暖的可贵。其实只要心里温暖了，便会感觉到那每一片雪花，都蕴含着让我们怡然的种种。在飞舞的雪花中，那红红的冰糖葫芦，那雪夜中隐约的灯光，是那样一下子击中我心底最柔软的角落。

⑨去年冬末，和几个朋友去山上赏雪，在一个山谷里，我看到了震惊的一幕。高高的悬崖顶上，已堆积了很厚的雪，如墙耸立。忽然，那雪轰然而下，一时间如瀑布纵贯，惊天动地约一分钟后，积雪倾尽，我们却依然沉浸在那一泻的气势里。

寒不冻心跳，风不散笑容

包利民

①十月，便已下了雪，小兴安岭的冬天早早地来了。这最初的冷，在感觉上往往要比腊月三九难熬。可能是冷得比较突然，没有了过渡。

②每一年由初冷入深冷的过程，我天天都会到河边散步，看一河流水在寒冷的侵蚀中渐渐凝固。有时我会想，如果说流淌是河流的心跳，难道就这样被寒冷冻结了？记起儿时同亲人一起去冬天的河里捕鱼，凿透厚厚的冰层，却见冰下流水依然。原来，那一层坚冰只是一种保护。

③少年时代，我就曾问过家人这样的问题：是不是所有的水都不会被彻底地冻结？是不是所有的水都能在冰层下流淌？其实并不是这样。我们曾刨开过甸子里的一些水塘，冰层竟是一冻到底，下面并无流水。我便明白，被冻透的，只是那些死水。不流动的水，或许在夏日里也是盈然，或许四周也是花草繁茂，或许偶尔也承接雨水泛起涟漪，但从根本上说，它们是没有了心跳的。所以，冬季来临，它们就死了。或者说他们早就死了。

④就像有那么一个人，他就在我们身边，日复一日过着不变的生活，他偶尔也笑，也沉默，似乎就要这样度过一辈子。就算遇上艰难坎坷，他也是一样的状态，不谈得失，不论悲喜。有人说，这是一种淡然，或者一种超然，而我却觉得，这是一种失去了希望的麻木。笑也麻木，沉默也麻木，平常时麻木，艰难时也麻木。实际上，他的生命也如同一潭死水。

⑤而冬天依然流淌的河，到了春天就冲破了桎梏，把清澈的笑容写在我们的眼睛里。河流的笑容来自不停地流淌，而非偶尔路过的风。只有那一汪汪死水，才会在风来的时候，麻木地笑。

⑥对于我们来说，笑由心生，只要心中有美好的希望在葱茏，哪怕外面是无边的风雪，也冻结不了如花绽放的笑容。风再大也吹不散笑容，再深重的苦难，也挡不住朝着梦想前行的脚步。风越大，就越应像河流一样，笑容越灿烂。给生活一个微笑，生活便会回报以花开。

⑦小的时候，我问祖父：“你的脸上怎么会有那么多深深的皱纹？”祖父一生经历坎坷，命运无常，可是无论在城里还是乡下，他都走得坚实而有力，从不曾在生活面前弯腰，总是露出真心的笑容。他这样说：“我脸上的皱纹是笑出来的，比别人笑得多，所以皱纹就比别人的多，比别人的深。”多少年间，每当想起祖父的答案，我的心里就会濡湿，仿佛一种美好在涌动着，就要拔节开花。

⑧寒冷能冻结万物，却冻结不了澎湃的心跳，也冻结不了在苦难中露出的笑